龍鳳無雙 2

風文創 584

池上早夏 著

目錄

第二十九章

納蘭崢有一雙非常漂亮的手，尤其眼下這般拈著玉子時，更襯得那手指根根柔嫩似白茅。顧池生的手也是同樣的細長纖白，不過他的指節更分明些，也因手掌寬闊，手指比她長上幾分。

納蘭遠在旁瞧著，單看兩雙手，竟就是一幅好畫景，實則若非皇家有意，他的崢姐兒就該配個這般溫文爾雅的讀書人才對。

納蘭崢如今的棋藝也不差，畢竟與湛明珩切磋比試了這麼些年，可說要在父親之上了。只是她還對不過湛明珩，而顧池生似又與其不分伯仲，如此一來一去十餘回合，她便陷入了被動。

她攥著枚玉子遲遲不得破局之法，蹙著眉有一下沒一下輕敲著棋沿。

顧池生極有耐性，就靜靜等著，偶爾呷一口茶，更偶爾地，看一眼她敲棋沿的手。良久才見她終於有所動作，挑了個並不能破局的地落子。

如此一來，勝負便定了，顧池生開口道：「納蘭小姐，承讓了。」

納蘭崢自然亦早瞧出了結果，卻是較真說：「顧大人，這棋局上還有我的白子呢。」

他聞言一愣，像是覺得這幅場景似曾相識，只是一愣過後又立刻恢復如常。「那顧某便不客套了。」說罷便將剩下的一子落下，又一枚枚拈起她的白子，盡數擱回棋罐裡。

一旁的納蘭遠見狀就笑起來。「顧郎中見笑，我這姐兒性子倔，不撞南牆不回頭。」

納蘭崢噘著嘴看向父親。「哪是我倔，對弈講究的正是落子無悔，善始善終，勝固欣然，敗亦可喜，若因及早瞧出勝負便捋了這棋盤，豈是文人風範？」

顧池生聞言抬起頭來，眼底一絲異樣閃過。

落子無悔，善始善終，勝固欣然，敗亦可喜。這十六個字……他是聽過的。後八個字出自東坡居士的〈觀棋〉，那是公儀珠極欣賞的詩文。倘使他沒記錯，當年她教養幼妹時，便曾這般出言訓誡。

只是公儀珠不曉得，當日他被老師叫去問文章，恰是聽見了她在裡間的動靜，且竟一直記到了現在。

實則，她說過的多數話，他都一直記到了現在。

納蘭遠見顧池生忽然斂色，還道小女兒說錯話，剛想打個圓場卻見他笑了起來。「納蘭小姐小小年紀便懂得這些，倒要勝過現今不少軟骨頭的讀書人，實在叫顧某佩服。」

這觀念本就早早刻在腦袋裡，納蘭崢自然不記得自己前世也說過，心道不過相當淺顯的道理罷了，他這誇讚也說得忒誇張，又聽父親道：「顧郎中客套，小女不過略好詩文字畫，與文人墨客的情懷是沒法比的。」

顧池生也不置可否，忽然起身朝他拱手。「下官此番是來謝過國公前頭關切的，叨擾多時，也該告辭了。」

他這告辭來得突兀，納蘭遠亦跟著站起來。「顧郎中多禮了，哪是叨擾多時，下人都還未來得及將茶點送上。」

「國公客氣，來日若有機會再嚐吧。」

他似乎有些心急，以至沒了慣常的從容，反倒有些落荒而逃的架勢。

納蘭遠以為他有要事在身，便也不多留他，卻終歸覺得失了些待客之禮，伸手示意旁側小案几上開了蓋的食盒。「顧郎中難得登門，莫不如嚐嚐這個，是小女做的雲片糕。說起來，顧郎中故家的雲片糕也是出了名的，就不知小女做的可有那般味道？」

顧池生聞言便垂了眼去看，只是盯了許久都未有動作，也不知在瞧什麼花樣？

納蘭崢見狀心裡「咯噔」一下，直覺不好。這雲片糕……她前世曾做給顧池生吃過，實際情形記不大清了，卻記得她當年原本是不會做雲片糕，只因聽說顧池生是淮安人士，覺得他小小年紀獨在異鄉怪可憐的，才特意去學了這道淮安名點來。

她見顧池生盯著雲片糕的眼神似乎不大對勁，忙道：「顧大人是淮安人士，我哪敢班門弄斧，莫不如還是來日讓您嚐嚐別的糕點好了！」

顧池生聽罷回過神來，似乎終於信了，有些事並非他想逃便能逃掉的。

他傷勢初癒便勉強身子登門拜訪了每一位替他求過情的官員府邸，難道不是處心積慮著，只為順理成章來魏國公府這一趟嗎？

他絕不是會信神鬼邪說之人，卻因那日無意間聽聞納蘭崢的生辰，始終念念不能忘。或許起始並非就抱了什麼希望，而是他的有些心思，分明已到了自己也無法控制的地步。

他最終笑著拈起一片糕點，看著納蘭崢道：「納蘭小姐，還是擇日不如撞日了。」

納蘭崢沒想到素來溫潤的人也有這般硬氣的一面，心中一邊苦悶今日怎偏巧就做了雲片糕給父親吃，一邊理智地想，那都多久前的事了，他唸詩文的記性再好，也不至於將一種糕點的味道記上十幾個年頭吧！

況且便是味道一致又如何，投胎轉世這等邪門事，該也不會有人輕易想得到的。

方思及此，就聽吃完一片糕的顧池生淡淡道：「納蘭小姐的手藝實在妙極，這雲片糕清甜細膩，綿密軟滑，入口即化，真是……一模一樣的。」

納蘭崢愣愣瞧著他。一模一樣？與什麼一模一樣？

納蘭遠見女兒神情異樣，心內奇怪，面上則先替她道：「顧郎中謬讚，小女這點把戲哪敢與淮安的雲片糕媲美。」

顧池生並未解釋方才那話真正的意思，端立在那裡，忽然跟納蘭崢道：「既然顧某替納蘭小姐品鑑了糕點，也煩勞納蘭小姐替顧某品鑑一幅畫如何？」

納蘭崢有些不解原先急著要走的人怎地又不急了，只是也不好出言拒絕。人家狀元郎請她品鑑字畫，那是多瞧得起她啊，她要說個「不」字，可不就是不知好歹了。

她答：「顧大人若不嫌棄阿崢見識短淺，自然是可以的。」

上。

他聞言搖搖頭，示意絕沒有的事，隨即便喚來隨從，將一幅裝裱得極其精緻的畫卷遞上。

畫卷的畫軸以上好的紫檀木製成，其間鏤空，軸頭墜以玉玦，其下綁了齊整乾淨的茶色流蘇。

納蘭崢雙手接過，見這裝裱的規制似乎十分正式，愈加不敢粗心對待，小心翼翼地擱在跟前的案几上，又聽顧池生緩緩道：「顧某前些日子臥病，錯過了一位故人的生辰，這畫是補給她的生辰賀禮，只是顧某心裡沒底，不曉得她是否會歡喜？納蘭小姐也是喜好字畫之人，興許能替顧某拿個主意。」

她一聽這話，欲抽開綢帶的手就頓了頓。「既然是顧大人贈予友人的生辰賀禮，我這般及早瞧了可有失禮數？」

納蘭崢倒沒往別處想，當真覺得於禮不合罷了，顧池生卻笑得別有深意。「納蘭小姐不必惶恐，顧某的這位故人並非大人物。」

她這才點點頭將畫鋪展開來。

畫是豎向的結構，似乎是幅人物的小像，從左至右展開時，先見下裝為霜白的挑線裙，再見上裝為丁香色的對襟褙子，最後才見臉容。

畫中女子十四、五的年紀，正值韶光的好容貌，五官明豔精緻，如同出水芙蓉般亭亭玉立。

畫展到底，納蘭崢霎時瞪大了眼，霍然抬首看向顧池生，卻見他只是端立在那裡，笑得十分淡泊。

她如遭雷劈般盯著他，呆愣在木輪椅上沒了動作，那雙掩在袖中的手不停打著顫。

是了，她在害怕，因此卷所畫乃是公儀珠。

是前世的她啊。

他方才說什麼，這幅畫是贈給她的生辰禮？可她都死了十二年了，他預備如何贈？

畫上的墨跡是簇新的，顯然方才作成不久，可那一筆一畫勾勒的容貌卻與她前世的模樣分毫不差；且她記得十分清楚，這一身恰是十二年前祖母六十壽辰那日自己的打扮。

顧池生究竟何以記得這般清楚？她都死十二年了啊！難不成自她死後，他年年都記著她的生辰，備著她的生辰禮嗎？

這也太不可思議了……那剛才的雲片糕……

納蘭遠瞧著僵持對望的兩人，實在一頭霧水，卻又不好去說顧池生，只好肅著臉訓道：

「崢姐兒，妳發什麼愣？」

她聞言回過神來，卻知已太晚，顧池生不會無緣無故拿這幅小像給她看，他分明在試探她，可她沒有防備，哪想得到這些。

她震驚太過，已露了餡。

她不曉得可否還有補救的法子，只故作鎮定道：「顧大人的手筆實在不是我一個見識短淺的女孩家有資格品鑑的，這畫太精緻了，我瞧不出哪裡不好，想來……想來您的那位故人……會歡喜的。」

她說到後來舌頭都打了架，心道哪裡是歡喜，分明是驚嚇才對吧！

顧池生似乎也沒打算為難她，抿嘴一笑。「那便好。既然如此，顧某告辭了。」他說罷命隨從收起畫卷，又向納蘭遠頷首行禮，轉身往房門外走去。

只是走到一半卻複又停下來，默了一會兒，一字一頓道：「顧某自幼在京城公儀府長大，未曾吃過淮安的雲片糕。」說罷也沒管身後納蘭崢的臉色有多白，不再停頓地走了。

再不走，他就不曉得自己還會做出什麼來了。

納蘭崢魂不守舍一整日，其間被謝氏喚過去一次。

謝氏著緊二女兒的婚事，因杜才齡那頭的回信模稜兩可，似未有牽線搭橋的意思，便思忖起旁的法子。聽聞顧郎中登門拜訪忙趕了去，到時卻已人走茶涼，這才想向納蘭崢探探口風。

納蘭沁的前程如何，如今全繫於太孫，她雖為主母，詢問納蘭崢時卻也放低了身段。只是納蘭崢此前便已說明白，絕沒有以德報怨幫納蘭沁的道理，加之因顧池生那遭心裡頭亂得很，便只是耐著敷衍她幾句，以示無能為力。

謝氏便再傲慢也無法在這理虧到天的事上站穩腳跟，只好且這麼算了，至於納蘭遠，她也不敢尋了。手心手背皆是肉，老爺雖不會真拿沁姐兒如何，卻已極不喜這個女兒，甚至更不喜她，怪她養壞了沁姐兒，在他氣消前，她們母女倆都得警著神。

晚些時候，納蘭嶸下學歸來去了桃華居，與往常那般捧著書卷向姊姊彙報當日所學。納蘭崢心裡有事，一隻耳朵進一隻耳朵出，竟連他說完了都不曉得。

納蘭嶸有些納悶，小心翼翼試探道：「姊姊？」

她聞言回過神來，隨口說：「學得不錯，今日便如此吧。」

納蘭嶸點點頭，猶豫一會兒道：「姊姊，我聽聞今日顧郎中來府上了。」

「是有這麼回事。」她答完瞧見弟弟面上那惋惜神色，就點了點他腦門。「好了，姊姊曉得你想什麼，但你是想都別想的。」

她這弟弟，在兵法武略方面天資愚鈍，但早些年意外被她發現了作畫一技上的天賦。她也好字畫，便覺那天賦浪費了可惜，卻終歸想到他得繼承爵位從武，因而只許他閒時擺弄那些，他不聽話的時候，她也狠心沒收他作畫的用具。

納蘭嶸神色懨懨。「我只想瞧瞧顧郎中的墨寶，順帶叫他指點我一二罷了，不會耽誤課業的。」

納蘭崢心道原本的確不是大事，顧池生此人好說話，請他賜個墨寶又有何難，只是眼下卻決計不行了。他顯然多少猜到了她的身分，且那態度叫她覺得有些害怕，她一時恐難再坦然面對他。

「顧郎中又非再不得見，此事來日再議，你先回去歇息，明日太孫生辰，你還得與父親一道入宮赴宴。」

聽姊姊未斷然拒絕，納蘭嶸很是高興，便笑著道：「姊姊，說來這宮宴可有場好戲瞧了！」

納蘭崢這下忍不住彎了嘴角，心道可不是？為掩人耳目，湛明珩往年生辰的規制素來不大，一干公侯伯之後從來入不了席。此番卻不同了，那黑心黑肚腸的，向他皇祖父討了個欽點，硬是將雲戎書院的學生們都給圈了名。

他這是憋了五個多年頭，再憋不住了吧！

「姊姊若能一道去便好了，到時那許多人臉上的神情必然與打翻了醬油鋪似的精彩！」

「莫說陛下未曾欽點我，便是點了，我去也是不合禮制，左右你多瞧著些，回頭與我繪聲繪色說了也一樣。」她說到這裡問：「今日沒有太孫的信？」

納蘭嶸搖搖頭，笑得一臉賊樣。「沒有的。姊姊何必非等太孫來信才肯回話，您又不是不可主動些寫給他，左右交給嶸兒就是了，不會被鳳嬤嬤發現的！」

自從納蘭崢在府養傷，納蘭嶸便成了她與湛明珩的「信鴿」，隔三差五就攥著書卷來與姊姊討學問，實則是為將夾在裡頭的信箋交給她。

不過，說是信箋，實則不過寥寥幾句問候，多數還是鬥嘴的話居多。

譬如有一日，湛明珩竟拿著一道考學題質問納蘭崢，說她當初給他的答案是錯的，害他被先生責罵了。納蘭崢可不記得自己告訴過他那一瞧便不可靠的答案，因此與其爭辯起來，說他貴人多忘事，記錯了。就為這樁芝麻點大的事，兩人俱都得理不饒人，叫納蘭嶸接連傳了三日的字條方才停歇。

湛明珩此人，是打死講不出風雅話，哪怕寫信也與平日說話用詞毫無分別。納蘭崢自然也不會拿文人那股酸氣對他，因而這傳信的法子倒頗具風月之意，內容卻真真慘不忍睹。虧得兩人的字都是漂亮絕了的，這才勉強撐出個意境來。

納蘭崢聞言剜了弟弟一眼。「我吃飽撐著才給他寫信，若非他擾得我煩，我連回話都不稀罕給。」

第三十章

納蘭嶸摸摸腦袋，心道姊姊與太孫的脾性怎會這般像？姊姊分明悶得發慌，巴不得出了這囚籠回書院去，見太孫的信心裡也高興，卻偏要作出一副嫌棄的模樣。太孫就更厲害，叫他傳信時那跟誰欠了他八百兩銀子似的神情，他可萬萬忘不了。

還有，太孫說什麼來著？哦，他說，姊姊前些日子錯認了他的字跡，要叫姊姊好好記清楚，他的字可沒那麼醜。

他想了想說：「姊姊是女孩家，矜持些也是應該，不過太孫近日忙碌，興許一時沒那工夫寫信給您。」

納蘭崢這下嚴肅起來。「朝裡又生什麼岔子嗎？」

「倒也非新花樣，還是前頭顧郎中那樁事，聽說陷害顧郎中的主謀被查出來了。」

「你可知是何人？」

「也是位郎中，卻是工部的，說曾因與顧郎中政見不合，有過幾回爭端，可算是私怨了。」

「工部郎中嗎？」納蘭崢訝異地重複一遍。「這也沒道理啊，便真結了私怨，又非在同一處當差，顧郎中若被撤了職，他能撈著什麼好處？」

「這個嶸兒就不明白了。只是工部下面出了事，太孫自然一個腦袋兩個大，您也曉得，工部尚書是什麼人。」

納蘭崢聞言恍然大悟。工部尚書是建安侯秦祐，好公主的夫婿，那便是與湛明珩十分親近的人了。

想到這裡，她更蹙起眉。「秦閣老這般堪稱大才的能人，底下的官員竟也會出這等岔子？如此說來，秦閣老身為工部尚書，怕也得擔些責了。」

「姊姊莫太擔憂，便真要擔責也不至動了官位，想來至多減些俸祿。秦閣老爵位加身，無甚大礙的。」

納蘭崢卻搖搖頭。「俸祿自然無礙，要緊的是朝臣對此事的看法。構陷忠良雖不算累及滿門的重罪，卻也因性質惡劣，關係甚大。秦閣老手下的人，險些害死公儀閣老愛重的學生，這若被有心人添上幾筆，可就玄妙了；加之秦閣老那駙馬爺的身分又實在特殊，一點點星子便能燎起大火。莫看眼下瞧不出究竟，來日一旦遭逢契機，必要有反響。」她說到這裡嘆口氣。「朝中諸多不安分，只是我也幫不上忙，只得日日窩在這桃華居裡頭。」

她說完默了一會兒道：「你上回說，太孫罵我沒良心，相識這麼些年竟不曾做點心給他吃？」

納蘭嶸還在思索姊姊前頭那番話，未料她這彎子轉得忒大，愣了愣才道：「是有這麼樁事。」

湛明珩這些年一直不曉得納蘭崢還做得一手好點心，直至前不久一日，她因去不得書院侍讀，便多做了些內宅的活計，差人給弟弟送去一盒芸豆卷。

那糕點不僅內餡香甜爽口，且還精緻貌美，色澤雪白，柔軟細膩，雲戎書院的學生瞧了都爭著想嚐。

納蘭嶸為人低調，卻自幼以姊姊為傲，因而很是朝旁人炫耀一番。食盒裡總共八個芸豆卷，一下湧來好幾位公子哥，可憐皇太孫在一番激烈的自我掙扎後伸出手去時，那裡頭早已精光。

納蘭嶸倒想將手中僅剩的那塊讓給他，他卻嫌棄旁人拿手碰過的食物，憤然拂袖走了。

又聽那些公子哥將這芸豆卷誇得天上有地上無似的好吃，更是氣得鐵青了臉。

彼時不知哪家公子哥讚了一句：「納蘭小姐日後嫁了人，主中饋必是極佳。」

湛明珩就冷哼一聲接道：「她用不著！」

未及那少年反應過來，便有另一人提醒道：「傻了吧，你見過太孫妃主中饋的？那皇宮裡的御廚幹什麼吃？」

納蘭崢光猜便知湛明珩有多生氣，想了想就與弟弟說：「宮宴並非能飽腹的場合，尤其他是主人家，更吃不了多少東西。這樣，明日我起個早，做些點心，你替我拎個八寶盒去宮裡。」

納蘭嶸聞言，竟比明日將要吃到點心的那人還高興。「姊姊放心，嶸兒一定原封不動地將八寶盒好好交到太孫手裡！」

她剜他一眼。「誰說要你交給他了？你就拿著八寶盒往他面前晃悠一圈，他若眼饞了，你便拚死不給，待他動手搶了再鬆口！」

唯「姊」是從的納蘭嶸自然照做，待翌日宮宴一結束，便興致勃勃奔回桃華居。

晚宴為家宴，皇室以外的子弟沒有資格入席，因而納蘭嶸等只走了個午宴，可單是如此，便夠叫他與姊姊說上大半個時辰的話。

他往姊姊跟前一站，小手一背，就差打起副快板，從太孫一身袞冕瀟灑入席講起，講得那叫一個滔滔不絕。

納蘭崢是曉得的，她這弟弟早便被太孫「收服」了，若是個女孩想來也該成為湛明珩眾多仰慕者中的一個。只是她有些不可思議，發現原來弟弟還有說書的潛質。

可惜又是個瞎不正經的天賦！

「姊姊，妳是沒瞧見姚元青那模樣，就差將下巴磕到湯水裡！太孫還特意出言關照，問他席間酒水膳食是否合胃口？他哪裡還有胃口，臉都白成那席上的麵皮了！回頭不遭晉國公一頓鞭打就算走運了！」

納蘭崢笑笑，心道湛明珩不可謂不黑心，當然，姚元青是該的。前頭松山寺那樁事，起先作妖的可不正是他與那張管事。

他這心黑得很合她意。

納蘭嶸又說起旁人。「不過，我瞧倒也非人人都有那般大的反應。」

她點點頭。「自然。書院裡並非皆如姚元青那般的紈袴，這些年總有些從旁門左道得到風聲，並不是人人都被蒙在鼓裡，只是那些人聰明，知道卻裝作不知。」

「如此說來，既是有人及早瞧出真相，太孫假作明三意義何在呢？」

她想了想，不答反問：「嶸兒，你可知我朝政局動盪的癥結何在？」

「嶸兒不知。」

納蘭崢便用淺顯的話與他解釋：「癥結在『武』，或者說，在我們這些公侯伯世家。太祖皇以武力征服前朝，自然當以前朝為鑑，謹防我朝成為下一個前朝。當年為打江山，太祖皇賜予我們的祖輩無限榮光，不僅封爵賜賞，甚至將實打實的兵權都交到祖輩們的手中，如此，江山是打下來了，可兵權易付不易收，不能不說留下了無窮後患。公侯伯世家林立，一代代承襲下來，其中的變數太多，陛下自登基以來便致力於整治這些，卻並非一朝一夕能夠成就，這擔子最終還得落在太孫肩上。太孫本非去書院唸書，那些東西他一樣也不用學，因早便融會貫通……你可明白？」

納蘭嶸細想一番道：「嶸兒明白了。太祖皇設立雲戎書院並非僅僅培養武將能人，陛下叫太孫去唸書亦非鬧著玩。書院裡的學生將來都得承襲爵位，太孫及早與咱們往來，便及早摸清了咱們的底細——能力、心性，乃至家族背景。哪怕太孫的身分被發現了，那也是有好處，太孫可因此知曉，哪些人是心有城府，哪些人是在宮裡暗中培植安插勢力的。至於諸如姚元青之流，將來注定沒有好果子吃。」

納蘭崢點點頭讚賞道：「說得不錯。」她講道理講乏了，便問弟弟。「不說這些了，那交代你的八寶盒如何了？」

納蘭嶸笑起來。「姊姊，妳不曉得，那席間的精緻吃食太孫一樣沒碰，就光捧著妳的八寶盒，完了連空盒都不肯還我，非說咱們國公府小氣，連這破玩意都要討回去！」

她一噎，心道有那麼好吃嗎？轉念思及湛明珩或有的罵罵咧咧神情卻忍不住彎了嘴角。

又聽弟弟說：「還有呢，太孫非將前頭書院幾名公子哥吃過的芸豆卷舉得高高的再往嘴裡放，那幾人一瞧，自然猜到這點心出自誰手，有個同好便出言調侃太孫，這下竟是滿席的人都曉得！姊姊，妳的手藝可傳遍京城了！」

納蘭崢聞言一愣，隨即便哭喪了一張臉。

她這好弟弟，那將要傳遍京城的哪是她的手藝，怕是她對湛明珩所謂的「思慕之情」才對吧！

她做什麼芸豆卷啊，這下臉丟大了……

納蘭崢翌日便收到湛明珩的信，心道定是自己那好弟弟在他生辰宴上說了什麼，才叫他以為她成日閒得發慌，眼巴巴等他來問候。

那信倒是好一大篇洋洋灑灑，卻見結尾處的墨跡是新添的，似乎隔了夜，像寫到一半睡著了，醒來方才記起還有這回事。

她有些不高興。他忙歸忙，給她寫信怎麼好睡著呢。

只是讀完卻又哭笑不得了。湛明珩說，他近日才知她七歲那年落過水，是顧郎中救了她，想來她這不懂事的沒好好謝過人家，才叫人家如今登門拜訪討禮來。他已給顧郎中送去各式綾羅綢緞，隨附黃金白銀，叫她不必再掛心這恩情，他都替她還乾淨了。

納蘭崢自然曉得他是故意捉弄人的，可這禮都送了，她還能討回來不成？況且就她與顧池生眼下尷尬的境地，怎麼也不好上門去跟人家解釋，只好回信罵了湛明珩一通，叫他此後辦事先與她商量過，莫拿這些俗物折辱了讀書人。

湛明珩倒好，過一日又來信說，既然她心有不滿，他便給人家再添些文人墨客喜好的珍奇古玩去。

於是，她再不敢提顧池生一個字了。

所謂傷筋動骨百日，直到了小寒時節，納蘭崢的腿腳也未能全然下地。過了小寒卻是「出門冰上走」的肅殺光景了，雪一場複一場綿密紛揚，除去日日不落地到青山居探望姨娘及給長輩的晨昏定省，她幾乎窩著不動，倒因此圓潤不少。

卻可惜未圓潤對地方，以至年節守歲那夜，祖母再叫她多吃，她就不願意了。反正都不會長胸，她可不想臉生橫肉被湛明珩嘲笑。

他前頭還來信問她好吃懶做這麼些時日，是否當真對得起「肥肥」這乳名了？想來他許久未與她碰面，再見必然瞧得出她長了肉。

她因此對著那案前的纏枝牡丹紋銅鏡發了好幾日的愁，眼見腿腳好了便出屋去院中搭葡萄架。動一動總歸要好些吧！

歲末天寒時節，葡萄架被草簾子覆蓋著，如今元月近半，氣候回暖，她便指揮下人們將它拾掇出來，又踩著小兀子親手修剪上頭枯萎的枝條。

暮冬的日頭不曬人，反倒十分暖融和煦，她一刀刀裁著也不吃力。

綠松與藍田在下頭瞧著她那膚如凝脂、吹彈可破的臉蛋，倒覺小姐的模樣似乎更俏了。兩人是與長輩一個眼光的，都覺她圓潤些好。

這麼裁了一會兒，忽聽牆外有人低語。先開口的那個道：「姊姊倒是時運不濟，照您這姿色，倘使未被差遣來這裡，當夜得了恩寵的怕便是您了。」

納蘭嶸聽出這是宮裡來的四名婢子中的一人。

又一人緊接著道：「仔細著些說話，便出了東宮，也該守著東宮的規矩，殿下的床榻豈可容我等隨便爬？妳小心掉了腦袋！」

前頭那個放低了聲音。「我也不過替姊姊可惜罷了，那香蘭運道好，入了殿下的眼，來日可就在您跟前放肆了，畢竟是殿下頭一回開葷……」

納蘭嶸聽到此處，手中剪子一刀下去，沒剪著枝條，反倒斜斜一劃割到自己。她連痛都忘了，卻聽綠松與藍田驚叫一聲：「小姐，您的手！」

牆外的聲響立刻停了。

她的食指心一道極深的傷口，涓涓往外冒著血珠子。綠松與藍田趕緊拉她下來，扶她回屋去裹傷。

直到藥粉撒在指頭上惹來鑽心的疼，納蘭崢才回過神來。

還有什麼不明白的呢，她畢竟也活過一世，有些事總歸聽過的。只是竟覺心裡堵得慌，幾乎都要喘不過氣來。

湛明珩他……竟與人做了那等事嗎？

葡萄架沒搭成，就那麼荒在院子裡。納蘭崢看著指頭的傷口，過後幾次欲再踏出屋門，看見那一團亂的枝條便止步了，心裡煩悶得很。

她不傻，初始雖被氣懵，可也很快想明白了。東宮出來的宮婢不會無端亂嚼舌根，那話是有人刻意要她聽見。鳳嬤嬤想提醒她，太孫並未對她多上心，今日有爬上他床榻的宮婢，來日還有旁的，她不可自恃太過。

想通這些，她竟不氣湛明珩了，反倒氣起了自己。她是當真仗著皇恩看不清形勢了，通房也好，妾室也罷，對男子而言都是再稀鬆平常不過的事，何況他是太孫，不過與一般大戶人家出身的公子哥一樣，及早全了那開苞禮罷了。

她究竟在不舒心些什麼，還沒做太孫妃便顧忌上這些！如此這般的小氣，與她素來不喜的主母謝氏又有什麼分別？

納蘭崢悶坐在小香几上蹙著眉，心道自己會被鳳嬤嬤輕易一招便考倒，是因當真太在意湛明珩了吧，她從前竟一點也沒意識到。

她心煩意亂地起身從一摞書卷中翻出《女訓》與《女誡》的篇章，著了魔似的一遍又一遍地唸，倒叫後來的岫玉很是奇怪了一陣。

綠松與藍田被她吩咐了不許多嘴，因而彼時不在外牆的岫玉自然一頭霧水。翌日元宵佳節隨鳳嬤嬤一道回宮面見太孫，被問及納蘭崢時便提起了她這番異常舉動。

湛明珩憂心鳳嬤嬤將他不規矩的行事責難於納蘭崢。這三個月只與她書信往來，因此聞言也是一頭霧水，便想走一遭魏國公府問問，看是誰人惹了她不痛快？卻奈何宮中設了元宵宴，他一時脫不開身，待入夜才得以藉機開溜。

只是還未翻進國公府的牆垣，便有安排在附近的錦衣衛向他回報，說納蘭小姐不在府上，去西市看燈會了。

他眉頭一皺。虧他心急慌忙趕來，這丫頭分明心情不錯！

第三十一章

納蘭崢往年是不大看燈會的，那街市魚龍混雜，並非她一個閨閣小姐該去的地方，只因今兒個實在煩亂，才帶綠松與藍田一道出門，想著散散心約莫會好些。

元月宵夜，華燈溢彩。上頭破格取消夜間戒嚴，允許百姓逛燈三整夜，其間人物舞獅、看戲、猜燈謎，可說熱鬧非凡。

長不見頭的街巷燈燭遍眼，有小孩在點炮竹嬉鬧，綠松與藍田便將納蘭崢護在中間，免得她被傷著。納蘭崢倒沒怕，反覺心緒因此開朗不少。

各家謎社在巷子裡張燈懸謎，吟詠詩詞，她也摘取幾張謎條，認真動起腦筋來。見那些隱語不乏趣味，甚至許多還附了細緻的事物畫，便忍不住彎起嘴角。只是終歸不好惹了旁人的眼，因而只是瞧過就走，也不像平民百姓那般頭碰頭細論謎底。

行過城中河道時，綠松瞧不少青年男女攜伴在岸邊燃放河燈，便問小姐可要試試？那河面寬闊，簇滿了各式各樣的花燈，波光粼粼，映襯得幾乎與白晝沒有分別。納蘭崢瞅了眼，卻還是搖頭了。

綠松就笑著說：「小姐怕水，那咱們不放河燈，放天燈就是了！」

她這才點點頭，叫綠松去買盞天燈來。

三人到了一處人煙較少的開闊地帶，納蘭崢不太會擺弄這個，倒是綠松曉得多一些，便教她如何寫願、如何點火。

她想不到該寫什麼字樣，只覺這周遭人人都瞧得見的祈願叫她怪彆扭的，因此懸筆許久，直至一滴墨汁順著筆頭落下才不得不按腕。

可如此一下筆，竟不知為何寫下一個「明」字。

她自己也一愣，抬頭瞧見綠松和藍田的曖昧眼色，靈機一動，慌忙在那棉紙上頭又補了一個「長」字。

綠松與藍田對視一眼，自然不會戳穿了小姐的心思，只笑著道：「天燈長明，心願則靈，小姐這字題得妙極。」

納蘭崢訕訕地笑，叫她二人將天燈撐起來，隨即親自彎身去點火。放天燈本就是圖個寓意，若叫旁人點火，那就不誠心了，她想自己來。

只是昨日割傷了食指，此刻手還不大靈便，因而頗花了些時辰。她一面費力地蹲著搗鼓，一面頭也不抬地交代道：「妳二人可撐穩了。」

四周人聲鼎沸，琴鼓喧鬧，似乎誰應了個「嗯」，她沒大聽清那聲音，繼續專心擦火。好不容易劃著，便盯著那竄動的火苗問：「綠松，妳瞧這樣可是好了？」

她問完遲遲沒聽到應聲，又瞧了那火苗一會兒，心生疑惑，抬眼一看，兩名貼身丫鬟竟都不見了。

她心下大驚，猛然站起，那天燈卻恰在此時晃晃悠悠浮上天空。

碩大的天燈升起，先見一雙墨黑的皂靴，再見金絲線勾勒的雲紋邊幅。隔著一方天燈的距離，有個人靜靜望著她。他的眼底倒映了她身後街巷萬家燈火，還有近在咫尺的她。

他好看的唇角微微彎起，噙滿了笑意。

天燈愈爬愈往上，卻是誰都忘了去看。納蘭崢愣在那裡仰首瞧著他，只覺四面景物都停下來。琴鼓歇音，人聲寂寂，遠處河面漂浮晃蕩的花燈也歸於寧靜。

她瞧著他俊挺的鼻梁，忽覺呼吸發緊，心間似漏了拍。

湛明珩伸出一根手指刮了下她沁涼的鼻尖，笑著說：「妳發什麼傻，可是我太好看了？」

他這麼一打諢，她就聽見了一陣噼哩啪啦的炮竹聲，心道剛才一定是聾了！

她嫌棄地拍開他的手。「你做什麼動手動腳的，綠松與藍田被你支去哪了？」

湛明珩心道自己不過動了手，便被冠上動手動腳的名頭，既然如此絕不能吃了虧，於是厚著臉皮動腳挪步靠過去。「怎地總是一開口便問旁人，我堂堂皇太孫還不若那兩個丫鬟？妳放燈的時候想著我，瞧見我這大活人了又擺臉色，這算什麼道理？」

納蘭崢蹙起眉，扭頭就走。「你哪隻眼睛瞧見我是想著你了？」

他笑吟吟地指指上頭那早已不見蹤影的天燈，一面跟上她。「妳先寫的『明』，再補的

『長』。」

她驀然止步，氣得說不出話，那胸脯一起一伏，好半晌才憋道：「我是倒裝又如何？況且，方才我還聽那西市賣燈的夥計叫明二狗呢！」說罷繼續疾步往前去。

被影射成「明二狗」的皇太孫神情鬱卒了一瞬，見她臉都紅了，便不好再出言調侃，怕惹怒了這小丫頭，叫他自此再闖不得她閨房的窗子，只跟上道：「好了好了，與妳說了多少回，氣多了長不高的。妳瞧瞧妳，淨生肉了。」

這世間怎會有他這般不解風情之人，竟是哪壺不開提哪壺！納蘭崢氣得一跺腳，狠狠剜他一眼。「我就是長不高，就是淨生肉，要你多什麼嘴，你且給我站住，莫再像牛皮糖似的黏著我！」

這妮子今兒個脾氣怎地這般大？

湛明珩皺皺眉停下來，倒是不願再死皮賴臉纏著她了，卻見那街市人潮洶湧，她那麼單薄的身子，孤零零一個，一沒入怕就找不到，只好複又提步上前，一面解下自己的披氅道：「是我想跟著妳嗎？怪妳那兩個丫鬟行事不可靠，一下走得沒了影，我若不看緊妳，待出了什麼岔，魏國公鬧到我這來可怎麼收場？」

分明是他支走人家的，竟也能大言不慚地顛倒是非黑白，說罷還去給納蘭崢裹披氅，感嘆道：「的確太不可靠了，大冷天的也不曉得給妳多穿些衣裳。」

納蘭崢原本也披了狐裘，只是方才彎身放燈不便才摘下，她見狀推開他。「我不冷，你走開些！」

湛明珩這下愈加納悶。她在矯情個什麼勁？莫非是前頭與那風度翩翩的顧郎中見了一面，便嫌上他了？他拘著自己不來找她，為此憋悶得氣血都不順暢，卻叫他人鑽了那般空子！

他硬是將披氅給她裹好，出口含了些怒意。「不冷也給我裹好了！這街市上多少男子，妳一個閨閣小姐，這般無遮無攔走著，也不怕給人瞧了去？」

納蘭崢聽見這話就停下來，深吸一口氣，偏過頭盯著他冷笑道：「你倒是只許州官放火，不許百姓點燈了？我便是已被人瞧了去，你這般嫌我，莫不如回宮找你的香蘭香蓮香梅香桃去吧！」

湛明珩聞言一愣，扶著她肩的手都僵了。

納蘭崢眼見他如此情狀，便知事情不假，惱怒得甩開了他，頭也不回往人潮走去，就是要他再找不著她。

他那手還懸在半空，回過神來就扭頭去追，大跨幾步拽過她的手腕蹙眉道：「這話誰與妳說的？」一問罷不等她答便自顧自想明白了究竟，臉色登時陰沈下來。

他動了怒，沒留意掌心還攥著納蘭崢的手，聽見她「哎」地一聲才意識到弄疼了她，忙鬆了力道，又將她的手抓起來看可有傷著，誰知這一抓卻先瞧見了她食指上裹的白紗。

他整個人噎在那裡，竟是一個字也吐不出來。好了，他知道誰惹她不痛快了，可不就是他自己嗎？

納蘭崢瞧他這般毫不理屈地抓著自己，自是氣不打一處來，心裡頭越發不舒暢，使力將手縮了回來。「你倒是放開我！」

她這短短一句，說及最後兩字竟帶上了哭腔。

湛明珩不敢用力，怕再弄疼她，張嘴想與她解釋，抬頭卻見她先紅了眼圈，那眼淚毫無徵兆說來便來，滴答滴答地落。

納蘭崢當真太委屈了。前頭鳳嬤嬤如何待她，她都忍得，甚至還誠心反省，自覺修養不夠，翻來覆去地捧著《女訓》與《女誡》，想將那顆歪斜的心給擺正，也不敢拿這芝麻大的事擾他政務，刻意瞞著岫玉。可他一點不知她苦楚，照舊那般凶巴巴地對她，嘴裡沒半句好話，又是嫌她長肉，又是嫌她被旁的男子瞧了去！

她思及此，越哭越凶。「你身分貴重，肆意妄為都沒人敢說你，我便活該受你欺負，連瞧個燈會都是錯的！……你既處處都挑我的刺，又何必總招惹於我？」

湛明珩懵了，可再顧不得什麼旁的男子，慌忙伸手給她擦淚，語無倫次道：「洄洄，不是……我沒有……」

納蘭崢可不要他擦淚，又將他的手一把拍開，且這下拍得大力，「啪」一聲清脆響亮，足可與那王婆拍瓜的動靜相媲美，引得周遭好幾名過路客側目過來。

有人低聲調侃：「小姑娘模樣生得挺俏，不想卻是個母老虎。」

又有人說：「人家小倆口吵架關你什麼事，說得像你家媳婦不打你似的。」

湛明珩聞言回頭狠狠殺去個眼刀子。「哪個多嘴的，見過這麼好看的母老虎？」說罷攬過納蘭崢，替她裹緊披氅，往人煙稀少的地方帶。

若換作平日，納蘭崢必被那話逗笑，眼下卻一點也笑不出來。只是終歸也覺這當街吵嚷太沒涵養了些，就揀出巾帕擦淚，沒再推拒湛明珩，直入了那清冷無人的小巷才冷聲道：「承乾宮裡頭那麼多宮婢你都管不過來了，管我做什麼？你回去，將綠松和藍田給我喊來。」

湛明珩哪裡肯走，好歹尋回腦子，不再語無倫次，一點點與她解釋：「我承乾宮裡頭沒有香蓮香梅香桃，倒的確有個香蘭，前些日子經人授意爬上我的床，可我當即便命人將她打二十大板丟出宮外了，想是後來根本沒能熬過這冬。我未曾碰過她一根指頭，洄洄，是妳誤會了。妳告訴我，這話是她們幾人誰與妳說的，我回頭照樣打死了給妳出氣。」

他曉得納蘭崢不喜歡被拘著，因而當初松山寺那遭過後，原本只派了岫玉一人去顧著她，是鳳嬤嬤主動向皇祖父「請纓」，這才成了後來的局面。此事是皇祖父准許的，且鳳嬤嬤於他而言也是長輩，他不能全然沒有規矩地胡來，只得叫岫玉將人看緊些。

岫玉是他的心腹，另三名宮婢卻不好說，如今果真辦了這等殺千刀的事！

納蘭崢聞言才肯抬眼看他，實則心裡已有些信了，出口卻仍惱怒。「你這般草菅人命做什麼，她們也只是聽命辦事罷了！況且，你說沒碰便是沒碰了？我哪曉得真假！」

湛明珩實在冤枉，哭笑不得道：「這事承乾宮上下俱都清楚，就那被褥與床榻我都命人砍斷燒爛換了新的，眼下甭說婢女，便是個太監也不敢近我床沿三尺。妳不曉得，她們如今服侍我都哆嗦，我可就差得自己穿衣裳了！」

他說完瞧納蘭崢似乎氣消了些，才去牽她一雙手。「洄洄，妳若不信，眼下隨我回宮看看便曉得了。」他並非敢做不敢當之人，也沒道理騙她。

納蘭崢找回了場子，卻覺丟大了面子，因那子虛烏有的事這般心神不寧，竟還在他跟前哭了。

她一下脹紅了臉。「什麼信不信的，這事同我有什麼干係！你……你還是趕緊回去吧！」她早便嗅到他身上清冽的酒氣，想是偷溜出宮宴跑來的，估計這會兒有人在尋他了。

湛明珩哪會在意那些小事，這下心神穩了，慌過一遭後，沾沾自喜的勁頭便興起了，將她那雙手握在手心裡摩挲著笑。「妳可莫與我說方才醋得那般厲害的人不是妳。」

納蘭崢真想找個地縫鑽了。這人怎就不曉得給她留些情面呢？他瞧出來便瞧出來，何必非說得這般直接，叫她羞惱不堪！

她想掙開他，奈何他此番使了巧力，弄不疼她卻偏將她攥得緊。

她脫身不得，只好瞪著他狡辯：「你醉酒了，說什麼昏話！」

湛明珩心道自己不過喝了盅清酒，離醉還差十萬八千里呢，夠壯膽倒是真的，就擺出正色道：「洄洄，前頭我是念著妳小才不與妳講那些話，怕嚇著了妳，如今卻覺妳是一點也不小了。」想來那幾名宮婢叫她聽見某些話時措辭不會太露骨，她竟也能聽明白，那他憋著那些個比之清淡百倍的話，悶得傷肝傷肺的做什麼！

納蘭崢沒大明白他的意思，只覺他在調侃她，叫她下不了檯面，心道若自己羞了便是著了他的道，就嘴硬道：「沒吃過豬肉還沒見過豬跑的嗎？我懂的可多著呢！」

真懂得多的人可不會這般虛張聲勢。

湛明珩聞言笑得肩膀都顫起來，倒想說既然如此改日便叫他「見識見識」，卻怕如此葷話叫她一時氣急不肯搭理他，咳了幾聲斂色道：「我說認真的與妳聽。鳳嬤嬤往我床榻上塞人，是怕我在妳身上花太多心思，耽擱了政務，想叫我移情的。」

納蘭崢也明白老人家的心思。一旦湛明珩嚐過男女情愛滋味，哪還會對個未長開的小女娃感興趣呢？畢竟連她也是這麼想的。

湛明珩卻說：「可我不曾為誰拘束自己，是當真打心底不願碰她們。洄洄，我既拿定主意等妳，就不會與旁的女子再有一點干係了。」

他在納蘭崢跟前少有這般正色的講話，她聞言竟連手腳都不曉得擱哪了，偏他卻是一瞬不瞬盯著她，瞧得她那薄薄的臉皮直要被燒穿。

納蘭崢並非木頭，尤其松山寺那遭過後，多少也察覺了些他的心意，只是她還道素來「天大地大面子最大」的皇太孫是絕不會將這等話掛在嘴邊，哪怕對她有意，也不過待她到適當時機，請陛下賜個婚罷了。

以他的身分，連媒人這步都不必走，她又何曾料想得到這般場面，一時真不知如何回應，只得垂眼結巴道：「等……等我做什麼！你快些回宮去！」

她哪是沒聽懂，分明是羞極裝傻，趁勢趕人了。

湛明珩曉得她在這事上臉皮薄，卻因自己已壯著膽將話說盡，絕無叫她好運逃避掉，就攥著她那雙小手往懷裡一帶。「妳這裝傻的功夫是越發厲害了，好，也不必向皇祖父覆命，與我回話就是。」

納蘭崢被迫湊近他，被他周身混雜著清冽酒氣的龍涎香惹得一陣眩暈，聞言訝異抬頭。「陛下的主張……你竟都知道嗎？」

「我有什麼不知道的？」湛明珩一挑眉，活脫脫便是副無賴樣。「考慮了這麼些時候，也該考慮出名堂來了，今日便與我說清楚吧，妳是嫁我不嫁？」

他攥她攥得這般緊，幾乎將她圈進了懷裡，問她肯不肯嫁他？

納蘭崢卻要被氣暈了。湛明珩簡直比天子爺還無賴，他究竟懂不懂那嫁娶的規矩、懂不懂那議親的順序，哪有人這般發難似的逼問女方的？

她氣極便不管了，咬咬牙道：「湛明珩，你這是求娶還是綁架呢？你聽好了，我不嫁！」

湛明珩難得沒動怒，笑吟吟道：「等的便是妳這句不嫁。納蘭崢，妳不就喜歡口是心非嗎？我明白妳的意思了，皇祖父已將妳我二人的八字合過，妳倒是旺夫，不過此事不急，總要等妳及笄。好了，夜已深，我差錦衣衛送妳回府，宮裡頭還有要緊事，我得先走一步。」

她的生辰八字何時被偷走的，這一家子都是強盜嗎？她一個不留神，竟叫這婚嫁的六禮過了問名！

納蘭崢張著小嘴看流氓似的盯著他，連話都說不上來。

他一溜煙不帶喘氣地說了這許多，是打死不給她反駁的機會了，什麼宮裡頭有要緊事，她信他才有鬼呢！

湛明珩說罷便鬆開她，皀靴一轉要走，卻像想起什麼似的複又回過身來，忽然俯下臉往她頰側梨渦啄了一下，隨即飛似的跑了，一閃便不見蹤影。

納蘭崢在原地足足愣了十個數才摸著臉頰回過神來。「哎！湛明珩，你流氓啊！」

奔出老遠的皇太孫一腳踩著顆石子，崴了一大步，迅速理理衣襟，撣撣袖口，斂了色一本正經地往前走。

第三十二章

納蘭崢翌日便沒見到那幾名宮婢，雖未聽岫玉向她交代，也猜到了究竟。她不願輕易懲戒下人，可但凡牽扯到東宮便不再是小事。湛明珩須立威服眾，倘使隨便一個東宮的婢女就能違背他的意思，那他這皇太孫也不必做了，因此她也沒替她們求情。

再見鳳嬤嬤倒無甚不同，這位太孫的乳母照舊一面對她板著臉孔，一面將桃華居諸事安排得仔細妥帖，似權當前頭那齣不曾有過。

納蘭崢曉得，這般人物便是後院著火了也不改姿態，自然不會讓人瞧出內裡的心思。實則以湛明珩的性子，怕昨夜回宮已與她鬧過一場了。

用過午膳，有下人來桃華居傳話，說二小姐製婚服，太太問四小姐可要一道幫著去參謀參謀？

哪裡真要她參謀，謝氏是想方設法叫姊妹倆和解。可納蘭崢與納蘭沁不尷不尬了這麼些時候，逢年過節也不過皮笑肉不笑地彼此招呼一聲罷了，何必多做這無意的表面工夫。

鳳嬤嬤找了由頭替她回絕，又與她說：「四小姐做得不錯，二小姐的親事有太孫看著，您放心便是。」

這話裡頭自然有話。

前頭謝氏打了淮安顧家的主意許久，卻是未能撥響這如意算盤，後又因湛明珩三不五時差人來提醒，說府上二小姐年已及笄還未許配人家，話裡話外似預備插手她的親事，只得忙不迭換了路子。

這不，出路太好的太孫要阻撓，出路太差的她又不忍心，左思右想只得再尋交好的杜家幫忙，湊個過得去又不惹眼的。碰巧杜才齡那任涼州知州的長兄正妻亡故三年，如今恰要新添繼室，便說通了這樁親事。

杜知州杜才寅年二十八，任從五品的地方父母官，身分背景倒也不差。只是涼州那地界複雜，一面是富庶的西北商埠重鎮，一面是毗鄰北疆異族的軍事要塞，在那裡當差，油水不少，日子不差，卻得小心腦袋。

太孫很滿意這樁親事，默許了，納蘭崢就猜那杜才寅大約不是什麼好人，何況普天之下莫非王土，倘使湛明珩真想針對納蘭沁，她逃到涼州又有什麼用呢？

偏生陛下允了太孫處置此事，謝皇后亦是無能為力，謝氏求天不應求地不靈，只覺能將女兒交給杜才寅托庇都算好的了。畢竟她那倔女兒至今連個錯也不願認，皇家不肯鬆口也是情有可原。

如是這般從年前籌備至年後，兩家人擇了個二月末旬的吉日作為婚期。只是涼州離京城路途遙遠，男方不可能在大婚當日來魏國公府親迎，因而是納蘭沁及早去到涼州，且先安頓在當地的新府。

此去涼州，納蘭遠身為大家長自然缺席不得，否則便太失國公府顏面；謝氏及已嫁作人婦的納蘭汀也一道陪同，謝家那邊亦派了納蘭沁的表兄表嫂充場子，作全了禮數。

至於納蘭涓與納蘭崢不好拋頭露臉，便連二姊夫的面都沒見著。

魏國公府的嫡小姐，這般嬌貴的出身卻遠嫁外省，此後天南海北難得娘家護佑，納蘭沁這下場，不能不說已夠慘的。當然，或許還有更慘的等著她。

二月末旬，一家子啟程離京的次日，納蘭崢在閨房安安分分做女紅，忽聽下人傳話，說公儀府派人來，懇請她上門走一趟。

她一頭霧水之下，帶了岫玉與綠松出桃華居，卻見候在正堂的人是顧池生。

當然，胡氏也在場，否則他這來訪便太不合規矩了。

納蘭崢步至門檻腳下一滯，顧池生顯然也有些拘謹，卻是神色匆忙，似顧不得許多，不過一頓便向她頷首示意。

胡氏解釋道：「崢姐兒，這位顧大人此番是替公儀老夫人來請妳，至於那緣由，妳聽顧大人講吧。」

顧池生向胡氏頷了頷首，繼而看向納蘭崢。「納蘭小姐……」他道出這稱呼後頓了頓。「顧某冒昧前來，還請見諒。實在是老太太病得糊塗了，偏說您像極了她的孫女，顧某見老太太不久人世，惦念孫女，心有不忍，這才來問您一句，可能隨顧某去一趟公儀府？您便當行個善事，替老太太了了這心願吧。」

納蘭崢哪能不應呢？前世的祖母待她極好，與胡氏不一樣，那是真正不圖他物，將她擱在心尖上疼的人，倘使到了此刻，她還要顧忌顧池生、顧忌自己的身分，那就太自私了。

她一路沈默著來到公儀府，過垂花門進內院，到了公儀老太太何氏院內的正房，一眼瞧見那紫檀松壽齊天架子床沈穩端正，其上浮雕精緻，交錯盤結，正是她前世幼年常往裡鑽的榻子。

屋裡頭簇滿了人，公儀歙與季氏站在老太太榻前，後頭是聞訊趕來的小輩們。

顧池生先納蘭崢一步進門，緊了步子上前拱手道：「老師，學生將納蘭小姐請來了。」

眾人聞言齊齊回過身來，看向扶著槅扇的納蘭崢。小姑娘匆匆趕至，有些許濕氣落在她雪色的狐裘領上，倒春寒的天，凍得她白皙嬌嫩的臉微微透紅。

她站在那裡，看起來竟有幾分不合道理的近鄉情怯。

公儀歙尚不及換下朝服，想是方才從宮中趕回，他的目光先落向納蘭崢緊扣著門框的手，繼而才上移瞧她的臉容。

那目光太銳利了，竟叫納蘭崢心下一跳，隨之垂下眼，端正姿態福身道：「魏國公府納蘭崢見過公儀閣老、公儀夫人。」

公儀歙這才打消了審視，向她點點頭沈聲道：「納蘭小姐沿途辛苦。」

他說話的音色比當年更厚重了，甚至因上了年紀，聽來有些渾濁。

闊別十三年，曾經的父親與她道一句辛苦。

納蘭崢垂眼搖頭示意無礙，又聽季氏道：「納蘭小姐，煩勞妳走這趟。想來池生都與妳說了，妳到榻前來吧。」

眾人俱都瞧著她，心道小姑娘的容貌與四小姐無半分相似，老太太果真病得糊塗了。只是老人家的臨終遺願，他們做小輩的哪有不成全的道理，得虧納蘭小姐心善，才肯應那荒唐的請求來這一趟，假作個已故十三年之久的人。

納蘭崢聽季氏的話走上前去。

倘使她未記錯，槅扇離床榻總共二十八步。從前祖母訓練她的儀態，她便計算步子走這段路，非得將每一腳的大小挪得一寸不差才行。

這短短二十八步，還與從前一樣漫長難熬。

她垂眼走到榻前，就見何氏枕著藥枕，那雙毫無神采的眼瞇成縫，似乎就快要合上，滿頭的銀絲襯得她面白如紙。

這時有人說了一句：「老太太，您瞧，四小姐來了。」

何氏聞言竟睜開眼，也不知哪來的氣力，忽然伸手攥住了納蘭崢的袖口。「珠姐兒來了？」

她的手微微顫抖，納蘭崢見狀鼻頭立刻便酸了。

眾人讓開一些位置，她便順著何氏在榻邊坐下，反握住那隻乾瘦枯槁的手道：「祖母，是我……我來了。」

何氏笑起來，伸出另一隻手輕拍她的手背幾下，一面與眾人道：「你們瞧，我說什麼來著，是珠姐兒沒錯吧？」

眾人忙應承她。

她就繼續瞧納蘭崢。「珠姐兒，這些年……妳可曾記恨祖母？」

納蘭崢喉間一哽，強忍酸楚搖頭答道：「祖母，珠兒哪裡會記恨您。」

何氏笑著嘆口氣。「妳說好端端的，祖母過什麼壽辰呢？倘使祖母早些去了，又怎會害得妳年紀輕輕便遭遇那等禍事？」

「祖母，您這是說的什麼話。」納蘭崢吸一口氣，將眼眶裡的淚生生逼回去。「命裡有時終須有，那是珠兒的命，珠兒這些年記掛您還來不及，何來怨您的理。祖母的七十大壽珠兒錯過了，如今就盼著吃您八十大壽的壽麵呢。」

季氏聞言盯著納蘭崢的頭頂心，神情有幾分錯愕。

由於震驚太過，她險些便要出言詢問納蘭崢何以知曉得這般清楚，虧得被公儀歇一個眼色止住了。

老人家話說多了便要氣喘，歇了下才道：「妳這小饞貓，怕盼不著咯……」說罷將手慢慢伸回，摘下腕間那只成色上佳的翡翠玉鐲。「這鐲子祖母套了大半輩子……妳好好戴著，日後也好免些災禍……」

她說著便要將鐲子遞過來，卻實在氣盡，半晌近不得分毫，納蘭崢見狀忙去接，點頭道：「祖母，珠兒會顧好自己的。」

何氏的喘息已經十分費力，勉強道：「妳是顧不好自己的……總得有個人顧著妳，祖母才安心……珠姐兒的親事可有著落了？」

她最後一句問的是公儀歇與季氏，只是國公府小姐的親事哪是兩人好答的，四下便沈默了。

何氏似乎有些不高興，手指著他們說不上話來。

納蘭崢這時候哪敢叫她氣急，忙攥握了她的手道：「祖母，珠兒的婚嫁事宜都已安排妥當，您就安心吧！」

何氏這才和緩了些。「妳與祖母說說，是哪門哪戶的人家？可是規規矩矩照著那六禮來，明媒正娶的？」

「是……是很好的人家，必然要將珠兒風風光光明媒正娶了去的。」她結巴了下，如是含糊答了。

何氏點點頭，似說不動話，又拍撫起她的手背，只是這一下下的卻越發輕緩了。

納蘭崢僵坐在床榻邊絲毫不敢動，眼見她似要沈沈閉過眼去，忍不住急聲道：「祖母！」

話音剛落，那枯瘦的手便直直垂落下去，「咚」一聲敲在了床沿。

滿屋的人齊齊哀慟出聲，女眷涕淚不止，只納蘭崢臉色發白地死命咬著下唇，一聲不響。

接下來便沒有她的事了。

納蘭崢想將那翡翠玉鐲還回，卻見季氏注視著自己的眉眼，許久都未伸手接過，最後只道：「如此便是駁了老太太的臨終心意，妳這女孩與珠姐兒有緣，且收著吧。」

屋裡頭一團亂，難免禮數不周些，季氏沒法在這節骨眼親身送她出府，便叫幾名丫鬟代勞，又與她示歉。

她搖頭推辭，孤身往外走去，只是甫一步出何氏的院子便落了滿面的淚花。

候在那處的岫玉與綠松嚇一跳，忙問她可是出了什麼岔子？她哪裡答得上來，只顧著拿絹帕拭淚，卻不意這淚愈攢愈滿，竟是如何也揩不完。

身後傳來腳步聲，兩名丫鬟回頭瞧見來人，忙頷首行禮。「奴婢見過顧大人。」

顧池生的目光在納蘭崢微微顫抖的窄肩一落，很快便移開，與兩人道：「我想與納蘭小姐單獨說幾句話，就在前頭不遠的湖心亭，妳二人可在此處瞧著。」

雖說此地視野寬闊，確能將湖心亭那頭情狀瞧得清楚，岫玉卻仍面露難色。「四小姐？」

納蘭崢已稍許平復，朝她擺手道：「我隨顧大人去去便回。」說罷當先向湖心亭步去。

岫玉耷拉著眉瞧著兩人走遠的背影，低聲與綠松道：「這裡有我看著，妳快些通報外頭車夫，請他將此間情狀告知太孫。」

綠松遲疑了下，最終在顧大人與太孫間，毅然決然地選擇了太孫。

顧池生跟在納蘭崢身後，幾次伸出手，卻幾次都在離她背脊咫尺之處頓住，終究什麼也沒做。

直到她在湖心亭的石桌旁停下，他才動了動喉結，艱澀道：「我方才已與老師和師母作了解釋，稱妳與老太太講的那些，都是前頭我向妳說明的，妳……不必憂心。」

納蘭崢聞言有些僵硬地回過身來，看著他道：「謝謝你……池生。」

完了便陷入沈默，卻是良久後兩人同時張口。顧池生停下，示意她先說。

納蘭崢這才苦笑道：「……對不起。」

顧池生卻像知道她想說什麼。「妳不曾虧欠了誰，師母也好，老太太也罷，妳隱瞞了身分都是對的。」

這般怪力亂神之事，豈可隨便與人說道？莫說未必有人信，便信了也一時難以接受，恐將她視作了異類。他花了足足四個月，至今仍覺恍似身在夢中，寢食都難以安寧，更不必說像何氏與季氏這般婦人家，若她們知曉了真相，怎會不心緒大亂？怕這平靜的日子自此都要被攪渾了吧。

他說罷，見納蘭崢蹙著眉不說話，便知她心內仍在自責，繼續道：「老太太如今也算了了心願；至於師母……不告訴她，才是為她好。妳如今身分不同，已不可能回到公儀府，即便叫她知道又如何？多不過存個念想，曉得妳還好好活著，除此之外則百害無一利。朝堂之事……」他說及此默了默。「妳總歸也在太孫處有所聽聞。」

納蘭崢自然明白他的意思，這些年她又何嘗不是這樣想的？

公儀家與納蘭家關係平淡，不單是文臣武將的由頭，實則也與政治立場脫不了干係。就譬如針對北疆異族及河西商貿，公儀歇與納蘭遠便持了截然相反的政見。

婦人家本不會摻和朝堂之事，可倘使季氏曉得了納蘭崢身分，來日兩家人利益衝突時，她又當如何左右為難，心生痛苦？

顧池生繼續說：「還有老師處，妳須得小心，萬不可暴露了自己。」

納蘭崢聞言，咬了咬唇沒有說話。

「妳既活著，便知曉後來的事，必然怨恨老師未曾替妳伸冤做主；我亦心有不解，早些年屢屢與老師言及此事卻都無果。在查清此事利害關係前，妳不可叫老師知曉妳的身分，否則恐不利於妳。」他說到這裡停下來。「對不起，當年是我沒護好妳……」

「你那時不過八歲，又能做得什麼？倘使父親有心隱瞞我的死因，就不會給人透露分毫，你便查破頭也查不出究竟。」

這話的確不假，他猜到她的死或許涉及了某些政治利益，才叫老師默不發聲，卻奈何那些線索皆被處理乾淨，根本無從查起。

他當年真的太小，什麼都做不了。

他張嘴似想問什麼，納蘭崢卻像知道他的心思，搖搖頭打斷了。「池生，此事你不要再管，父親忌諱這些，你不必為個死人得罪於他，累及仕途。總歸我如今過得很好。」

顧池生苦笑了下。「妳倘使當真不在意了？那六年前又何必冒險再去那園子？」

她被問得一噎，只好道：「六年前是我心有執念，如今既從你口中得知父親態度，想來此事必然牽扯甚大，倘使挖掘下去，害了公儀府、害了母親可怎麼是好？昨日種種，譬如昨日死，我不查了，也不想知曉真相了。池生……」

她抬起頭來，直直瞧著他，一直望進他的眼底。「我不是公儀珠了。」

此句一語雙關，顧池生怎會聽不明白，她分明是勸他莫再執著舊事，不論他存了什麼心思。

他有些艱難地點點頭，最終雲淡風輕般笑道：「妳是誰都好，十三年前我視妳如姊，十三年後亦復如是。」

納蘭崢聞言默了許久才道：「祖母的後事必不會疏漏，你若得空，還替我多顧著母親些。池生，官場險惡，仕途艱難，你萬不可因誰走了歪路。我聽聞你表字『照庭』，你當如此名，做一位方正賢良、光風霽月的好官。你我再見，我便是魏國公府的納蘭崢，仍喊你一聲『顧大人』，今日之言，言盡今日……保重。」

第三十三章

納蘭崢與顧池生別過後便離開了。按照大穆禮俗，逢喪事人家，客不宜由正門出，幾名丫鬟就帶她走了偏門。

那偏門藏得深，拐七繞八方至，她對此路不大有印象了，就一步步跟著。原本倒也沒什麼，卻是步出遊廊恰見一角玄色氅衣自偏門簷柱拂過，似有人先她一步從此處離開。氅衣像男式的，被風捲起時，隱約帶了股淡淡的熏香氣味。

她不免心生奇怪。她算個例外，可旁的來客便是要弔唁，也不該趕得如此快吧？因而走出偏門就往那巷子口望了一眼，卻只及瞧見烏墨色馬車疾馳而出，轉瞬消失無蹤。

她皺了皺鼻子，停下步子，復又回過身去，看了眼門邊的木製簷柱。帶路的丫鬟瞧見她這眼色，忙頷首道：「納蘭小姐，這簷柱是楠木製的，雖時日久了，卻總有股幽香。」她說罷似覺自己多言，腦袋又低了些，埋首的神色有幾分不安。

這丫鬟如何知曉她心內疑問？或許她不過覺得簷柱好看，才回頭多瞧一眼罷了。

納蘭崢便順勢笑起來。「是了，楠木天然幽香，倒有股清淡的藥氣，叫人聞著十分舒心。不愧是閣老家的門面，簡中有細。」說罷便不再停頓，回身踏上了馬車。

待馬車轆轆駛出街巷，她才叫綠松問外頭車夫，可有瞧見方才那男子面目？卻聽車夫答，對方斗篷連帽，未曾露出臉容。

她便再問身旁的岫玉：「妳在宮中待了不少年頭，想必對熏香曉得多些，可知方才那股氣味是何物？」

岫玉回憶了下，說：「論製香，當是妤公主最在行，奴婢曉得不多，嗅著應是蟬蠶香。這種熏香在唐時曾稱『瑞龍腦』，是外使來朝所獻貢品，從前倒名貴，如今卻不算多罕見，宮裡頭的妃嬪們常用，太孫殿下那裡也有。」

納蘭崢聞言點點頭沒有說話。既是從妃嬪到皇子皇孫都用的香，就沒什麼特殊了。

岫玉瞧見她這神色便道：「四小姐，您不必多想，如公儀閣老這般身分的人，與宮裡人有所往來實屬正常，您若覺得蹊蹺，回頭奴婢與太孫殿下稟明便是。」

她點點頭。「原本是沒什麼，只是方才那丫鬟的反應叫我覺得奇怪。這些事我不大懂，倘使妳認為必要便與他講，沒必要就不用打擾他了。臨近結業，他在書院大約也忙。」

岫玉「哎」著應一聲，心道殿下連您一頓膳食吃了幾口都覺有必要回稟，那您心裡頭奇怪的事，哪能不一五一十地說呢？還有這句稱殿下忙的，可謂體貼入微的話，她也一定要原封不動報回去。

方思及此，車夫忽地「籲」一聲勒停馬車，回頭向裡道：「四小姐，來了名錦衣衛打扮的男子，攔下了咱們。」

納蘭崢一愣，便聽外頭有人中氣十足道：「屬下冒昧攔車，還請納蘭小姐見諒，實在是太孫殿下病得糊塗了，在那宮外別苑臥床不起，屬下心有不忍，這才來問您一句，可能隨屬下走一趟？您當行個善事，望一望殿下吧。」

納蘭崢：「……」

這話怎麼聽怎麼耳熟，可不正套用了顧池生前頭請她去公儀府時用的說辭嗎？這些平素端得嚴肅刻板的錦衣衛，到了湛明珩手底下做事，竟也這般油腔滑調了。

實則納蘭崢是曉得的。自從岫玉來府，湛明珩便對她的一舉一動瞭若指掌，她對此始終未有發聲，只覺他心思不壞，若這般能叫他安心便由他去，總歸她也無甚秘密，且被松山寺那一遭害過後的確時常心有餘悸，如此於她也好。

可他這回卻是過分了。

他那體格能輕易病了，還病得臥床不起？她信他才有鬼。

她當然不肯去，可那名錦衣衛卻哭喪著臉說，倘使請不到她，他亦無顏回去覆命，只好拔劍自刎了。

說罷真就拔劍橫在脖子上。

納蘭崢哀嘆一聲，叫車夫換道。她還能怎麼辦呢，她是學過兵法的，這是個陽謀啊。

私苑建在城東，與雲戎書院處的交兒胡同離得近，納蘭崢原本還道是座金碧輝煌堪比東宮的府邸，因而瞧見簡樸的雙扇宅門時險些以為來錯地方。

不過一入內，才從細微處覺察出銀錢的痕跡。

與北地一般門戶的建築不同，此處有股江南園林的風韻，廊橋水榭，奇花珍木，頗具詩情畫意。掇山疊石嶙峋多姿，鏤雕花窗玲瓏細緻。

納蘭崢這才信了，那一件件的大家手筆，果真是皇太孫的規制。敢情外頭低調的門面只是個幌子。

有婢子在前頭領路，她眼見越走越深，似是往臥房去，便道：「這位姊姊，我既是來了，太孫殿下也不必費神『臥床不起』，煩勞您領我去堂屋，我在那裡等他便是。」

那婢子卻只說：「納蘭小姐，奴婢領的這路便是太孫殿下吩咐的，還請您多見諒。」

她不好為難下人，只得憋著口氣去了。

成，就看看他是如何的病入膏肓了！

推門入屋便嗅到一股十分濃郁的藥香，納蘭崢心內哭笑不得，心道這戲做得夠足。越過幾道屏風，走到湛明珩榻前一看更覺了不得，他似乎睡著了，眉頭微蹙，面色潮紅，當真一副染了風寒的模樣。

她嘆口氣，福身行禮。「見過太孫殿下。」卻見湛明珩沒有一絲一毫的反應。

她咬咬牙，回身與候在一旁的兩名婢子嚴肅道：「妳二人是如何伺候的，殿下病成這副模樣，竟都無人洗條帕子來？」

湛明珩聞言一隻眼瞇開一條縫，想去瞅她，卻見她似有所覺地回過頭來，只得又閉上。

納蘭崢盯著他的臉繼續說：「看這模樣，帕子是不管用了，妳二人去取些碎冰來，我親自『照料』殿下。」

兩名婢子領命去了，片刻便將數個裹了碎冰的紗布包裝在木桶裡提了過來，又提醒道：「納蘭小姐，碎冰寒得很，您小心手，捏這頭的布條好些。」

她點點頭。「妳們將殿下的被褥挪開些，完了就下去吧。」

兩人依言照做。

湛明珩嘴角已經忍不住彎了起來，憋都憋不住。

紗布包足足裝了一個木桶，納蘭崢拎起最上頭那個回身，一眼瞧見他嘴角笑意，在心內冷哼一聲：笑話，她要對皇太孫用刑了，能叫那些婢子瞧見嗎？

屋內和暖，她的狐裘已經卸下，挽起袖子就將那紗布包敷到湛明珩的腦門，又回身取過另一個，卻在榻前猶豫起來。

他倒沒太無賴，好歹端端正正穿上中衣，可如此情狀還是叫她有些下不了手。

那頭湛明珩卻等不及了。能不能快些，他不怕冷，就是有點急。

納蘭崢瞧他神色便知他心思，心道怕是他又在嘲笑她膽小了，見狀便咬咬牙不再顧忌，將紗布包一個個往他身上丟。左不過擱幾個布包，她不碰他就好了。

治風寒自然不是這種法子，她不過想給他個教訓，可湛明珩當真能忍，眼見那紗布包都從肩頭堆到胸口，他仍舊毫無所動。

納蘭崢心內鬱悶，靈機一動想到他腰腹怕癢，那處必然敏感一些，便拎起一個布包移向他的小腹。

哪知這下要了命，她的手還未來得及挪開，湛明珩就嚎叫一聲從床上躥起來，一腦袋撞上了她，身上那些紗布包跟著滾落床榻。納蘭崢整個人被他撞得一斜，眼見便要與那些膈人的碎冰一道栽地。

湛明珩心下一驚，也不管自己傷著哪，忙伸手將她往懷裡拉。

噼哩啪啦一陣響動，隨之而來的是納蘭崢一聲低呼，屋內登時一片狼藉。

候在房門外的婢子小心出言詢問：「殿下、納蘭小姐，可是出了什麼事？」

湛明珩神色痛苦，垂頭看一眼懷裡安然無恙的納蘭崢，向外勉力道：「無事，不必進來。」

納蘭崢驚魂未定，就聽頭頂湛明珩「嘶」了一聲，咬牙道：「納蘭崢，妳可是要毀了湛家的國業？」

納蘭崢一懵。是他無賴在先，她不過小施懲戒，怎就牽扯上國業？這話可不能亂說。兩人姿勢曖昧，她想起身再與他談論此事，卻是整個人都栽在他懷裡，倘使不借力便難以平穩，因而伸出手想撐著床榻。

湛明珩面色鐵青，哪還有半分前頭拿手爐烘出的潮紅？他「嘶嘶」吸著氣，見她非但不悔悟，竟還一副要往哪裡摸去的樣子，立刻便攥住她伸出的手。「妳做什麼？」

她能做什麼，她要爬起來啊，難不成任由他這般輕薄她？

納蘭崢就乾脆借他的手力往後退，站回榻前，不高興地道：「我不過要起身罷了，你怎還一副被輕薄了的模樣？哪有人像你這般反咬一口的！」

距元宵已過月餘，那之後兩人未曾碰過面，照舊書信往來，因而她說完便記起當夜落在頰側的柔軟觸感，臉蹭蹭地紅了。

她可還沒跟他算上回的帳。

湛明珩卻心道她這話說得精闢啊，他可不就被她輕薄了！那碎冰不是一般寒涼，他雖體質偏陽，旁的地方夠受，那處卻哪能歷經這等磨難摧折！若非他躥起得快，還不知得落個什麼下場。

只是納蘭崢顯然一時失手，並不知曉實情，他便不好主動揭穿。畢竟倘使她對此事留了個印象，時時惦記在心，來日冤枉他某處不帶勁該如何？

使不得、使不得。

他乾咳一聲，決計將這苦默默吞了，坐直身子端正姿態道：「納蘭崢，妳可別亂說話，我何時咬妳了？」

她又氣又委屈，卻覺這話再論下去吃虧的必然是她，就剜他一眼道：「你哄騙我來此就為了捉弄我？我要回去了。」說罷當真扭頭就走。

湛明珩緩了緩已覺無大礙，長腿一伸從床上下來，跨前幾步，那雙大手便從後圈住了她，見她生氣，聲音也放輕了。「我不是聽說妳哭了，這才來逗妳高興嗎？妳府上有鳳嬤嬤，我又不好隨意闖了去。」

他的手太熱，幾乎都要燙著她的肩，偏他圈著她還不夠，又用下巴磨蹭著她頭頂的髮，氣息都噴在她額際，叫她癢得不敢動。

只是她的確心緒不佳，方才不過被他鬧得一時轉移注意力罷了，此刻聽他提及，不免又低落傷感。

生老病死本是人生常態，可祖母於她並非旁人，那臨終的模樣豈是她一扭頭便能或忘，偏她於祖母卻已是外人，連弔唁送葬都無資格。

她一句話不說，又不敢叫眼眶裡霎時盈滿的淚珠落下。這樣未免太奇怪了，她沒法解釋自己為何要哭。

湛明珩垂眼見她隱忍的模樣，便攬她更緊些，一面輕拍她的肩道：「想哭就哭，這有什麼，我又不是沒見過。」

他手勢輕柔，就像彼時的祖母一樣，那恰到好處的力道叫納蘭崢幾分熨貼，實則內心已鬆懈不少，卻還是作個確認，低聲說：「……那你不能問我緣由。」

「我不問。」

湛明珩話音剛落，便見那淚淌落下來，一滴一滴地，將他中衣的袖口一點點浸染成鉛灰色。

他俯低些，拿臉貼著她耳際鬢髮摩挲幾下，嘆一聲道：「洄洄，我在呢。」

納蘭崢默了默點點頭，忽然回身往他懷裡鑽去。

她的手垂在身側，並非男女情愛狎昵相擁，而是太想躲一會兒了。

還有哪裡能讓她哭呢？便是在唯一知曉實情的顧池生面前也怕流露太多，叫他為她再沈迷往事。倘使連湛明珩都不能叫她全心鬆懈，她就當真無處可去了。

納蘭崢並沒有哭出聲，湛明珩就攬著她，也是一句不問。

裊裊藥香氤氳在屋內，芳沁襲人，其實哪是用來哄騙納蘭崢的。他知道這些把戲騙不了她，那裡頭混了調製好的沉香，是拿來給她安神的，裝病也不過故意惹她生氣罷了。

她生氣了，就少難過一些。

湛明珩垂眼瞧了瞧她的頭頂心。相識數年，她頭一遭這般主動，只是他也曉得，此刻所謂軟玉溫香在懷，不過是這塊軟玉在外受了欺負，才叫他乘機蹭了一懷的溫香。

她若是好了，他哪還有這等福可享。

可惜禍福總相依，不過一會他的呼吸便漸漸發緊了，被碎冰惹寒之處也因此灼燒起騰騰熱意。他鬆開她一些，悄悄朝後撤了一步。

這孤男寡女同處一室，氛圍又太安靜，她再不哭完，他就有點受不住了。

湛明珩乾咳幾聲，道：「好了，儘管哭，這中衣雖精貴，給妳弄髒了就得扔，但我是不缺銀錢的。」

納蘭崢聽見這話猛的一個抽噎，從他懷裡鑽了出來。

這人竟這般嫌棄她！

眼見不動聲色覆滅了這盆火，沒讓她瞧出端倪來，湛明珩只覺自己當真是天縱的智慧。

納蘭崢被他惹得分了神，也實在哭得疲累，便拿巾帕揩了淚，背過身平復一些道：「做太孫的還這般小氣，大不了我賠你一件衣裳。」

「妳倒是利用完人扭頭就走，誰稀罕妳賠的衣裳。」

「那你還想如何了？」

湛明珩笑了聲。「不用妳賠，只是我得換件衣裳，妳幫我穿就是。」

納蘭崢一噎，回過頭去。「湛明珩，你這臉皮可是千年玄鐵打的？」從前叫她替他打傘也罷，如今竟還來穿衣這一齣，她個黃花大閨女哪做得這等事！

他咕噥一聲。「總得叫妳有日心甘情願幫我穿。」隨即轉頭喚婢子進來，又跟她說：「我已與妳府上打過招呼，天黑前自會送妳回去，妳留下陪我吃些東西總不礙吧？」

納蘭崢妥協了。晚些時候到了外間，卻見滿桌珍饈皆是她平日喜愛的食物。

她的喜好必然是岫玉告訴湛明珩的，可他竟記得這般清楚，且這些菜餚多需時辰燉熬，想來是早早便命人備下。

湛明珩手枕著那黃花梨八仙桌的邊沿，瞧她這眼色就道：「不必太感動，免得哭濕了一桌好菜。」說著挾了片掛爐鴨到她碗碟中。

那肉被烤得外酥裡嫩，果木之氣沁脾，入口齒頰留香。納蘭崢剛吃一片，又見他給自己挾了隻溜鮮蝦來，一面道：「原本叫他們做蝦仁蒸蛋，只是妳喜吃甜，那蛋不宜與糖水同食，還是吃這個。」

納蘭崢默默吃下，心道他也太小心了，她就不曾聽過這禁忌。

湛明珩再抬手去給她盛羹湯，她這下有些不好意思了，搶了那湯匙道：「不是說叫我陪你吃嗎？你也動幾筷子，總不能叫我一人吃完這些啊。」說罷就盛了碗雞絲燕窩羹給他遞去。

那纖纖玉指被碧色的碗沿襯得嫩白如茅，湛明珩垂眼出了會神才接過去，然後笑道：「算妳還有些良心。」

下人已被湛明珩刻意斥退，原本不過想與她靜悄悄獨處一番，眼下喝了這羹湯，才真覺自己的主意真是妙至巔峰。

倘使那些礙手礙腳的婢子在，他如何能得這等待遇？他暗暗點點頭，找準了同她共食的好路子，預備日後都得這般的來。

兩人吃得差不多了，湛明珩才說起旁的話。「妳府上長輩除卻老夫人盡去了涼州，近日倘使有什麼岔子第一時刻便知會於我。」

「能有什麼岔子？」納蘭崢抬起頭來，既聽他提及了這樁事，便問：「說來我倒不大清楚，那杜知州究竟是怎樣的人物？」

第三十四章

湛明珩冷笑一聲。「十二年前進士出身，過後不久犯了些不大乾淨的事，因而配去涼州為官。」

「不大乾淨的事？」

他一時沒答，噎了半晌才道：「妳好奇這些做什麼，逃不開女人就是。依我瞧，那些個『之乎者也』的多表裡不一。」

他莫非是在暗示顧池生，指桑罵槐了？納蘭崢倒想替顧池生及這天下讀書人喊冤，可他提起「女人」二字，想來必是曖昧之事，她就不好厚著臉皮多說了。

湛明珩又道：「杜才寅第一門妻室是涼州人，三年前好端端不知怎地去了，誰知她是怎麼死的？總之此人絕非良善之輩，表面工夫倒做得全，竟三年不曾再娶，可往深一打探，卻是沒少去那煙花柳巷之地。」

「杜家有如此嫡子落在外頭，真令家族蒙羞。只是這般作為的地方父母官，朝廷竟不管嗎？」

「對方女子身分低，家中人拿銀錢了事，也不伸冤報官，朝廷又能說什麼？倘使連個知州的家務事都得一件件清算，哪還管得過來？左右他沒犯旁的事，倘使犯了，自然連皮帶骨抽乾淨。」

納蘭崢點點頭，嘆口氣不說話了。

湛明珩見她如此，覷她一眼道：「怎地，妳這還未做太孫妃，就愁起了民生疾苦？」她一噎。「與你說話真是越發好不過三句了！」

湛明珩只得咳一聲，斂了色說正經的。「再有，我雖未曾與妳說過，但須知妳二姊生性傲慢，至今不肯低頭認錯，難保將來不會受有心人攛掇，便不是因了妳，我身為太孫也不可能放過她。只是妳且放心，不會殃及魏國公府。」

他讓她多過了幾個月的舒坦日子，等的便是她一朝出嫁，與魏國公府淡了關係，如此便可少些顧忌。

說罷又繼續交代：「最後，下回倘使再與公儀府有所牽扯，莫再獨來獨往，我陪妳一道去。妳六年前去一趟落了水，六年後去一趟又是這副模樣，我看那地方是與妳犯了沖！」

納蘭崢撇撇嘴。「不會有下次了。」

湛明珩囉哩叭嗦交代完，眼見天色已近黃昏，便差人將納蘭崢送回魏國公府，待她走了才喊來早便辦完事候在外頭的湛允。

湛允見過他，呈上疊信回報。「主子，屬下已查清了，公儀珠此人為公儀閣老嫡四女，十三年前公儀老夫人六十壽辰那日落了湖，香消玉殞了，時年十五及笄，此前未曾有過婚配。要說與納蘭小姐的干係，就是這位公儀小姐故去當夜恰是納蘭小姐的生辰，再者便是六年前，納蘭小姐與其落過同一片湖。興許因為這些，公儀老夫人彌留之際才錯認了孫女……」

他說完稍稍一頓，湛明珩瞥他一眼。「支支吾吾的做什麼，說。」

湛允撓撓頭道：「還有椿小道消息，據說這位公儀小姐曾得陛下青眼，倘使沒有那樁意外，或是要成為太子繼妃的。」

湛明珩聽到這裡就蹙起了眉頭。「你是說，皇祖父本有意賜婚，而這位公儀小姐卻在那之前十分恰好地……落湖死了？」

過幾日，納蘭沁婚事了結，謝氏如期歸府，卻不見納蘭遠的蹤影。

納蘭崢心生疑惑便去詢問母親，然謝氏對此竟一副諱莫如深的態度，只暗示說是政務在身，恐要遲些時日才能回京。

涼州屬陝西都司，恰在父親的右軍都督府管轄之內，倘使那處出事，他身為都督自然責無旁貸。只是納蘭崢有些奇怪，父親此番本因私務前往涼州，怎會如此恰巧碰上公事須處置？

她心裡不安，暗自思慮一整日，只想及一種可能——北域出事了。

是了，唯獨軍情緊急，刻不容緩，才可能造成這般不及回返的匆忙局面。且看母親如此不願聲張的態度，必然是得了父親交代才封口的，因而恐怕還非一般的小打小鬧。

她入夜後輾轉反側，無論如何也睡不著了。

大穆兩大心腹之患，一為北域羯族，二為西域狄族，所謂建朝以來邊關動盪多意指此二，因而朝中素有「羯狄之禍」的說法。

父親的右軍都督府管轄之地又偏靠近此二異族，一旦興起戰事，可說首當其衝。

她心內難安，披衣起身，支起窗子，望著院中那樹禾雀發呆。

這禾雀花是前不久從南邊移栽來的，臨近清明，團簇吊掛，繁盛錯落，被月色襯得極好看，只是她卻沒那賞花的興致。

當值的藍田迷迷糊糊醒來，見此一幕嚇一跳，忙給她再添了件襖子。「小姐可是有心事？莫不如說與奴婢聽吧？」

納蘭崢心道這些事與她說也不管用，就回頭道：「睡不著起身走走，妳回去歇著吧。」

「小姐不睡，奴婢哪有歇著的理……」她說及此忽望著那支起的窗子倒吸一口涼氣，一聲驚叫生生憋在喉嚨底，逸出些許破碎的咿呀。

納蘭崢被她嚇了一跳，下意識回身望去，一眼瞧見那翻身躍向裡屋的人，瞳仁立刻瞪大。

只見湛明珩一個瀟灑落地，繼而給藍田使了個「出去看門」的眼色。

納蘭崢哭笑不得地盯著他，終歸猜到他的來意，便向尚且愣在原地的藍田點點頭，示意她聽從太孫安排。

湛明珩見狀回頭去闔窗子，納蘭崢則移步關緊房門。做完這些，兩人對視一眼，俱都心內一陣奇異。

他們這是做什麼，好像哪裡怪怪的。

湛明珩尷尬地清清嗓子，低聲道：「妳曉得我要來，及早留了窗？」

納蘭崢剜他一眼。「就自作多情吧你！」

她的腿腳早已好全，鳳嬤嬤自然不必在近旁守著，夜間就到偏房去睡，因而還不至於一點點動靜便驚擾了她。當然，兩人謹記上回教訓，說話都小心翼翼的。

湛明珩在她屋內那五開光炫紋坐墩上不請自坐，還十分熟絡地給自己斟了杯茶。可三更半夜哪來的熱茶，納蘭崢也怕惹來人，不好給他換，便由他喝涼的了。

他一杯涼茶下腹後才道：「曉得妳必然胡思亂想睡不安穩，才來與妳說一聲，妳父親那邊暫無大礙。」

納蘭崢走到黃花梨翹頭案邊跟著坐下，抓著他措辭裡的「暫」字，心頭便是一緊。「你與我說實話，可是邊關要起戰事了？」

湛明珩就曉得她對這些直覺敏銳，必能猜得一二，才會深夜跑這一趟，聞言默了默道：「暫且還是商事。妳父親在涼州時意外發現了一支偽裝成漢人的羯族商隊，順藤摸瓜查探了才知並非偶然，這等偷天換日的把戲竟是由來已久。建朝以來，為防羯商入境，擾我商貿，北域素來閉關不開，可羯人並非安分的主，難得休戰這許多年，如今又手癢了。」

納蘭崢點點頭道：「如此說來，這些羯人必不是地方商戶，而是經王庭授意的，且偶有偽裝成漢人蒙混過關的還不稀奇，既是由來已久，定是邊關出了岔子，若不徹查，來日必成大患。」

雲戎書院的授課先生偶有論及這些，因此湛明珩並不意外她如此一針見血的反應，伸手為她攏了下衣襟笑道：「妳搶了我的話，還叫我說什麼？」

納蘭崢順著他的動作垂眼一瞧，這才發覺自己起身匆忙，未曾理好衣襟，竟不知何時開了道縫。她頓時一僵，往後躲去。「我不插嘴了，你說就是。」

湛明珩卻覺自己這舉動不可謂不君子啊，倘使此刻身在屋內的是別人，怎會是這般情狀？

不過太孫殿下可能忘了，世間敢如此闖納蘭崢閨房的本就沒有別人，因而這假設從起始便不成立。

他黑了臉，心道早知就不替她攏，還能趁燭火正濃多瞄幾眼。「妳再躲一下，我便不說了。」

這般孩童心性，納蘭崢怎會不惱？卻奈何那要緊消息掌握在他手裡，她不得與他作對，就耐著性子靠回去些，示意他講，又隨手斟了杯茶，企圖消消火。

湛明珩卻一把奪過那杯盞，肅著臉道：「這涼茶也是妳那身板喝得起的？別又成了藥罐子！」

她撇撇嘴。好了，她渴著還不行嗎？

湛明珩這才肯繼續往下說：「於域外異族而言，軍商是不分家的，商事輕易便能挑起戰事，何況此事牽涉羯族王庭，本就是羯人預備開戰的信號，因而免不得打上一仗。妳父親及早察知敵情，當記大功一件，原本該歸京商議重整後再出征，只是如妳所說，此事背後淵源甚深，來回折返恐錯失查探良機，因而皇祖父命妳父親暫且滯留涼州，必要時直接動作。如今兵部已下達調兵令，妳父親此番充任甘肅總兵，掛印稱『平羯將軍』，另外，皇祖父將再遣一員武將前往涼州協助。」

納蘭崢想了想道：「難不成是……」

湛明珩看她這眼色便知她猜對了，點頭道：「是忠毅伯衛馮秋沒錯。早年邊關動盪，戰事不斷，衛伯爺屢次掛印出征，衝鋒陷陣，曾以三千精騎退羯人百里，叫其不得近我關門半步。如此沙場經驗，是為不可多得之輔將，對妳父親十分有助益。」

納蘭崢發現湛明珩提及忠毅伯時，要比講起其他文官武將多了幾分尊敬，這一點倒挺難得，畢竟他平素都是目無餘子的。

他前頭不動衛洵，實則多是顧忌著這位國之良將吧。

忠毅伯早年的英勇事蹟，納蘭崢也略有耳聞，心道依照如此功勛，此番便由他掛印，父親輔佐，也是沒話可講。只是她猜，父親年前方才升任，官位尚未坐穩，天子爺是有意叫他記一功回來，才作了如此安排。

湛明珩見她出神，還道她是思及衛洵，心內不安，便說：「妳莫擔心，小輩的恩怨牽扯不到他們，況且國事當前，豈容兒女私情左右大局？」

納蘭崢回過神來，剜他一眼嗔怪道：「敢情在你眼裡，我便是這般小家子氣，這般不識大體？不用你說我也曉得。」

湛明珩笑了聲，伸手捏了把她那白嫩滑手的臉。「是我考慮欠周，準太孫妃嘛，自然要比一般的閨閣小姐大氣些。」

納蘭崢像被人打了記耳光似的捂了臉，真想不管不顧給他來上一腳，急聲道：「你再不規矩，我可就喊鳳嬤嬤來治你了，看你這回還往哪躲！」

「六年前便不規矩過，妳如今還與我計較什麼？」他說罷睨一眼床榻。「況且，我瞧妳那被褥就挺寬敞的。」

她一愣，隨即反應過來，氣得起身就要趕人，推搡著他道：「夜都深了，你趕緊回去！」

她那毛毛雨似的氣力哪裡推得動湛明珩，他非但一動不動，反還閒適的回身握住她一隻手道：「妳這小妮子，怎地回回利用完人便翻臉不認了？妳可知那『過河拆橋』四字是如何寫的？」

納蘭崢一面費力抽手一面道：「我不知『過河拆橋』如何寫，我倒懂得卸磨殺驢，藏弓烹狗！」

喲嗬，她這比喻，竟將他當驢狗了！

湛明珩一個使力，這回將她一雙手都攥住，叫她絲毫動彈不得。「那驢狗也是要回窩的，外頭太冷，我今夜便留宿妳房中了。」

「湛明珩，你可無賴夠了？」

「那得看妳了，是妳現下自己躺到那床榻上去，還是由我抱妳去？」

「我不去！」

「妳不去？」湛明珩笑著反問她一句。「那我去了。」說罷便放開她大步流星朝床榻走去。

納蘭崢眼睛都瞪大了，一溜煙奔去趕在他前頭躥上榻子，拿起被褥就將自己裹了個嚴實，警戒地盯著他道：「你就站那兒莫再動了！」

湛明珩笑著停下來。他若有心爬她床榻，她哪有機會搶在他前頭，不過趕她去睡罷了。他回身搬了個兀子到她榻前，一屁股坐下道：「好了，同妳說笑的，妳安心睡，我看妳睡著了再走。」

納蘭崢像瞧那夜裡眼泛綠光的狼般瞧著他。「你這要剮了我骨頭似的盯著我，我還如何睡得著？」

「先前我沒來時，妳不也是睡不著？妳再不閉眼，我可就真爬上來了。」到時就不是剮骨頭這般簡單的了。

納蘭崢「唰」一下死命閉上眼。

湛明珩一彎嘴角，打個呵欠，將手肘枕在她床沿，也跟著閉上了眼。

第三十五章

倒春寒一過，天氣便回暖了。暮春三月，雜花生樹，京城一連晴明了數十日，北域卻在此時興起了戰事。

這節骨眼，納蘭遠是不得空寫家書回京了，因而便由湛明珩接了軍報，再輾轉向納蘭崢道平安，幾乎日日不落。

納蘭崢每每收到消息便與母親和祖母也說一聲，婆媳母女關係竟因此融洽不少。

莫管從前家裡如何不順意，對外總歸是一致的。正如湛明珩所說，國難當頭，容不得兒女私情左右，凡事皆有個大局擺在前頭。

如此這般臨近五月，北域的戰事還未徹底了結，只是捷報倒也一封封傳回京，朝中因此沾染不少喜氣。

小滿時節，漸近入夏。如此炎日，一支浩蕩的使節隊伍卻跋涉千里，由西域進了京。

納蘭崢有日未收到湛明珩的信，次日才得他解釋，是因接待西域來使忙得不可開交，這才落下。

他又非三頭六臂，她自然不會責怪，倒對這所謂西域來使生出些興趣。只是人在深閨，得來的消息總比外頭遲些，她便去找弟弟問明情形。

如此才確認，正是狄族王庭派來朝貢的不假。

追溯狄羯二者王庭歷史，也曾一度藩屬於前朝。前朝施以懷柔，冊封其主，不干其政，其二王庭則定期派使節進京朝貢，與朝廷和睦共處。

然好景不長，異族終為虎狼，最後反將身為宗主的前朝鬧得一片狼藉，四分五裂。亂世出英雄，大穆的開國太祖皇恰逢彼時以鐵血手腕打退異族，一統中土，並於建朝後斷絕了與此二異族的藩屬關係，自此緊閉關門。

可這兩王庭卻有意思，也不知是否約好了刻意挑釁，竟單方面保留了前朝的冊封，與此同時又不盡藩屬之責，拒絕朝貢。

當然，他們來朝貢還得費朝廷的銀錢給予賞賜，大穆才不要這兩臉大如盆的進門。

不過，較之羯人，狄族近些年確實安分許多。狄王庭的老王年事已高，行事便保守一些，決策亦多主和。挑了如此時機朝貢示好，正是要與那偷摸無賴的羯族比一比，彰顯他們狄人的君子之風。

但納蘭崢不這麼想。於根處上講，狄人與羯人並無二致，皆是殘暴嗜血的本性，加之大穆建朝起始又是以武力站穩腳跟，那幾乎堪稱全民皆兵的狄羯二族休養生息後，自然要不服氣，貪得無厭起來。

她不覺得如此民族會有哪一日真心臣服於大穆，此番朝貢，說到底還是為「利」而來，實則便是迂迴著與大穆爭取西境廣通商路。甚至她猜，倘使朝廷不肯鬆口，狄人便會立刻打進西境，叫大穆陷入兩頭作戰的困頓窘境。

朝廷明知如此卻開關放人，是因現下若欲避免再生戰事，除了暫且穩住狄王庭便別無他法，只得配合他們演戲，裝作失憶，不記得已與其斷絕宗藩關係。

這先禮後兵、趁火打劫的西域來使，絕不是那麼好接待的。自使節隊伍啟程至今已有月餘，湛明珩必然為此日日殫精竭慮，卻總在她跟前與她嬉鬧，甚至前頭她生辰時，還與她逛了花市，絲毫未曾提及半分。

她心裡有些不是滋味，覺得自己對他實在關心太少了。

因此她抄寫佛經為父親祈福之餘，也常向弟弟問起太孫接待使節的情形，這才知，此番使節開道之下，竟還來了狄王庭的世子。

聽聞那宮宴一場複又一場，湛明珩陪吃陪喝陪聊便罷，還得陪著狩獵、陪著逛街市、陪著觀望大穆的大好河山……

光用想的便知，皇太孫的臉必然能有多黑就有多黑。

他自三月結業以來便專心政務，如此一來，做不了正經事不說，以他那性子，哪是耐得住陪人做這做那的？納蘭崢有心寬慰他幾句，便主動寫信給他，說笑問他近日可是酒足飯飽、酣暢淋漓了？

湛明珩立刻殺來一封洋洋灑灑的回信，入目皆是嚼那麻煩世子的舌根。納蘭崢嚇了一跳，真怕這信半道被人截了去，就此挑起戰火來。

當然，湛明珩吐苦水之餘還不忘調侃她。信的末尾說，那沒臉沒皮的世子老愛與他勾肩搭背也罷了，竟還有個挽人臂彎的習慣，不免叫街頭巷尾人人側目，他也因此惹上斷袖之嫌，若不早些納妃，怕就名聲盡毀了！

納蘭崢笑倒在案桌，落筆卻不接招，反勸他顧全大局，儘快納妃，莫再等她這小女娃。

湛明珩見狀更氣得七竅都生煙，許是殺人的心都有了。

如此這般過了些天，傳旨公公忽然造訪魏國公府，說宮裡午時有場宴會，臨時點了四小姐到場。

這場宮宴她早先便聽弟弟說起過，算是此番使節進京的「收官之宴」。這最後兩日，前一日由天子爺親自設宴相請，次日則由太孫設私宴，皇室子弟陪同，再欽點幾名夠身分又品貌俱佳的文武官員及公侯伯一道替來使餞行。

父親不在，魏國公府自然由弟弟代表，她本不該去的。且聽傳旨公公的意思，湛明珩似乎並不希望她赴宴，只奈何對方世子瞧了宴名冊後，臨時添一筆點了她。

納蘭崢不免心生奇怪，對方如何曉得魏國公府有她這四小姐，又為何偏點她入席呢？

宮宴設於午時，時辰倒足夠，她梳妝打扮一番才隨公公入了宮，卻是待到承乾宮下了轎輦，先碰上了位貴人。

那人一身蟒袍，玉冠束髮，面容姣好，眼角一顆不濃不淡的痣，正向她望過來。

納蘭崢一眼認出此人，緊步上前，垂眼福身行禮道：「魏國公府納蘭崢見過碩王爺，王爺安康。」再向他身後隨行的女眷也行禮。「王妃萬福。」

湛遠賀一彎嘴角，瞧著她道：「我道誰如此麗質天成，原是納蘭小姐。既是在此碰上，莫不如與本王同路吧。」

他出言並不大規矩，奈何對方身分高，納蘭崢即便內心不悅也不好表露，只將頭垂得更低一些。「王爺說笑了，理當是王爺與王妃先行。」說罷伸手示意。

湛遠賀看一眼她伸出的手。「納蘭小姐既以柔荑相引，本王亦盛情難卻，便先行一步，還望妳跟上了本王。」

納蘭崢皺了下眉頭，正要言語，忽聽一個渾厚而嚴肅的聲音傳來。「四弟年過而立，竟還如少時一般放浪形骸，目無規矩。此番是納蘭小姐大度，你若對旁人如此，且看人家是否笑我皇室子弟輕浮無度！」

湛遠賀聞言回過頭去，笑道：「我不過說笑罷了，皇兄何以這般認真？」

納蘭崢悄悄抬眼，便見有蟒服一角朝這向趨近。她不過瞥見一雙皂靴，竟就被這十足迫人的氣勢惹得忍不住攥緊了袖口。

讓湛遠賀稱「皇兄」的，必然是豫王湛遠鄴了，再瞧他後面一個身位跟著的，不是姚疏桐又是誰？

納蘭崢再度福身行禮道：「見過豫王爺、豫王妃，王爺與王妃萬福金安。」

湛遠鄴只向她一點頭，隨即便看向湛遠賀，那飛揚入鬢的眉稍稍挑起，陰沈道：「你對個小輩說這等玩笑，竟還有理可言？」

不等湛遠賀回話，不遠處又有人朗聲笑道：「兩位皇叔鬧什麼彆扭，可是我承乾宮招待不周了？」

來人說著便走到納蘭崢近旁，握住她的手，將她往自己身後一掩。「皇叔們倘使無事，先且入殿吧。」

湛遠賀與湛遠鄴便與他寒暄幾句，繼而並肩往裡走去。

待瞧不見兩人身影，湛明珩才回身看向納蘭崢。「跟我來。」

他神情異常肅穆，納蘭崢不知自己是否做錯了什麼，因而不敢言語，跟他到了書房才聽他柔聲道：「嚇著了？」

她抬起頭有些訝異。「我怎會嚇著，沒有的事，不過以為方才做得不好，叫你生氣了。」

湛明珩笑起來。「妳還有這般自省的時候？」說罷怕她誤會，頓了頓又道：「妳有什麼做不好的，他們哪個敢在太歲頭上動土，說妳做得不好？」

他這是厚著臉皮，自稱「太歲」的意思？

納蘭崢被他逗笑了，嗔怪道：「那你嚴肅什麼，一句話也不說，我哪能不誤會。」

他擺了正色道：「是我一直未曾告誡妳，離我那碩皇叔遠一些，來日再見能避則避，禮數不周些也不要緊。」

納蘭崢聞言一愣，眼神閃爍起來。

湛明珩曉得她在自己跟前藏不住事，便道：「想問什麼就問，妳既是要做這太孫妃，有些事也該叫妳曉得。」

「我何曾說過要做太孫妃了？」納蘭崢只覺近來與他談事都沒法有個正經，聞言氣急背過身去。「我沒什麼想問的，你莫瞎猜了！」

湛明珩笑著扳過她的肩，垂眼瞧著她道：「此事我且不與妳爭。方才與妳說的，妳記好了沒有？」

他正經起來，她自然也不好再鬧，便點點頭。「我記得了。」說罷仍是沒忍住。「碩王爺果真有意與你爭權嗎？」

湛明珩刮了下她的鼻尖，狀似無所謂道：「但凡姓了湛，豈有不喜權勢之人？爭權是無妨，不過我這位皇叔懷了些不好的心思。」

他說得隱晦，納蘭崢怎會不懂，聞言默了默問：「如此說來，六年前臥雲山之事可與他有關？」她先前便隱隱約約感到不對，只是事關重大，不好隨意胡言；又想既是她能想得到，湛明珩也必然想得到，因而沒多那個嘴。

「妳如何知曉這些？」湛明珩不能不說有點意外。她那時不過七歲，也才起始記事幾個年頭，如今六年過去，記憶理當模糊了才是，可她竟如此敏銳，似超出一般七歲孩童的心智。

納蘭崢到底有些心虛，斟酌著解釋道：「我瞎猜的。當日在臥雲山，若非姚貴妃那處鬧得厲害，允護衛本不會離開，而姚貴妃又是碩王爺的生母……」

哪有人瞎猜得這般準的？況且這哪是瞎猜，分明有理有據了。

湛明珩一愣過後便笑。「妳倒真是不笨。不過晉國公府只是養歪了小輩，其他還不至於；且他姚家也沒那膽子，當年姚貴妃並不知曉實情，只是被兒子利用了。」

「既然你與陛下都曉得真凶身分，為何遲遲不處置呢？留如此禍患在朝，豈非日日都威脅於你？」

「哪有妳說的這般輕巧。那真凶是我軍功赫赫、威名遠播的皇叔，非旁人。莫說毫無證據，便是掌握證據也難動他。偌大一個碩王集團，但凡拆一根樁子，便是滅頂傾覆之災。」

她大致明白了他的意思，想了想道：「不過碩王爺近些年倒大不如前了，如此說來，可是你與陛下使了軟刀慢割之法，先將其勢力一分分削去，最後才叫那中空之木潰爛倒下？」

湛明珩點點頭。「是這樣沒錯。此事來日詳說，午時到了，妳先隨我去赴宴。」說罷當先往房門走去。

納蘭崢點點頭跟上，只是方及靠近他身側，卻見他一腳跳開去。

她一愣。這是怎麼了？她靠他太近，遭他嫌棄了嗎？

湛明珩自己也是一愣，似未曾預料身體會有這般反應，隨即揉搓了一番左臂，吸著冷氣道：「這胳膊被那世子挽出毛病來了，妳……妳還是走我右手邊吧。」

納蘭崢：「……」

承乾宮的私宴沒有一般宮宴那許多規矩，只是來者多身分貴重，因而座席保留了嚴謹。席面為方桌宴，除卻上首主位與其下客位規制較大，後邊便是一張張小方桌分列兩行，各家女眷只占桌几一角，席間多伺候男主人用食。

湛明珩叫納蘭崢隨他一道入席，可這小妮子卻覺如此有失禮數，非要與他前後腳進清和殿。他想了想便由她去，畢竟她尚無名分，這般跟著他的確難免叫不懷好意的人看輕了。

納蘭崢的身分有些尷尬，坐不得湛明珩近旁，卻又不好單獨列一桌，便與弟弟同席。

她入席後悄悄抬眼，看向客位那大費周章請她來此的世子。

那人看似二十一、二的模樣，穿漢人的服飾，一身象牙白銀絲暗紋團花長袍，卻是一頭烏髮披背，只在髮間以一根羊脂玉簪稍以修飾。

納蘭崢不過抬起一層眼皮，如此匆匆一掠竟也叫他似有所覺地朝她回望過來，拉長了丹鳳眼尾，微微一瞇。

是她偷看在先，人家神情不悅也無甚奇怪，她自知失禮，忙垂下眼，也因此未發覺那人神色變幻。

他竟對她輕扯一下嘴角。

納蘭崢心內奇怪，此人膚白勝雪，哪有半分習武之人風吹日曬的模樣，眉眼也絲毫不見異族人的凶相，反倒有股仙風道骨的意氣。瞧這高嶺之花般的姿態，怎會是隨意挽男子胳膊的人呢？

方思及此，卻聽一個男聲石破天驚道：「珩珩，你也到得太遲了！」

這是一句夾帶著奇怪口音的漢文。納蘭崢手猛地一抖，抬頭看向方才入席的湛明珩，見他嘴角抽搐，臉色發白。果真是被這世子整出毛病來了。

珩珩……她在心底唸了一遍這稱呼，沒忍住再顫了一下。此人前後姿態，著實顛覆，她決計收回那番關乎「高嶺之花」的形容。

湛明珩入席後宣布開宴，又說了幾句客套話以示寒暄，只是向眾人提及這位異族世子時，卻像舌頭打滑了似的，連珠炮般介紹完了，快得納蘭崢都未聽清他那一長串原姓氏，只記得湛明珩說，他來到中土後便將姓氏簡化成了「卓」。

大穆與狄王庭勢不兩立許多年，世子本是王庭自行冊封，因而未有尊稱，眾人便親切地喊他一聲「卓世子」。

卓世子席間與太孫談笑不止，那聲響幾乎都要蓋過殿內的歌舞樂聲。當然，談笑的只有他，湛明珩不過偶爾「哦」或「嗯」一聲。納蘭崢豎著耳朵聽了一會兒，從兩人言談間分辨出，這位卓世子似乎給自己取了個漢名叫「卓乙琅」。

她頓時起了一陣雞皮疙瘩，心道不知這同為玉的「琅」與「珩」可有干係？

卓乙琅使得一手好筷子，也不嫌座席隔得遠，三不五時便伸長手給湛明珩挾菜。

納蘭崢幾次抬頭看湛明珩，卻見他的臉色一層一層越發黑了下去，而他面前的碗碟已堆積了如山的食物，皆是卓乙琅挾來的。

如此尷尬情狀，眾人只當沒瞧見。

納蘭崢也救不了他，只能埋頭苦吃，一筷子戳了塊松子百合酥，一口塞進嘴裡。

納蘭嶸看她一眼，瞧出她該是不大高興了，小聲與她道：「姊姊，卓世子回回用膳都是如此與太孫挾菜，咱們都習慣了，妳也忍著些吧。」

她點點頭，心道她不忍著還能衝上去奪人家的筷子不成？那一筷子可是一場戰事，千萬人的性命！

幸而宮宴素來不只吃的，宴行過半，卓乙琅吃夠了，似乎有意與大穆皇室籠絡感情，便端正姿態，忽然向他斜對頭的湛遠賀道：「乙琅久仰碩王爺威名。」

他畢竟是外族人，因而套詞不多，如此漢文水準已算上佳。

湛遠賀向他舉杯回道：「卓世子謬讚。」

卻不想他並非單純打個招呼，接話道：「碩王爺久經沙場，乙琅有一事想要請問。」

「卓世子但說無妨。」

第三十六章

卓乙琅笑問：「倘使你大穆與我西華秋日交戰，由你掛帥出征，你會擇何處作為首攻地點呢？」

「狄」通「翟」，意為「野雞尾巴上的長毛」，是中土對異族的鄙稱，因此狄王庭素以「西華」自居。他聲色高亢，語氣卻淡漠得像在談論席間吃食一般，整個清和殿聞言俱是一僵。

納蘭崢抬起頭，看見湛明珩皺了下眉頭。

也難怪他會如此，且不說好端端隔席吃食的人忽然一句「倘使」提及交戰多麼驚悚，他堂堂皇太孫就在上首坐著，這卓世子此番可是問錯了主人？

湛遠賀不動聲色抿了口酒液，也不看皇姪臉色，中規中矩答道：「我軍擅長晴日作戰，你西華境內秋季多霧，當選相對明朗的星牧野平原。」

卓乙琅忽然笑出聲來，肩膀發顫地看向湛明珩。「珩珩，你這位皇叔真有趣，我不過同他玩笑一句，他竟答得這般認真，像早便想好了似的！你們漢人都是如此一本正經的？」

清和殿的氣氛更尷尬了，湛遠賀的臉色這下竟比湛明珩還要難看。

納蘭崢蹙起眉。一個異族世子，初來乍到便一眼洞穿存於大穆皇室內裡的糜爛腐朽，嬉笑間三言兩語挑撥得皇叔皇姪劍拔弩張，豈可能是表面看來這般吊兒郎當的？

果不其然，這還沒完，他笑夠了，又叫隨行使節去取一幅畫來。

殿內再無人閒談，歌舞樂聲也都停了。

納蘭崢瞧得出的東西，這一眾宦海浮沈多年的人精又怎會瞧不出？眾人多少拘束起來，俱都等著接招。

卓乙琅取過畫卷瞥了眾人一眼，奇怪道：「大家怎都不說話了？」說罷隨意起身離席，將那畫軸攥在手裡，行至殿中，往四面一瞧，看定了文官席的秦閣老。

納蘭崢心頭一緊。這卓乙琅竟是一眼洞穿湛明珩的敵手後，又揪準了他身後助力？

秦祐已有三十七，可那極有風采的八字鬍卻叫他看上去清俊瀟灑，頗具松形鶴骨之姿，一點瞧不出年紀。

他察覺到卓乙琅的目光，並不回望，只噙著笑挾起一塊棗泥酥餅，與隔席的公儀歇道：「公儀閣老，這棗泥酥餅色澤金黃，外皮酥鬆，看來滋味不錯。」

文官女眷不夠格出席這等場面，因而他與公儀歇間未有隔人，說話很方便。

只是誰不知，公儀閣老是個愛得罪人的性子，平日與身為次輔的秦閣老政見不一時，向是直來直往與其論辯。兩人一道忠君事主之餘，少有私下的和睦，秦祐主動與公儀歇搭腔的情形倒真不常見。

公儀歇卻也千年難得一回地笑了，同樣挾起一塊棗泥酥餅道：「棗泥在內，挾散了吃恐怕露餡，既是小巧，不如一口了了。」說著便放進嘴裡。

秦祐點點頭。「公儀閣老所言甚是。」也同樣放進嘴裡。

兩位閣老和和美美談論吃食的場面著實詭異，納蘭崢不免暗嘆，論起心計，不能不說多是文官更勝一籌，瞧這暗語，一塊棗泥酥餅竟也有如此文章可做。

實則說白了，方才那番話的意思是——

秦閣老說，公儀閣老，你我二人此刻握手言和吧；公儀閣老則接，此刻若不言和，豈不叫外人笑話，乘機鑽空挑撥了去？自當如此。

卓乙琅扯了下嘴角，便不再看秦祐，目光掠過公儀歇後轉了一圈，換了個人注視。「乙琅聽聞，朝中最年輕有為的狀元郎也位列席間，可是這一位？」

顧池生擱下酒盞，抬起頭來，氣定神閒地答：「下官三年前幸得今上欽點，故有今之作為，卓世子謬讚。」

卓乙琅就等著顧池生中套，沒臉沒皮說一句「正是下官」，卻不想這番說辭不卑不亢，竟是滴水不漏。

他看顧池生的眼色深了些，只是不過一眼，便又笑得花枝亂顫起來。「顧郎中好相貌、好口才，我心慕之！」

湛明珩的嘴角抽動一下。雖然這姓卓的對他「我心慕之」的時候，他幾欲作嘔，可他這般轉頭去慕顧池生，他又不爽了。

難不成顧池生與他真是一個層次的，他家洄洄也時常如此左右搖擺？既是這樣，就叫他瞧瞧，他的好臣子預備如何拆招吧。

怕湛明珩此刻自己也未意識到，他能如此不慌不忙，還有閒心思及男女情愛，實則是下意識對顧池生暗含信心之故。

卓乙琅笑完就說到正題。「乙琅來到中土後，得見不少名家墨寶，閒來無事也畫了一幅，想請驚才絕豔的顧郎中替我指點指點。」

說罷一個俐落回身，便將手中畫卷「唰」一下展開，懸在殿堂內的畫架上。

畫卷一現，眾人無聲倒吸一口涼氣。

湛明珩瞇起眼。

那畫中是一條龍，金粉濃墨，色彩瑰麗，然而卻是落陷泥潭，渾身浴血，掌牙盡斷，一副困頓哀鳴的姿態。

這幅畫，在場無人敢直視它超過三個數，更不必說卓乙琅這一句「指點指點」。

那根本是要將顧池生送上斷頭臺。

四面靜了靜，顧池生微一停頓，隨即起身向卓乙琅頷了頷首，再繞過他步至殿中，一撩官袍跪下，向湛明珩拱手道：「懇請太孫殿下賜臣筆墨紙硯。」

湛明珩准了。

顧池生便請人在卓乙琅的畫架旁又搭了個畫架，將宣紙懸掛其上，挽袖提筆，蘸墨按腕，落下大氣磅礴的一筆。

他抿唇不語，手起筆落，片刻便作一幅恢弘盛大的龍躍圖。與卓乙琅一模一樣的著色用調，一模一樣的山河背景，卻見那龍騰飛天際，不復窘態。

卓乙琅在一旁觀望，嘴角笑意越發地盛。

待畫成，顧池生才看向卓乙琅。「卓世子以畫問下官，下官便以畫答您，不知您是否滿意了？」

顯然卓乙琅是心服了，嘴卻是不肯服。他笑起來，竟問：「乙琅請顧郎中指點賜教，你以畫作答的確不錯，只是還恕乙琅眼拙，竟瞧不大明白，還請你詳說了來，此畫比之乙琅高於何處？」

顧池生沈默了。

卓乙琅眼見他答不出，便肆意在殿中踱來踱去，笑著瞧這一眾皇室子弟及文官武將。「顧郎中答不上來，在座各位可有能替他答的？」

這時已有人忍不住面露慍色。這異族世子如此沒臉沒皮刁難，實在叫他們為人臣子的難堪！他畫中所作之物，在場誰人不認得？只是認得卻說不得。

朝堂水深，誰沒有那麼一二政敵，他們平日在市井巷口也須出言謹慎，更不必說此等宮宴場合。此番是替朝廷解難，答了卓乙琅的問題，卻恐怕會被有心人攥成把柄，來日劈頭蓋臉加一樁罪名，下個文字獄。

眾人並非就能受此折辱，可他們都是要腦袋的，因此一時陷入兩難，沒有一個能夠當機立斷，站起來當這出頭鳥。

似乎人人都在躊躇，都在等旁人先發聲。

湛明珩的目光一遍遍掃過眾人的面孔，他的眼神，平靜而寒涼。

良久的死寂後，顧池生眉頭一蹙，背著隻手上前一步，只是方及開口答話卻聽一個清麗女聲道：「我來替顧郎中答。」

卓乙琅霍然回首，眾人亦齊齊向聲音來處望去。

只見那女子緩緩自席間起身，向上首太孫及在座眾人分別揖下一禮，繼而端著步子向殿中行來，竟是一套十分標準的宮廷儀態。

那娟紗金絲繡纏枝花長裙的裙裾隨著這動作微微擺動，她站在那裡，一雙澄澈的杏眼望向回首過來的卓乙琅。

她說：「魏國公府納蘭崢，願替卓世子解惑。卓世子所畫之物為龍，東漢智者許慎先生所著《說文解字》有言，龍，鱗蟲之長。能幽，能明，能細，能巨，能短，能長；春分而登天，秋分而潛淵。您筆下所作，乃秋分之龍，顧郎中筆下則為春分之龍。」

她向他一笑。「顧郎中此畫，是為告訴您，龍困頓淺灘，不失其志，必有一日再起，翻覆雲海，騰飛天際。卓世子，身為大穆的臣民，我同樣望您記得——龍生而為龍，縱使一朝墜落淺灘，流離四海，裂骨斷掌……」

她說到這裡微微側身，一彎眼睛，望向上首一瞬不瞬緊盯著她的人，一字一頓道：「他依然是龍。」（注一）

自殿門至上首數十丈，相隔那麼長長的一路，她的眼底只倒映了盡頭處冕服加身的他，就像那一瞬他眼神閃爍，卻根本未瞧見滿席眾人各異神情。

江河湖海，峰谷丘壑，天地浩渺裡只看見她。

在座並非盡是貪生怕死之輩，他們中亦有人心存傲骨，乃朝之根基，國之棟樑。他看得見，那些人只是在躊躇——在私利與大義間躊躇，在小家與大國間躊躇。

他相信，倘使如此僵持下去，必會有人站起，至少方才顧池生便幾乎要答出口了。

可他們都在躊躇之時，她第一個站出來。今次她並非只替顧池生解圍，更多在於維護他，也維護他終將攥在手心的天下。

他是要為她感到驕傲的，就像現下席間有人汗顏埋首，有人激越涕淚。

似乎到得此刻，這些曾一度拚了老命要將自己閨女往他跟前送的臣子，才真正以正眼瞧起了納蘭崢。

卓乙琅嘴角的笑意散了，一雙丹鳳眼微微瞇起，也看著她。那眼神鋒銳，像要看透什麼似的。

只是一剎過後，他複又笑起，擊著掌上前。「中土文明博大精深，乙琅對納蘭小姐所言《說文解字》一書頗感興趣，不知過後可否相贈一遝抄本，以供觀摩？」

眾人心內皆湧起一股嫌惡。這異族世子，前一刻劍拔弩張，後一刻嬉皮笑臉，竟顛三倒四，不知所謂，想一齣便來一齣！

納蘭崢被他瞧得低了頭，恭敬而平靜地道：「自然可以。」

她垂下的眼睫一掃一掃，卓乙琅忽像想起什麼似的望向上首。「珩珩，聖上前頭與我提及和親良策，彼時我只道考慮一番，如今卻有了主意。莫不如也不必勞動公主們，便叫這位納蘭小姐做乙琅的世子妃，如何呢？」

納蘭崢心底一驚，將要抬眼卻記起湛明珩此前與她的交代。他說，不論宮宴情形如何，她都不要怕。

因此她逼迫自己死死埋首，狀若未聞。

反倒是前頭因納蘭崢所言激越涕淚的老臣一個眼刀子就朝卓乙琅殺了過去，大有「此乃本朝未來皇后，你這賊子休要肖想」之意，他悶聲道一句：「實在胡鬧！」

卓乙琅耳力極佳，聞言便朝聲來處看去，卻並不動怒，隨手揀出袖中一柄賦詩摺扇，「啪」一聲展開了道：「和親確為良策不假，我都想好了，便請聖上冊封納蘭小姐為郡主，此番隨乙琅一道出關，我西華自當以公主之禮相待。」說罷搧幾下風，頓了頓才繼續道：「珩珩，倘使你應了我此樁婚事，我西華願退居三百里地，並承諾十年內絕不主動挑起與你大穆的戰事。」

此話一出，眾人俱是一片愕然，前頭直言「胡鬧」的老臣也閉口不說話了。

倘使一樁聯姻就可叫大穆得如此利益，換西境十年安寧，便這女子理該是本朝未來的皇后又如何？

皇后沒了可以再有，如此豐沃的條件卻是一旦錯失便再難尋回，如何取捨，自有考量。

納蘭崢掩在寬袖內的手攥成了拳，連指甲尖陷入皮肉都毫無知覺。

湛明珩一言不發地望著卓乙琅，從頭至尾面無表情。

卓乙琅笑一聲，繼續道：「看似是不願應我了。那也無妨，倘使此樁婚事不成，還有法子任你二選其一。要麼，你大穆自此開關放我西華商人入境；要麼，也不必等秋日了，便如碩王爺所言，現下就將星牧野平原作你大穆與我西華首戰之地，如何呢？」

四下眾人再無可忍耐，多怒形於色。如此情狀仍未至譁然境地，已是他們修養極佳，百般克制。

卓乙琅卻繼續笑。「諸位不必這般瞧我，像要將我剜死了似的。我此番既入中土，便不曾想過活著回去。」他隨意丟了摺扇，攤開手。「我本孑然一身，任憑你們如何，只是如此一來，我西華子民必將以身為刀俎，踏你大穆關門，破你大穆西境，斷你大穆基業，不死不休。」

納蘭崢閉上眼。她想，到得此刻她終於明白卓乙琅請她來此是為何。

一片死寂裡，湛明珩卻笑著開口了。「卓世子都如此說了，本宮理當應了你。只是十分不巧地，早在今晨本宮便已接下聖意，現恐無法違逆。」說罷給旁側侍從的公公使了個眼色。

那公公兜出一卷明黃的聖旨，包括湛明珩在內的眾人見狀俱都齊齊跪伏於地。

傳旨公公疾走幾步，行至納蘭崢跟前才清了清嗓道：「奉天承運皇帝，詔曰：祥雲華錦，澤靈輝春。茲聞魏國公之女納蘭崢，嫻雅矜莊，柔明肅雍，含富林下之風，完滿珩佩之和。今皇太孫秉性純正，持躬仁孝，年適婚娶，當擇賢女與配。特賜冊造服，將汝許配皇太孫為妃。婚儀諸禮，交禮部與欽天監監正共持，擇吉日完婚。欽此——！」(注二)

四面寂然，待他一字一句唸至末文，納蘭崢雙手齊額，頷首接過聖旨，清晰而緩地道：

「臣女納蘭崢，謝主隆恩。」

注一：「龍生而為龍，縱使一朝墜落淺灘，流離四海，裂骨斷掌，他依然是龍。」用詞與表述為作者原創，但靈感來源於APH同人志《為龍》，作了部分參考。

注二：聖旨用詞與表達是作者原創，但參考了網路資料的範本。

第三十七章

自湛明珩眼角餘光瞥去，但看她姿態端莊，神情肅穆，不見喜怒。

眾人這才陸陸續續起身，又看卓乙琅。聖上既開金口，必無可能收回成命，因而他們都在憂心這異族世子待當如何，卻見他早已沒了前頭唇槍舌劍的姿態，忽然放聲大笑起來。

他笑得花枝亂顫，拿那柄摺扇指著湛明珩道：「珩珩，不想我一番戲言，竟叫你如此勞師動眾！你也不想想，倘使我為個女子自甘退居三百里，父王還不將我千刀萬剮了？」說罷繼續放聲大笑起來。

眾人不可置信地盯著他，又聽他道：「好玩好玩，實在好玩！你們漢人當真一本正經得很！」

究竟是他們一本正經，還是他胡言亂語瘋癲錯亂？他是王庭的世子，如此言辭激烈之態，如此劍拔弩張之勢，竟說那不過戲言！

虧得太孫未曾應了他，否則豈不被當成那猴兒耍？

納蘭崢估計清和殿內此刻欲群起而攻之的並不在少數，甚至連文臣都忍不住要踢腿挽袖，可她卻在想，卓乙琅實在太聰明了，聰明得叫人不寒而慄。

湛明珩什麼也沒答，舉起酒盞向他遙遙一敬，隨即轉身大步流星走了。

這就意味著宮宴散了。眾人頷首行默禮，恭送太孫離席，完了才相繼往外走去。

納蘭崢遠遠瞥一眼上首案桌那只碎裂成好幾片的酒盞，眉頭一蹙，對身旁的納蘭嶸道：「嶸兒，你先回去，不必等姊姊了。」說罷也不等弟弟有反應，緊步向殿外走去。

幾位方及步至門檻的官員見狀停步，側身示意她先行。畢竟是名正言順的準太孫妃，這點眼力還是該有的。

納蘭崢也不多言，與他們頷首示謝便走了，只是尚未走出多遠就被一個聲音叫住。「納蘭小姐。」

她步子一停，緩緩回過身去，不過一頓便向來人笑起來。「宮宴已散，天色將晚，卓世子還不啟程出京嗎？」

卓乙琅慢慢走到她跟前才說：「妳與太孫走得急，我尚未與你二人辭行，如此便走，可說失禮。」

納蘭崢發現，他前頭的陰陽怪氣已經沒了，他稱湛明珩為「太孫」，稱自己為「我」。她點點頭。「卓世子何必拘泥小節？我想我們來日還會再見的。」

他扯了下嘴角。「納蘭小姐竟與我想到一塊去。」說罷解釋：「我在王庭已有未婚妻室，方才多有冒犯，還請納蘭小姐莫怪。」

「卓世子盡可寬心。」

卓乙琅笑了笑，忽然提了寬袖道：「太孫贈予我這件象牙白的衣裳，我很喜歡。」說罷別有深意地瞧她一眼，繞過她走了。
納蘭崢稍一蹙眉，不明白他前言不搭後語的又想表達什麼？
卓乙琅無疑是個厲害的角色，他初來乍到，假作吊兒郎當無規無矩之態，與湛明珩曖昧不清，實則是刻意叫包括湛明珩在內的旁人看輕他，對他降低戒備。
宮宴時看似顛三倒四，卻針針戳在大穆的脊梁骨。皇室內部隱患，朝臣人心不齊，他將大穆王朝素日包裹得完滿的外裳揭開給湛明珩看，叫他親眼瞧見裡頭的潰爛腐朽，瞧見大穆之癥結不在外患，而在內憂。
最後一招更可謂迎頭痛擊。納蘭崢知道，卓乙琅不可能真心娶她，從頭至尾皆在試探湛明珩，即便她未曾站出來答他那一問，他一樣設好了此局。
倘使湛明珩應了他，他便笑稱那所謂退居三百里與十年無戰不過戲言，再以一時戲言毀她名節為由，將她帶回西域以示負責。倘使湛明珩不應他，他便以錚錚之詞煽風點火，叫朝臣們好好瞧瞧，他們未來的君主是如何的色慾薰心、昏庸無道。
這本是一個死局，若非在卓乙琅圈她入席時，湛明珩及早猜知究竟，臨時請聖上備下那封聖旨，給了眾人一個合情合理的說法，今日降臨大穆的便將是一場滅頂之災。
那些本就心懷叵測的臣子們必會蜂擁而上，懇請陛下廢除這位因一己私欲陷家國百姓於血火危難的太孫。
她差點就害湛明珩走上了絕路。

納蘭崢閉上眼，深吸一口氣，再睜眸，那清澄的眼底似有什麼閃爍了一下。她在原地默了默，回身瞧見那人步伐鏗鏘，何來此前半分放浪姿態？

她知道，此人今次未對湛明珩下死手，卻是這一遭縱虎歸山，來日大穆必逢災禍。

但此刻的他們沒有其他選擇。

她注視他的背影良久，忽然道：「或許你可能不信。」

走出很遠的卓乙琅聞聲回頭，看見風將她的鬢髮吹起，而她微微笑著，櫻紅的唇瓣一開一合，道出幾個字。

「但我絕不會做他的軟肋。」

納蘭崢與卓乙琅別過後，繼續往湛明珩書房走去，被承乾宮的宮婢領進門時，見他一個人杵在窗邊，也不知在瞧什麼？

湛明珩聽聞身後響動，頭也不回淡淡道：「不是叫你們都下去了。」

那宮婢剛欲答就被納蘭崢一個眼色止住，見狀立刻心領神會地退下。

納蘭崢提著半途命人去太醫院順來的藥箱，看了眼湛明珩背在身後的手。那酒盞都被他捏碎了，他的手能好到哪去？血都凝厚了，遠遠瞧著就是一片猙獰可怖，偏他一點都不愛惜自己，這種時候還不管不顧的。

她上前道：「她們都下去了，你這金尊玉貴的皇太孫就準備自己處理這手了？」

湛明珩聞聲一愣，回過頭來，看神情似乎在質疑她為何沒回魏國公府去？

她不高興地瞥他一眼。「你將我丟在清和殿便罷了，如今這神情是說我不該來了？那我回去就是。」說罷擱下藥箱就走。

明知她不過假作個勢頭，湛明珩仍上前拉住她，解釋道：「是我走得急了，妳既來了就晚些走，我送妳回府。」

他從前都是差人送她的。

見納蘭崢不應，他將手鬆開幾分，原本是抓著她手腕，現只扯了她一點衣袖。他沈默一陣道：「洄洄，此樁婚事是為權宜，我不能讓妳被擄去西域……但妳若不願也沒關係，我會做好善後的。」

滿朝權貴、文武百官當前，公告了天下的婚約，難不成說悔就悔？

納蘭崢聽到這裡有些不高興，心道他也太隨意了。可她到底不像幼年那般莽撞急躁，仔細一分辨，卻發覺他語氣卑微，反叫她心內湧起的怒意都作旁的念頭。

她似乎曉得了他在躊躇什麼。

他這太孫的位置坐得太艱難，看似高高在上，實則群敵環伺，四面楚歌，嫁了他，她未必就得圓滿結果。今日是他僥倖備下後手，來日卻未必還能護得她。連累她與他一道受苦都算輕，怕就怕是那粉骨碎屍、無處葬身的下場。

清和殿這番鬧劇，叫他忽然對她退縮了。

她皺了皺眉。這麼多年了，她該懂得的，站在她跟前的這個男子，實則並不像面上瞧去那般強勢、那般風光，甚至內裡有些消極。就像當初，若非她那醋罈子翻得太厲害，他恐怕根本不曾想與她表明心意。

因為他不相信自己。

納蘭崢垂眼看向他拉著她的那隻手。他未觸著她的肌膚，只牽了她的袖口，像隨時都能放開她一樣。

她想了想伸出手去，將他的手一點一點撥開，最終再反握住他，仰頭道：「此樁婚事倘使不成，你再怎麼如何竭力善後，我也難再有好姻緣了。你既向陛下請命賜旨，就該對我擔起責來，否則我嫁不了好夫婿，是要罵你一輩子的。」

她的手太小，兩隻都使上了也裹不全他的大掌，卻是十分軟糯暖和。

湛明珩的喉結動了動，乾澀道：「洄洄，妳大可不必如此委曲求全。我已給妳留好退路，那封聖旨……」

「湛明珩！」她生氣地打斷他。她都將話暗示到這分上了，他是真不明白，還是裝糊塗呢？況且，嫁給他怎會是她委曲求全？

她盯著他道：「你這是不肯娶我的意思了？你想將我塞到哪個張家李家去？我不要你給我留退路，就是預備嫁進你湛家來！你若不願，那就抗旨試試吧！」

這番話也可算是京城閨閣小姐第一人了。她向來臉皮薄，如今卻被他逼得這般，說完自己也覺不大妥當，又氣又委屈，跺個腳轉身就要走。

湛明珩一怔，這下不肯放人了，反攥住她的手，忽將她往身前一帶，重重地俯下臉，竟是吻上了她的唇瓣。

這一湊近，像嗅見溪泉甘冽，葳蕤芬芳，唇下溫軟沁脾，如同吃了口蜜。他覆住那唇瓣還不夠，忍不住舔了她一下。

納蘭崢轟一下就懵了。他這般來勢洶洶，壓迫得她喘息都不能，簡直像魚肉碰上了刀俎。待察覺唇上濕熱，回過神想去推搡他，他卻已主動向後退開，像什麼事都沒有似的。可鼻端分明縈繞了股淡淡的龍涎香氣，叫她一陣陣地眩目。

納蘭崢恐怕不曉得，她情急出口的那番話聽在湛明珩耳裡，就與一點星火瞬間燎了整片原野一般，他只舔了她一下，那都是百般克制的結果。

可他此刻卻有些後悔了。他竟然一個沒忍住舔了她……她才多大，他這是在造孽啊！只是造便造了，畢竟早晚都要造的，關鍵在於，眼下並非元宵燈市，而是身在宮中書房，他該往哪跑？

他盯著她鮮嫩得像在滴水的唇瓣，神情錯愕了一瞬，猛一回身，決計先撤再說。隨即疾步走至窗前，長手一伸將窗闔上。只是闔完又覺不對，這是做什麼？於是長手再一伸，複又將窗支了起來。

如此這般還不夠，他竟像找不著銀錢似的，盯著桌椅板凳，滿屋子轉了一圈。

從頭至尾，納蘭崢只是一動不動地，瞠目望著他。

只見湛明珩終於不瘋魔了，卻步至她旁側，退回到與親她前一模一樣的站姿，一提袖擺，若無其事接話道：「我想了想，抗旨要殺頭，大抵划不來，還是勉為其難娶了妳吧。」

納蘭崢都快忘了前頭說什麼事了，哪還有心思計較這所謂「勉為其難」的說辭？搧了幾下眼睫，呆愣地點個頭，然後不自覺抿了抿唇。

這抿唇姿態，直叫湛明珩心癢得都快抓耳撓腮起來。體內那股憑藉疾走數百步強壓下的火複又騰騰燃起，記起先前那幾乎快無法忍耐深入探尋的慾望，他深吸一口氣，預備再走幾步。

都說邪不壓正，他覺得頗有道理，他真是太受不了自己心底那股浩然正氣了！

哪知納蘭崢這下回過神來，猛地拉住他的手腕。「你幹什麼去，我眼都暈了！」說罷一手取來藥箱裡一個紫金釉瓷瓶，準備幫他處理傷口。

他都這般若無其事了，她還能如何？難不成問他，你親我嘴做什麼？方才那副非他不嫁的逼婚架勢是情急衝動，她還是要臉皮的，當然也得裝作什麼事都沒有，況且她本就是來給他治傷的。

她將瓷瓶蓋子取下，抓過他的手；只是這一抓卻覺那手心發燙，有些不大對頭。湛明珩也發現了，下意識縮回了手。

納蘭崢不高興了。敢情他親她一口，她就得苦兮兮陪他演一齣若無其事？而她不過碰一下他的手，他就嫌棄成這副模樣！

她怒目瞪他。「你瞎動什麼，我給你上個藥罷了！」一面又因心內奇怪，踮腳去探他腦門，完了再摸自己腦門，比較一番才道：「你可是被那卓乙琅氣燒了？我叫太醫來瞧瞧。」

「不是！」湛明珩立刻攔住她，心道她就別瞎摸瞎碰了，他眼下渾身哪處都是燙的，請來了太醫，難不成要人家說，他這不是內火，是慾火？

他說罷乾咳一聲解釋道：「是此前失血……多了，未曾料理傷口以至體熱的緣故，妳給我上藥就行。」說罷伸出手去。

「可你從前說，那得是失許多的血才會的。」

湛明珩嘆口氣。早知今日，從前教她那些破玩意兒做什麼，簡直自縛手腳，連謊話都說不俐落了。只假作一本正經道：「這哪有定數，況且我這體格沒那麼容易病，興許天熱罷了。」

納蘭崢狐疑地看他一眼，就給他上藥了。

那藥粉往掌心一裹，倒叫湛明珩一身火氣瞬間壓了下去，嘶嘶直抽冷氣。「納蘭崢，妳給我上的什麼玩意兒，能不能溫柔些？妳如今再這般待我，可就是謀殺親夫的重罪了！」

她覷他一眼，已有了長進，不再被這些調侃鬧紅臉，只當沒聽見。「良藥自然苦口，我請太醫院給我的是藥性最猛的。」說罷撒得更起勁，一面蹙眉教訓。「你說你與那酒盞生什麼氣？難不成咱們大穆就你皇太孫最能耐，有那徒手碎酒盞的功夫，這才要與人炫耀一番？

那東西是拿來盛酒的，又不是拿來給你揉捏著玩的。」

她平日多與他說些抑揚頓挫的短句，哪會這般囉嗦。湛明珩只覺心都漾成一灘水，忍不住伸出另一隻手去捏她的臉。「那我揉捏妳就是了。」

納蘭崢一手是藥粉，一手是紗布，騰不出手來阻止他，只得瞪著他道：「你還要不要這手了，不要我給你廢了！那手筋在何處，我可是記得的！」

他縮回不安分的手，又道：「妳捨得？」

納蘭崢將金瘡藥一頓猛撒，雷厲風行地回答了他。

承乾宮裡傳來皇太孫「嗷嗷」直叫的響動，那方圓三里的宮婢齊齊面紅耳赤，浮想聯翩，未敢踏近房門半步。

只是湛明珩哪是真痛，不過逗她一番，好叫她不再擔心他罷了。

實則他此前被打斷沒說完的話是：那封聖旨是假的。倘使她展開了便會發現，那上頭是他的字，連玉璽的印跡也是匆忙偽造而成。

卓乙琅根本沒給他多餘的時辰，也知曉聖旨是假，但他意不在納蘭崢，本就為試探湛明珩而來，看他肯為她做到什麼地步罷了。

如今卓乙琅知道了，他為了納蘭崢，甘冒天下之大不韙，不惜假造聖旨。

但他不後悔，也決計不告訴她此事內情了。

他只是在想，得準備準備，趕緊換封真的來，將她手裡那個調包了才好。

第三十八章

湛明珩想法子去調包聖旨了。先以擬寫匆忙疏漏年月為由，哄騙得納蘭崢連瞧都沒來得及瞧就將東西給了他，又去太甯宮罰了一個時辰的跪，才終於被昭盛帝召進去。

他曉得假造聖旨絕非小事，倘使他不是皇祖父的親孫子，現下恐怕已身首異處，因而十分誠懇地請了一番罪。

昭盛帝怒髮衝冠地將他狠狠教訓了一通，訓得他臉都抬不起來才算數，命中書舍人照原樣新擬聖旨，繼而揮手呵斥他走了。

趙公公覺得主子爺的確該氣，畢竟小太孫竟然……竟然先送納蘭小姐回府，才來太甯宮請罪。

只是待小太孫灰溜溜走沒了影，卻聽主子爺冷哼一聲，隨即變了個臉，神情滿意地道：「這小子倒是皮厚，將自己誇得厲害！」指的是聖旨裡的讚詞。

趙公公掩嘴笑，順著他的意道：「小太孫神機妙算，巧破此局，那才多少時辰，將這讚詞寫得出彩不說，且竟能製得如此精緻，堪得以假亂真。小太孫如今儼然已可獨當一面，再說納蘭小姐小小年紀又有如此風範，將來必定母儀天下，陛下盡可寬心了！」

昭盛帝覷他一眼。「瞧你這天花亂墜的，就數這張嘴巴厲害！你這意思是，朕盡可放心去了？」

趙公公忙給自己掌嘴，一面道：「奴才失言，奴才失言了！」

納蘭崢過了幾天熱鬧日子。祖母高興壞了，成日拉著她說話，講的多是女子出嫁後要曉得遵從的事宜。只是那些溫良恭儉讓的便罷，竟連閨房之事也與她含蓄地提了。

她可不曾想過這天南海北遠的東西，畢竟聖旨只說「擇吉日」，湛明珩此前也承諾了待她及笄，婚事自然不會這般早，因而聞言頓時面紅耳赤。若非她也算口齒伶俐，幾次三番地打擦邊球含糊過去，可真得找個地縫鑽了。

她為此更想念父親。倘使父親在，決計會心疼她的。

可惜前線戰事吃緊，這魏國公府的大家長為大穆朝出生入死，恐怕至今都不曉得閨女已被皇家擄了去，待凱旋歸來，得知自己是最後一個知情的，必定氣得七竅生煙。

再過幾日，納蘭崢收到湛妤的信，信中約她府上一敘。

好公主這些年待她不薄，且可說是為她與湛明珩「殫精竭慮」了六個年頭，她自然該赴約。卻哪知當日清早梳妝一番踏出府門，便見那深紅大漆的榆木雕花馬車前頭立了個人，見著她便行禮。

她向湛允頷了頷首，心內哭笑不得。既然換了車夫，那車裡必然也多了個人。好公主真是沒有一回不出賣她的。

果不其然，掀簾入車就見湛明珩端著杯茶，優哉游哉地喝，手下是一盤棋局，都沒有抬眼看她一下。

納蘭崢就揀離他最遠的地兒坐下，朝外頭道：「行車吧。」

湛明珩這下抬眼了，理直氣壯地問：「怎地坐那裡，妳是沒瞧見我？」

「瞧見了，只是看太孫殿下專心研究棋局，恍入無人之境，不忍亦不敢打擾。」

她態度冰冷疏離，湛明珩一愣，這才察覺到哪裡出了岔子。

他是習慣了她跟著自己，也早便對她存了意，因而那婚約於他不過算添了一筆，實則分別不大，可對女孩家而言便不同了。她從前對他不過比對旁人多了幾分熟悉與仰賴，如今卻是拿他當未來夫婿瞧，遇事就越發地小氣在意了。

他見她來了也不招呼一聲，她當然會不高興。

湛明珩想通了，就快意地笑起來，當即挪過去，又揀了塊手邊碗碟裡金黃可口的糯米糍餵到她嘴邊說：「我是怕妳沿途無趣，才擺了棋局想與妳下的。」

實則納蘭崢一點也不難哄，況且並未多生氣，見狀也不計較了，只是沒那臉皮被他餵食，就抬起手去接。

誰知他一下將糯米糍拿遠，不讓她接。「怎地，妳是有手沒嘴？」

果真好不過三句話，瞧他這凶巴巴的模樣！

她瞪他一眼。「我便是不愛吃你手碰過的東西。」

「那嘴碰過的吃不吃？」見她一臉不明所以，湛明珩又笑著補充：「拿手餵妳妳不要，可不得逼我用嘴了？」

納蘭崢立刻湊過去，一嘴叼走了他手裡的糯米糍。

他真是……自以為如今已能扛過他的調侃，卻不想竟是道高一尺，魔高一丈，他總有新鮮詞兒攪得她難為情！

於是那棋便沒下成。天真的太孫擺了盤十分絕妙的棋局，預備與她一道琢磨，卻是後知後覺地發現，自婚約到手，但凡她在他跟前，他就只想「琢磨」她。

所以他……餵了她一路的食物。

待下了馬車，納蘭崢只覺肚皮都要撐破了，站也站不起來。那些吃食雖都是她平日喜愛的，可哪有這等吃法？偏湛明珩威脅她，若不乖乖吃下就要拿嘴餵她，她只得「忍氣吞食」，一路瞪他一路吃了個飽漲。

等踏入建安侯府，來到那乘涼的亭中，看見下人端來一盤盤如山的點心，她就嚇得立刻往湛明珩身後躲。

湛明珩見狀向湛妤解釋：「皇姑姑，您別與她客氣了，她在馬車裡吃多了，如今飽腹得很，用不著這些。」

湛妤不免發笑，心道看這模樣，也不知小倆口在馬車裡頭鬧騰什麼，就給納蘭崢備了消食的酸梅湯，將那些點心撤了下去。

湛明珩見納蘭崢安頓好了，便道：「我去找秦姑父談事，妳與皇姑姑聊。」完了又向湛妤請示。

湛妤嗔怪一句。「阿崢在我這裡你還不放心？且去就是。」說罷又交代了句：「倘使你姑父叫你陪他吃酒，你可不能應他。」

「大白日吃什麼酒，皇姑姑放心吧。」

納蘭崢等他走了便好奇地問：「如秦閣老這般月朗風清的讀書人，竟是好酒的嗎？」

湛妤笑了聲。「那唐時的李太白不也好酒？你們這位姑父可不像面上瞧去那般正經。」

她這措辭好似納蘭崢已嫁入他們皇家似的，只是她也沒在意這個，反倒越發好奇起來。「那是如何的不正經法？」那日宮宴所見，這位閣老分明頗有手段，也極嚴謹。

「便說這酒，妳不曉得，明珩九歲那年，還只是長孫時，被他騙著喝了一大壺，竟睡了整一日夜才醒，嚇得宮裡的太醫連排地跪在殿門前，也跟著吹了一日夜的冷風。他那時也近而立了，竟如此戲弄個孩子。」

納蘭崢一面覺得好笑，一面疑惑道：「如此，陛下竟不曾責罰秦閣老嗎？」

「自然責罰了，不過也只作個樣子。妳是聰明的，理當瞧得明白形勢，父皇愛重他勝過朝中其他臣子。」

納蘭崢點點頭，心道那可不，否則能將嫡公主嫁他作繼室？

「彼時父皇有意叫他輔佐長兄以作助力，只是長兄……」她說及此一頓。「長兄去了，他如今就幫襯著明珩。」

她說得隱晦，納蘭崢也聽明白了，心道秦閣老大約便是所謂太孫派系吧。她默了默道：「實則我也憋了許多年，一直不敢問太孫……太子殿下他……」她說到這裡停了停。「倘使忌諱……公主便當我未曾問過。」

湛好聞言也是一默，過一會兒復又笑起，先叫她安心。「如今妳也與明珩一道喊我皇姑姑就是了。此等事自然忌諱，只是妳遲早都得曉得，也沒什麼不可與妳說的。」她頓了頓道：「長兄自幼孱弱，身患怪疾，是從母后那處傳來的。我運道好無事，又因此疾男者傳女，明珩也是無礙，只獨獨可憐了長兄……」

她話裡的「母后」是指早年病逝的先皇后。起頭誰也不曉得先皇后的病疾還會累及小兒，否則怕也是不會冊封她的。

「長兄因為這病，性子格外孤僻一些，加之那些年朝裡不安分，他更是心力交瘁。只是原本還能熬上幾年，後來卻懸樑自縊了，就在承乾宮裡頭，明珩如今的居所。」

納蘭崢不覺喉間一哽。

「彼時我也不過十四，明珩十一歲，比我個子還矮些。他是較宮人還早發現長兄，那日京城下了很大的雪，我沿途耽擱不少時辰，到承乾宮時已什麼都瞧不見了，只看明珩一個人站在雪裡，一動不動望著那根金色的大樑。」

她說到這裡嘆了一聲。「當年長嫂去的時候，明珩還未斷奶，我當他是年幼不記事，與長嫂無甚感情，因而此後每逢長嫂忌辰也不曾流露分毫傷感，可長兄去的時候，他一樣一滴淚沒落。長兄去後諸多事宜，父皇為穩住朝臣，不久便大舉冊封，他替了長兄的位置，便與沒事人一樣。後來我們才知，他那日是去承乾宮找長兄問學問的，那卷兵法書冊，之後他再沒有翻開看過。長嫂與長兄的忌辰，他也非毫不記得，不過一個人跑去私苑喝悶酒，我們都瞧不見他罷了。」

湛好說罷見納蘭崢出神，就握了她的手道：「阿崢，明珩這孩子太不容易了，三日後便是長嫂忌辰，妳要多陪著他。如今父皇已當著滿朝文武的面賜了婚，妳便不必再顧忌那一套禮數，也不必畏懼鳳嬤嬤。規不規矩，由咱們湛家說了算，明白嗎？」

納蘭崢沈默一陣，點點頭。「我會的。」

納蘭崢將此事牢牢記在心上，待三日後先太子妃忌辰，就打算叫院中下人們想法子支走鳳嬤嬤，再偷溜出府去。不想卻聽他們回報，鳳嬤嬤天沒亮便出了門，壓根不在桃華居。

岫玉與她解釋：「鳳嬤嬤雖待人嚴苛些，卻十分疼惜殿下，身為殿下乳母又豈會不知他對生母的念想？恐怕這是有意裝作沒瞧見，好叫您安心去顧殿下呢。」

她點點頭，心內不免也是一陣慨嘆，上了馬車往湛明珩的私苑去。

她去得極早，天矇矇亮便啟程，到時聽私苑的婢子說，太孫昨夜便宿在此處，眼下還未起身。

她想了想便去臥房尋他，哪知推門卻見裡頭空無一人。

下人們也俱都一陣奇怪，稱並未見太孫出過房門。

於是院內的婢子們便連串開始尋太孫，角角落落尋了一圈都未見著人。納蘭崢擔心他，也跟著東奔西走，不想方及出了廡廊，便聽一陣「骨碌碌」的響動，隨即「砰」地一聲巨響，一個酒罈子碎在她的腳後跟。

差那麼一點點，就要砸得她腦門開花。

納蘭崢嚇了一跳，回身瞧地上酒罈，再朝頂上一望，就見湛明珩竟背對著這向，坐在屋脊上喝酒。

她驚魂未定，噎了半晌，不可置信地朝上頭喊：「湛明珩，你這是想砸死我啊！」

湛明珩聞聲回頭往下一望，卻像看不清她似的，晃晃腦袋，再度回頭，又舉起罈子喝酒去了。

他這是醉了？納蘭崢又氣又委屈，繼續喊道：「湛明珩，你在那上頭做什麼，快些下來！」

太孫殿下仍舊恍若未聞，咕嚕嚕喝酒。

納蘭崢哪能跟個醉漢嘔氣呢，哭笑不得地叫下人去尋幾名會功夫的壯實男丁，爬上去將太孫接回來。哪知接連翻上去好幾個，都被湛明珩推搡了下來，摔得好一頓人仰馬翻。

這還沒完，他覺得他們纏得煩，就頭也不回地將那喝空的酒罈子往後丟，嚇得院中一干婢子驚聲迭起。

酒罈子一個個地接連砸下來，下頭噼哩啪啦一片狼藉，虧得這些下人都還記著要護好納蘭崢。

「納蘭小姐，您當心！」

「納蘭小姐，您往這兒躲！」

「納蘭小姐，您快到後邊來！」

納蘭崢何曾見過這等撒潑場面，簡直服了湛明珩，心道這趟可真是來送命的。她提起裙襬東躲西藏，好歹一路無虞地奔回廡廊，氣得胸脯一起一伏，半晌深吸一口氣，道：「你們……你們給我拿木梯來！」且不說那些壯漢根本不敢動金尊玉貴的皇太孫，便真與他動起手來，也決計敵不過他那身手，這是要逼她親自上陣了！

眾人嚇一跳，在她跟前齊齊跪了一片，懇請她保重身子，萬不可到那上頭去。納蘭崢卻不信這個邪，非與湛明珩槓上不可。

下人們拗不過主子，只得順她的意取來堅固的梯子，先上去幾人接應，其餘則在底下候著，扶梯的扶梯，還有的挽起袖子預備接住隨時可能掉下來的準太孫妃。

納蘭崢踩著木梯一步步往上爬，待到了上頭才覺這屋頂比瞅起來高許多，突然有些後悔。可上都上來了，也不能半途退縮，她咬咬牙，小心翼翼彎著腰，踩著屋瓦往湛明珩在的屋脊走。

湛明珩聽見身後響動，這下連頭都懶得回，準備直接將人甩下去。納蘭嵘哪想到他出手這般快，她還未靠近屋脊呢，就見他長手往後一揮一抓，準確無誤地揪著了她……還未長開的胸？

他這毫不留力的一手實在太蠻橫，納蘭嵘吃痛之下低呼出聲，底下也頓起一片驚叫。

湛明珩揪著人便要提勁甩下去，卻在丟人一剎察覺手下有異，軟軟膩膩的似乎哪裡不對……

他猛一回頭，看清了疼出淚來的納蘭嵘，腦袋裡那根繃緊的弦像被撥了下似的「嗡」一聲大響，立刻大驚收手。

可納蘭嵘已被他抓得身子不穩，整個人都朝後仰，底下一群婢子驚叫著慌忙往她將要栽下來的那向跑。

湛明珩瞳仁都放大了，忙一伸手，又將她拽了回來。可不想這一慌使大了力，納蘭嵘猛地撞上他，將他也給撞歪了，兩人便朝屋脊的另一側齊齊滾落下去。

噼哩啪啦一陣響，隨即傳來皇太孫一聲難耐的悶哼。底下的婢子們已不會驚叫了，個個張著小嘴，面如死灰地望著屋脊。

她們……站錯邊了。

幸好，倘使她們沒有記錯，屋脊的另一側並非石板地，而是種滿花樹的後園。

果不其然地，湛明珩栽在矮叢裡，納蘭嵘則栽在他身上。

兩人情急跌落一陣忙亂，原本是她被那股勁道撞得更厲害，該先栽地的，只是湛明珩半空一個扭身將兩人顛倒過來，將她護在了上頭。

可腰板酸疼、渾身軟綿的納蘭崢覺得，他的身板太硬太硌人，可能還不如那矮叢舒服，現下她都爬不起來了。

湛明珩背下鋪了大片被砸得七零八落的花葉枝條，似乎是摔傻了，雙臂緊緊圈著身上的人，一動不動盯著她，也不爬起來。

反倒是納蘭崢先苦著臉，有氣無力地推搡著他道：「湛明珩，你倒是幫我一把，我起不來了……」

這炎炎夏日又穿不了幾件衣裳，她的手蹭在湛明珩的胸膛，那推搡的動作因軟綿無力反倒像極了撩撥，叫湛明珩的呼吸立刻緊了。

他因此非但沒幫她一把，反倒收緊了雙臂，頭一抬叼住了她的唇瓣。

第三十九章

納蘭崢這下徹底懵了。

湛明珩叼住她的唇瓣就是胡亂一頓啃，像吃果子似的咬一口舔一口，再咬一口再舔一口。納蘭崢被圈得難以掙扎，氣得嗚咽著去推搡他，卻反被他抓了兩隻手，全然抵抗不得。後頭匆忙趕來的婢子們見狀，一口冷氣憋在喉嚨底，齊齊背過身去。

湛明珩一手將她按在自己身上，一手攥了她的兩隻手，兩條長腿還錮緊了她的腳踝，叫她一絲一毫動彈不得。她腦袋往後仰一分，他便往前追一分，就是叼著她的唇不肯放，卻也遲遲不深入，只在外邊啃咬，從一處唇角輾轉研磨至另一處唇角。

納蘭崢肺都被他氣炸了，偏偏手腳皆被束縛，毫無掙扎的餘地，只一張嘴還活著，只得心一橫狠狠咬了他一口。

她這牙尖的，竟叫湛明珩吃痛之下低哼一聲，隨即挪開了嘴。

納蘭崢得了喘息就是一通破口大罵：「湛明珩！你這沒臉沒皮的無賴，街頭惡霸都不像你這般！」

罵完卻覺自己身上的力道都鬆了，定睛一瞧，就見身下人閉著眼歪著腦袋……像是睡著了。

她一面覺得不可思議，一面氣不打一處來，複又驚嘆一番：他竟是親她親得睡著了？

納蘭崢心內淒苦，只覺碰上醉漢實在太倒楣了，便占著理也無處申辯，只得仰起腦袋回過頭去，向那些背上寫了「非禮勿視」四個字的婢子們哭喪著臉道：「妳們主子睡著了……妳們來扶我一把啊……」

納蘭崢沾了一頭一臉的花葉泥巴，便去沐了浴，好好揉搓一番自己疲疼的腰背和胸，又被婢子服侍著在被枝條擦傷的肌膚上塗了藥膏。如是這般折騰一番再進入湛明珩房中，卻見他還睡著。

看來真是睡沈了，被下人們一路扛回來，拎進澡桶裡刷了一遍都沒有一絲要醒的跡象。納蘭崢不禁記起，好公主先前說過，他九歲那年醉酒睡了整一日夜，她眼下算見識到了。

她踱步過去，真想搬塊大石頭往湛明珩胸口砸，將他給砸醒，可他醉得那般厲害，神智不清的，約莫醒來也不記得那些混帳事，她能拿他怎麼辦呢？

她在榻邊坐下來，忍氣吞聲地給他掖了掖被角，又將他未乾透的鬢髮捋了捋，順到了臉側，再探探他的腦門，察覺不到異樣才停下動作。

湛明珩的臉頰因醉酒而有幾分酡紅，那唇竟豔得像在滴血似的。納蘭崢停下動作便注意到他唇上一處破口，因此有些不自在地往後挪了挪。

那是被她咬的。

她尷尬地望天望地望了一陣，卻興許是起早了，又被折騰太久，累極便睡了過去，再醒來就嗅見一陣尤其濃郁的龍涎香氣，似乎還混雜了些醇酒的味道。

她皺了皺鼻子，竟覺有些好聞。

只是她尚且不大清醒，眨了幾次眼都未反應過來此刻身在何處，直到聽見一個聲音。

「納蘭崢，妳這是來照顧我，還是叫我來照顧妳的？」

她驀地醒了神，垂眼一瞧，發現自己不知為何和衣躺進湛明珩的被褥？當然，湛明珩並不在裡頭，他端了杯茶坐在遠處，似乎已恢復人樣。

她「唰」一下爬出來，質問他。「我怎會睡在這裡？」

湛明珩覷她一眼，十分冷淡地道：「妳別一臉我欺負了妳的模樣，妳得想想，我睡得好端端的，睜眼瞧見妳趴在我身上是多可怖的事。」

不，是多激越的事，以至他眼下故作冷淡地不湊近她，以免那股好不容易克制下的激越復又興起。

納蘭崢摸摸腦袋，一點都記不起來了，只心道大約是她一時累極了才會如此，就不與他計較了，畢竟今兒個日子特殊，她是得好好關切他的。

因是和衣睡的，她便也沒多顧忌地掀開被褥爬下床，彎著腰湊到湛明珩跟前瞅著他的臉道：「你酒醒了，可還有哪裡不舒服？」

湛明珩本以為她出言便會質問他「發酒瘋」的事，哪知她今日這般好脾氣，竟原諒了他前頭的行徑。他心底一軟，忍不住長手一伸將她一把抱了起來。

納蘭崢一愣，隨即整個人便跌坐到他膝上，被他從後邊圈住。

他的下巴抵著她的肩窩，手攬著她的腰。他沒有笑，聲音有些沈悶，很認真地說：「妳讓我抱一會兒，就沒有不舒服了。」

納蘭崢思及今兒個是湛明珩生母的忌辰，便沒拒絕這大齡嬰孩的懇切請求。然而給他抱了豈止一會兒，待到夕陽沈沈西下，湛明珩才肯放過她，還躬身送她回國公府。

兩人皆未提及那段酒瘋之事，可納蘭崢總覺湛明珩的目光似有意似無意地一遍遍掠過她的前襟，不知何故瞧得她胸前一片涼颼颼的。

她有些不安。倘使他記得那番動作可怎生是好？他如此奇怪地瞧她，豈不無異於在嫌她了？只是她低頭看了一眼，到底要臉皮地不敢多問。

這等不規矩的事總歸只偶有發生，經此一遭，納蘭崢哪還敢主動送上門去，便多安分於桃華居，一面關切北域的戰事。畢竟父親尚未凱旋，她心內終究記掛。

如是這般過了季夏入七月，納蘭崢照舊與湛明珩通信，一日日如同收軍報似的，知曉的幾乎不比朝堂眾臣少。只是到了七月中旬，在接連瞧了幾封言簡意賅的信後，她心內隱約察覺到一絲不對頭。

北域的戰事走向變得有些奇怪。

此戰起由是羯商偷摸入境，大穆派兵驅逐，一來二去便點起了火，由小範圍的官民衝突漸至演變成為大規模的兩軍作戰。表面看來，說不好首攻是哪一方。可論及根處，盡是羯人肆無忌憚挑釁，此等情狀，大穆本無理由放任，因而主動方實則在於羯族。

然身為起戰一方的羯人，卻似根本未作應戰之備，很快被打得落花流水，一路自大穆邊境敗退北撤，這便是前頭一封封捷報回傳的緣由。

戰事至此理當乘勝追擊，但納蘭遠與衛馮秋絕非冒進之輩，俱都一眼看穿敵軍詭計。羯境地處大陸北端，氣候奇寒，高山大川的冰雪五個月不化，倘使一路北擊，且不論穆軍是否可抵禦此等嚴寒，那冰雪消融之險也是他們擔不起的。

在不熟悉地勢的情形下冒進，旦逢冰雪消融，低谷窪地便成洶湧濤流，輕則阻斷回路，重則覆滅大軍，因而納蘭遠與衛馮秋並不戀戰，將敵軍打回關外後見好便收。

照理說，羯人誘敵不成本該就此銷聲，然就在穆軍撤退時，原本潰逃的羯軍卻以洶洶來勢又反撲而至，將穆軍阻在羯境，不得回返關內，這便是此戰綿延至今未果的緣由。

說白了，羯軍的思路很簡單，先裝弱誘你，眼見你不上當，便拿出真本事來死命拖住你，可謂無賴至極。但納蘭崢奇怪的是：一則，如此持久消耗，實在不像羯人一貫速決的作風，他們圖什麼？二則，父親與衛伯爺也非庸者，豈會一味被動受阻，而不設法突圍？三則，朝廷分明派去了援軍，何以不見成效呢？

她如此愁悶思量幾日，只覺其中疑點重重，但湛明珩的來信卻越發少提及前線戰事了。

直至七月十八，傳旨公公前來召請納蘭嶸入宮，她心生疑惑便多問了一句，卻見公公並不願多說，只道行程忙碌，接下來還得走一遭忠毅伯府。

納蘭崢心底「咯噔」一下，頓覺不妙。北域戰事古怪已久，軍情信報含糊不清，而這一日，魏國公府與忠毅伯府的兩位世子一道被急召入宮……怎麼看都不像好事。

她如坐針氈地在桃華居等待，卻是直至黃昏也不見弟弟歸府，內心急切便上了馬車，決計去宮中尋湛明珩。

馬車行不久，天就下起瓢潑大雨。

白露時節陰氣漸重，常聞寒蟬淒切嗚泣，黃昏天的疾風驟雨涼骨透心，道旁的草葉被碾得七零八落。納蘭崢已捧了個手爐，卻是一點也熱不起來，反倒一陣陣發冷。

馬車在宮門外一個急停，岫玉與綠松掀簾探頭詢問，只見對頭也停了一輛馬車，車前一隊錦衣衛拔劍肅立，其中二人手中扣著一名男子。

男子穿一身佛頭青錦緞棉直裰，雙肩受制，被迫屈膝跪在瓢潑大雨裡，渾身都濕透了，仰頭與車內人僵持著。

納蘭崢一眼就認出衛洵，再看對頭，分明是湛明珩的車駕無疑。

她心內越發不安，只想立刻問明究竟，便不管不顧起身踏了出去。岫玉與綠松慌忙替她撐傘，卻不料那斜風將雨水打得四散，壓根擋不住幾分。

納蘭崢甫一步出馬車便被打濕了。

駕車的湛允見狀回頭朝裡說了句什麼，湛明珩才掀簾出來，蹙著眉頭大步上前攬過她，訓斥道：「雨下得這般，妳跑來做什麼？我正要去尋妳。」說罷將她半摟半抱地拱上自己的馬車，交代道：「在裡頭等我，莫出來了。」

他說罷才回身望向衛洵，恢復淡漠的語氣。「洵世子為人重孝，今日於宮門前意圖不利本宮，本宮只當你初聞噩耗失卻分寸，就此算過。令尊赤膽忠心，國而忘家，朝廷不會虧薄了他。望洵世子節哀順變，承繼令尊爵位，盡快重振衛府。」

納蘭崢聞言越發面如死灰，指骨都發白了，卻聽轟烈雨聲裡響起衛洵的冷笑。「湛明珩，你竟與我說赤膽忠心……你比誰都清楚，我父親究竟因何而死，這便是你們皇家口中所謂的『不虧薄』？」

「衛洵，你如何臆測是你的事，湛明珩感激衛伯爺此番大義，但同樣問心無愧。」他說罷不再理會他，回頭掀簾進去，一面與湛允道：「回承乾宮。」

馬車轉了個向，轆轆駛回皇宮。湛明珩看一眼車內人，輕輕掰開她緊攥著袖口的手，抱了她道：「洄洄，妳父親沒事。我就是趕來與妳說這個的，別擔心了。」說罷拍了拍她的背。

納蘭崢這才有些活過來，沙啞著聲道：「父親沒事？那嶸兒被召請入宮……還有方才洵世子……你莫騙我。」

湛明珩在雨裡待得更久些，身上比納蘭崢還濕漉，他意識到這點，怕凍著她，就鬆開她的肩道：「妳又不笨，我騙得了妳？衛洵說的……妳聽不明白嗎？」

納蘭崢紅著眼圈盯著他，一點點恢復了思量，半晌才道：「衛伯爺犧牲了……難道是因為父親？」所以衛洵氣得那般，竟瘋了似的要與湛明珩動手。

見她緩過來些，湛明珩才拿起巾帕替她擦濕漉的鬢髮，一面慢慢與她解釋：「洄洄，軍情機密，我能說的都說與妳聽，但難免也有不可外傳的……我不是防備妳，這是軍中規矩，妳可明白？」

納蘭崢點點頭。「我不用知道那些，只要父親當真無事就行了。」

「妳父親無事，但衛伯爺確實犧牲了。半個月前，我軍兵分二路，由衛伯爺牽制前線敵軍，妳父親則繞後奇襲，但衛伯爺戰死了，妳父親那支軍隊卻失蹤了。如今邊關謠言四起，皆說妳父親貪生怕死，為圖一時之利通敵叛國，置衛伯爺於險境……羯人此戰不尋常，有人藉機害魏國公府，我與皇祖父商議後，決計先堵住流言，避免京中生亂，並對外宣稱妳父親也犧牲了。妳父親那支軍隊如今化整為零，蟄伏於山林，待流言破除再動作。」

納蘭崢聽罷抓住他給自己擦拭鬢髮的手，緊張道：「不是有人要害魏國公府，是有人要害你，你該防備著些。」

湛明珩笑了笑。「我知道。」說罷繼續幫她擦。

她默了默，忽似想通什麼，又攔住他的手道：「羯人此戰醉翁之意不在酒，莫不是聲東擊西？難道羯人與狄人合作了，由羯人牽制我軍於北境，實則卻是狄人要破我西境？」

湛明珩點點頭，撥開她的手，繼續幫她擦。

「所以援軍根本不是去北境，而是悄悄繞到西境防備狄人。父親與衛伯爺則在北境假意中計，假意受制，假意無力突圍。可既是如此，北域戰事理當遊刃有餘，衛伯爺怎會犧牲，父親又為何沒能及時趕至援救？」

「納蘭崢。」湛明珩覷她一眼，終於忍不住了。「妳這渾身濕漉的便著急分析軍情，倒是我忙碌著替妳打理，究竟妳是太孫，我是太孫？」

他說罷嘆口氣，也不繼續擦了，答道：「直至半個月前，的確是遊刃有餘的，但邊關出了奸細，才有此番不得已的兵分二路。要替妳父親正名，首先便要揪出這個奸細。」

納蘭崢有些不好意思，心道自己確實入神得不像話，就取過巾帕為他擦拭鬢髮，一面道：「可有線索了？」

湛明珩默了默，唸出一個名字。「杜才寅。」

納蘭崢嚇一跳。

照湛明珩此前所言，這位杜知州的確不是什麼好人，因而進士出身卻沒走上光明仕途，反被配到涼州為官。但貪色歸貪色，卻不至於有通敵叛國這等惡劣行徑才是，他是得了什麼好處，才敢冒險搭上性命，甚至不顧身後的家族？

通敵叛國，按律當凌遲處死，甚至絕大多數情形都得累及滿門抄斬，而她的兩位姊姊……都嫁進杜家。

湛明珩稱此事尚未查清，暫且不與她多言，只叫她安心，即便事實當真如此，亦會盡力少牽扯魏國公府，至少保下她的長姊。

他這話一出，納蘭崢卻更心寒了。他來護她的家人，誰來護他？

此樁事顯然被動了手腳，顛來倒去無非是有人要拿魏國公府開刀，好撬動湛明珩的勢力。就像此前秦閣老的工部底下莫名其妙出了個陷害忠良的蛀蟲一般，所有看似迂迴曲折的暗箭，最終矛頭皆指向湛明珩一人。

甚至此番更是為難，若揪不出奸細，父親便要蒙冤，若揪出了奸細，又是與魏國公府牽連甚深的杜家。他一面要應對邊關外敵，一面要防備居心叵測的碩皇叔，得是如何的殫精竭慮。

值此國難當頭之際，大穆卻禍起蕭牆。卓乙琅此前不懷好意的警示一點沒錯，對大穆而言，朝廷與皇室內裡的潰爛腐朽，才是比他們這些異族更可怕的。

納蘭崢真的有點心疼湛明珩了，伸手環住他的腰悶聲道：「像今日這般的事，以後叫人給我傳個信就是，你不用分心顧我，我會顧好自己的。」她能做什麼呢？大概也僅是不給他添亂罷了。

湛明珩垂眼靜靜瞧她一會兒，低頭在她眉心落下一吻，沒有說話。

第四十章

納蘭崢回府後照湛明珩交代的，只與祖母和母親二人澄清了父親無事的真相，並囑咐她們不可聲張。胡氏與謝氏曉得關係重大，自然守口如瓶，連貼身的下人都不曾言道。

但納蘭崢瞞下了杜家的事。既然湛明珩說此事尚未查清，她便不能叫家裡人先自亂陣腳。

直至半個月後瞞不住了，杜家滿門下獄的消息一夕傳遍京城，胡氏與謝氏才知其中究竟。

納蘭崢聽聞消息也很驚訝。杜才寅是半個多月前被看守起來，一路秘密押解入京，到此也就前兩日的事，可通敵叛國的大案豈能輕易定罪，那是要經過三司會審的，實在不該如此快便牽連杜家滿門。

她為此打聽一番，這才知道，杜才寅招了一份供詞，提及他與羯人合作已久，甚至羯商偷摸入境也是經由他手辦成，而這些皆是受了在京為官的二弟及父親指使。

除了這份供詞外，杜才寅還呈上與京城往來的信件，經過比對，確是杜才齡的字跡無疑。

納蘭崢這下明白了。不論真相如何，人證物證俱在，朝廷必然要將相關人等通通扣押起來審問，至於一併抓了杜家女眷，是為平息眾憤，暫且給朝臣與忠毅伯府一個交代。

胡氏聽說後嚇得險些暈過去，被眾人百般安撫才穩了心神。謝氏當即便要去尋謝皇后，幸而納蘭崢及早吩咐岫玉看著她，將人給攔下來。

她哄完祖母，就趕去與謝氏解釋：「母親，現下情狀，咱們國公府最好的作為便是不作為。後宮本不干政，何況是此等通敵叛國的大罪，您這時去尋姨母一點用處都沒有，反而會給有心人落了把柄，說咱們納蘭家失了主心骨，沈不住氣了。」

謝氏聽了這番話才生出後怕，攥了她的手問：「那該如何、那該如何……汀姐兒如何能受得那般牢獄之苦？還有……還有沁姐兒，不是說杜知州已被秘密押解入京了嗎？為何不曾聽聞沁姐兒的消息？」

這個納蘭崢也不清楚，只能繼續安撫她。「您莫急，杜知州既是被押解入京，二姊理應也跟著來了的，我這就入宮悄悄打聽打聽。」

謝氏這時哪還記得什麼恩怨，只將她當親生女兒一般待了，急迫地抓著她的手道：「崢姐兒，妳可千萬得救救妳的兩位姊姊……」

「我會想辦法的，您放心。」

納蘭崢說完就走了，只是方及步至影壁便見府上丫鬟抱了個一歲多的男童來，說是皇家網開一面，將大小姐的哥兒先送回國公府安頓。

她點點頭，也沒多理會，只囑咐她好生顧著孩子。可那孩子一直在哭，丫鬟沒多有經驗，心急忙慌兜著哄，與她擦身而過時抖落了個什麼東西，聽得「叮」一聲清響。

納蘭崢停下垂眼一看，見是一塊白如截肪的玉珮，上頭鏤雕繁複，正中刻了個「昀」字。

孩子鬧得厲害，掙扎著不肯給生人抱，嘴裡一直喊著爹爹娘親。眼見丫鬟騰不出手來，納蘭崢便彎身去替她撿那玉珮，指尖方才觸及便覺異樣。

玉珮光亮無瑕，細膩溫潤，瞧著摸著都像頂好的羊脂，更重要的是，她覺得這觸感似曾相識。

這些年她接觸過太多上佳的玉質首飾，其中亦不乏做工精緻的玉珮，卻獨獨只這一塊，叫她生出了別樣的熟悉來。

太像了……與十三年前那名年輕男客腰間懸掛的玉珮太像了。

她一遍遍撫捋著手中的玉珮，只覺心都要跳出嗓子眼，頓了良久才起身問：「這玉珮可是小少爺的？」

那丫鬟是國公府裡的，因而也不十分清楚，但仍點點頭。「奴婢想應是小少爺的無疑，小少爺名中有個『昀』字。」她說及此神色更肯定一些。「奴婢聽聞，凡杜家子孫，滿周歲時皆要配一塊這樣的玉珮。」

她說完就見小姐出了神，似在細細思量什麼，忽聽她緊張地問：「長姊夫這一輩裡頭，可有誰人名中有『田』的？」

那丫鬟想了想，搖搖頭。「四小姐，這個奴婢不清楚。只是奴婢愚見，杜家書香傳世，理應不會取『田』字為名才是。」

納蘭崢皺了下眉頭。對於當年真凶，她這麼久了始終無從查起，一面是因不宜暴露身分，不可尋旁的幫手，一面則是因京城多權貴，佩帶羊脂玉珮的公子哥實在太多，她畢竟沒能分辨出那字形，只隱約覺得像個方正結構的，是直至方才憑藉手下熟悉觸感生出聯想，靈光乍現才想到了「田」字。

但這丫鬟說得沒錯，杜家怎會拿「田」字給子孫取名呢？杜才田……這也太古怪了吧。

納蘭崢將玉珮還回去，叫丫鬟把孩子抱走了，只是方及二人離去卻霍然抬首，似想通了什麼。

田字是行不通的，但她未必就摸到完整的字形，倘使那根本不是「田」……而是「寅」呢？

納蘭崢經由湛明珩安排，悄悄走了一趟天牢。眼下形勢嚴峻，她做不了太多，頂多保證姊姊在獄中少遭些罪。

見她出示了太孫的諭令，獄卒便領她去關押納蘭汀等人的女牢。

此地已比旁處好了許多，四人一間牢房，女眷們好歹有張床鋪能輪著躺，而非一卷破稻草鋪蓋了事。只是獄中難免陰濕，那氣味更是污濁不堪，著實不好聞，連納蘭崢已是較能忍耐的人，也不得不掩住口鼻。

她到時看見長姊蜷縮在床鋪一角瑟瑟發抖，另有三名女眷在旁，似乎是在照料她。她皺皺眉頭，請獄卒開牢門放她進去。

那三名女眷不認得她，只是瞧見有人來探監便生出希望，都眼巴巴地瞧著她。她向她們點點頭，隨即走到納蘭汀的床鋪邊蹲下。「長姊，我替母親來看看妳，妳可是身子不舒服？」

納蘭汀從前沒少欺負她，但到底是小打小鬧，不曾像納蘭沁那般。這些年過去，她早不記這仇了，眼見她一身囚服，披頭散髮，心裡也不大是滋味。終歸是自家人。

納蘭汀聞聲睜開眼，看見她竟忍不住哭了出來。「崢姐兒……」

納蘭崢拍著她的手背寬慰道：「妳別怕，妳先告訴我，是何處不舒服？這邊戒備森嚴，不說明白情狀是不會給請醫官的。」

納蘭汀卻狀似未聞，只哭著道：「崢姐兒，妳長姊夫他沒有通敵叛國……他只貪色一些，卻素來膽小，哪敢做這等勾當呢……妳要太孫信他，信他啊！」

納蘭崢眼見她情緒激動，只得安撫道：「妳放心，太孫會查明真相的，妳先保重身子，咱們才有後頭的話說。」

一旁一名女眷聽出納蘭崢身分，忙上前道：「納蘭小姐，嫂嫂自從來此便一直犯暈喊冷，我忽然有個猜想，嫂嫂也許是懷了身孕？」

她這話一出，納蘭崢心內也是一驚，趕緊請來醫官替她瞧，果真如此。

納蘭汀這下哭得更厲害了，緊緊捂著小腹，害怕得臉色煞白，一直嗚咽問這孩子該如何是好？

牢房裡鬧得亂哄哄一團，眾人聽她哭得慘，也都跟著哭起來，連帶隔壁幾間的杜家女眷也驚動了，還得納蘭崢一個十三歲的女孩家主持大局。

好不容易叫她們穩了心神，最後才蹲到納蘭汀身邊悄聲道：「長姊，罪不及小兒，何況是未出世的孩子。妳且放心，天黑前一定有人來接妳回去，但此前妳切莫聲張，這麼多女眷，我當真救不過來。」

納蘭汀冷靜了些，聽明白她的意思，咬著唇點點頭。

納蘭崢塞了些銀錢給獄卒，囑咐幾句後便往承乾宮去。走進湛明珩書房時正碰上湛允行色匆匆趕來，似預備向他回報消息，她不好打擾二人，先在一旁坐著聽。

湛允說的恰好是杜才寅的事。「主子，您說得不錯，杜老爺與杜員外郎沒道理通敵叛國，倒是屬下似乎猜到杜知州呈上那份偽供，栽贓陷害的動機了。」

「你說。」

「此人十二年前考中進士，原本理該仕途坦蕩，誰想還未走馬上任便牽連進一樁命案。被害的是京城茗香坊的一名歌妓，據傳杜才寅要人家身子，那姑娘抵死不從，他便一時失手鬧出人命。不過死了個歌妓，原本是很容易將事情壓下去的，但偏偏杜才寅那時方及考中進士，正是上頭考察他的時候，出了這等事，京官便做不成了，能被配到涼州為官也已是給了杜家面子。」

湛明珩點點頭。「此事我從前便有耳聞，裡頭還有隱情？」

「有。」湛允的神色越發嚴肅起來。「此為眾人知曉的情形，但屬下此次重新查探一番，卻發現什麼茗香坊、歌妓、命案，皆是子虛烏有。杜才寅沒犯過那等事，是吃了冤枉虧了。」

湛明珩蹙起眉。「你的意思是，或許是杜家不知出於何故要捨棄這名嫡長子，因而杜撰了樁子虛烏有的命案？而杜才寅多年來始終懷恨在心，此番自己下了獄，便要家裡人與他陪葬？」

湛允點點頭。「屬下是這樣猜的。可屬下想不通，杜才寅是杜家嫡長子，十六歲便考中進士，才學理應不差，原本也該順當入仕的，杜家何以捨棄他？」

湛明珩緊蹙著眉頭，煩悶地吐出一口氣來。

良久的沈寂後，一旁的納蘭崢咬了咬唇，忽然道：「倘使杜才寅的確殺了人，殺的卻不是什麼茗香坊的歌妓呢？」

湛明珩與湛允齊齊看向她，眼色疑問。

納蘭崢的指腹來回摩挲著袖紋，默了許久才下決心道：「杜才寅殺的或是公儀府的四姑娘，公儀珠。」

兩人神色俱都一變，隨即相視一眼。

湛明珩先問：「洄洄，妳如何會生此懷疑？」

納蘭崢已在心底斟酌好說法，答道：「我方才去牢裡探望長姊，她與我說，長姊夫是清白的，杜才寅此人絕非善類，早年就沾染過人命，便是那公儀府早亡的四姑娘。」她說及此處一頓。「此事理當為家族秘辛，長姊也是偶然聽聞，若非到這節骨眼絕不會往外說。當然，陳年舊事的，也不確切就是了。」

納蘭崢只能這麼說。湛明珩在查案，她不能知情不報，可她畢竟只心存懷疑，不敢篤定杜才寅便是凶手，因而說了「不確切」。至於她的身分，事出緊急，她哪裡做得準備道明，只好暫且推給長姊。

湛允聽罷想了想，道：「主子，納蘭小姐此言並非沒有道理。此前您命我去查公儀小姐的案子，但屬下死活找不著一星半點線索，彼時您猜是被何人刻意處理掩藏，如今可不恰好對上？杜才寅的確也在當年的宴客名單裡。」

納蘭崢聞言一愣。湛明珩查她……不，查公儀珠做什麼？只是方及要問卻想通了。此前她被請去圓祖母臨終遺願，後來哭了一通，憑湛明珩的性子，雖答應不問她，卻怎麼也會查查吧。

她就不與他動氣了，畢竟他也是關切她。

湛明珩思量一番蹙眉道：「公儀珠是十三年前春夜死的，但杜才寅卻在此後照常科考，直至第二年得了進士名頭才被送往涼州……」他說及此停了停。「如此反而說得通。」

湛允點頭以示贊同。「倘使他在公儀小姐死後立刻遠走，便會叫人生疑，如此安穩地過上一年才可謂明智之舉。這樣說來，或是有人在保他了，他卻為何心生怨氣，倒打一耙？」

他說罷就見主子擱下茶盞，起身道：「備車，我親自審他。」

納蘭崢也跟著站起來，嚴肅問：「能不能帶我一起去？」

湛明珩自然回絕了。關押杜才寅的並非一般牢獄，莫說那裡頭異常污穢雜亂，光審訊犯人的場面便血腥殘暴，絕不是她該看的。

納蘭崢極力堅持，眼看嘴皮子都磨破了他也不答應，只得不與他嚴肅說理了，換個法子，死乞白賴抱住他胳膊，一副他若不帶她，有本事就甩開她的樣子。如果他捨得的話。

湛明珩沒辦法，心道這妮子無賴起來也是頗有一番功夫，若非事態緊急必然要好好磨她一頓，但現下沒時辰瞎鬧，只好捎上她，叮囑她等等只可在他身後。

她點頭應了，在路上順帶說明了長姊的事。湛明珩便立刻安排人去接納蘭汀回國公府，竟是說，如此也算省了他一樁事，他原本還打算買通醫官，叫她長姊來個假孕的。

納蘭崢真被他這膽子嚇得後怕。

牢房的獄卒見太孫光駕，自然預備好生招待一番，但湛明珩沒這心思，也不要那些人備什麼好椅子，只叫他們將裡頭整頓乾淨些，免得嚇著了納蘭崢。又給她披戴好冪籬，從頭到腳遮了個嚴實，這才往裡去。

牢房已被匆匆處理了一番，但血腥氣與鐵鏽味一時去不掉，納蘭崢進到裡頭便皺了皺鼻子，隔著黑紗也幾欲作嘔，卻是不敢表露分毫，怕湛明珩立刻將她攆出去。

她跟在後頭落了坐，並不東張西望。這酷刑場面的確可怖，反正她也不認得杜才寅面孔，想知道的用聽的便夠了。

晦暗非常的牢房裡點了火燭，然那火苗突突地跳，時明時滅，反而將此地襯得更陰森。

獄卒給吊在刑具上的杜才寅潑了桶鹽水，將他弄醒後道：「太孫殿下親自來問你話，老實著些！」

杜才寅那身囚衣都被血水浸透，面目猙獰地「嘶嘶」直抽氣，聽見太孫來了卻放聲大笑起來，像失心瘋了似的。

湛明珩不浪費口舌，開門見山道：「杜才寅，十三年前公儀府四小姐落水溺亡，此事與你可有干係？」

杜才寅只顧盯著他笑，笑夠了才答：「此話殿下如何來問我，該問您九泉之下的父親才是。」一說罷繼續笑。

納蘭崢眉心一跳。

一旁的獄卒一銅鞭抽打下去。「你這賊子死到臨頭還敢胡言！」

湛明珩稍一蹙眉，淡淡道：「不必打了，你們先下去。」

杜才寅「呸」一聲吐了口血沫子，眼看獄卒們都退下了才道：「殿下支走他們做什麼，可是替您父親心虛了？」

他豈會與一個階下囚議論亡故的父親，只冷冷地道：「說。」

「殿下既能查到我頭上，如何會不知曉？當年陛下曾預備將公儀小姐許配給太子作繼妃，但您父親對您早逝的母親一往情深，為此竟抗旨不從……」他說及此似乎覺得好笑，頗輕蔑地冷哼一聲。「是啊，您該猜到了……當年我杜家曾是太子一系的暗樁，我受太子指使去玷污公儀小姐的身子，原本沒想要她命的……但我的確喝上頭了……」

他頓了頓繼續說：「公儀府也非小門小戶，即便當夜賓客眾多，情形雜亂，卻豈可能容我一個外男隨意出入內院？若非太子派人暗中替我開道，支走旁人，我如何進得那園子？」

納蘭崢呼吸一緊，掩在冪籬內的手都顫了起來，後背似乎淋淋漓漓流下一層冷汗。

湛明珩一動不動坐在那裡，渾身的線條俱都繃緊了，指關節被捏響的動靜十分清晰，納蘭崢覺得即便他此刻上前一刀結果了杜才寅，她也一點不會意外。

但他只是毫無平仄地道：「此事是何人交代於你的？」

「自然是杜老爺子。」杜才寅不稱呼那人為「父親」，冷笑一聲道：「他老人家說，太子承諾，一旦我辦成此事，但凡考中進士便可前程似錦。我有什麼不願的？仕途、美人都有了……」

他說及此深吸一口氣。「可後來呢？我失手殺了公儀珠，太子便出爾反爾，稱未曾有過此等荒唐言論，甚至有意治杜家的罪。我那怕死的父親便犧牲了他兒子的前程，懇請太子放杜家一馬，主動要求將我發配邊關，以此息事寧人，轉頭就去培養我的好二弟……杜才齡那狗東西！他如今的一切本該是我的……」

湛明珩聽到這裡算明白了。杜才寅已沒必要再審，他的動機一目了然，現下便是抱了必死決心要拖家中人與他陪葬，恐怕一時不可能改口。

他站起來，笑一聲道：「杜才寅，憑你的腦袋，恐怕還賣不了國，也偽造不出那些信件……我知你不怕死，也不會拿死讓你痛快。你會一直活著，活到你肯說出你背後究竟還有何人，活到你親眼看見你父親與你二弟沈冤昭雪。」說罷牽起納蘭崢轉頭離開。

他的步子太大，納蘭崢被他牽著走，只覺腳下虛浮，似有些難以平穩，待到階下便是一個踉蹌。湛明珩回過神來，意識到自己情緒失控，走得太快些，忙扭頭看她是否有事？這才發現她冪籬下的臉色慘白，額頭冷汗涔涔。

第四十一章

他心內一緊，攬了她疾步向外走，一面問：「可是被那刑具嚇著了？我與妳說過不要跟來的。」

納蘭崢渾身的重量都交托於他，一點氣力也使不上，也不知怎麼了，竟被杜才寅那些話激得頭暈目眩，連帶小腹也一陣陣地墜痛。

湛明珩眼見她連還嘴的力氣都沒有，忙打橫抱起她，一面吩咐湛允：「回承乾宮，宣太醫來。」

納蘭崢靠在他懷裡，腦袋卻還一遍遍轉著方才聽見的話，忽然揪住他的衣襟，勉力道：「太子殿下不會做這等事的，是不是？」

湛明珩將她抱上馬車，摘下她的冪籬，一面替她拭汗一面皺眉道：「妳這時候還管這些做什麼，公儀珠的案子與妳究竟有何緊要？」

她的小腹太疼了，幾乎都要疼出淚來，卻還執拗地道：「你告訴我，太子殿下不會做這等事的……是不是？」

他拿她沒法子，只得道：「父親軟弱了一輩子，只為母親違抗過一次聖意，便是那樁婚事。杜才寅說的前半是真，但父親絕不會那麼做，這其中必然還有隱情，且是連杜才寅甚至杜老爺都不知曉的。」

納蘭崢這才點點頭，竟不知為何哭了。「我知道不會的，不會的……」她渾身一陣陣冒虛汗，意識都不清了，只攥著湛明珩的衣襟一遍遍重複這句話。

她的確是難受得沒法思量那些事了。方才在牢房就有些不適，只是一直忍耐，以為出了外頭便會好，可如今小腹的疼痛竟絲毫不減，身子還越發軟綿了。

這是得了什麼怪疾？她心內不解，直至馬車停穩，湛明珩一把抱起她時，身下湧起一股熱意。

她一下子醒過神來，好像明白了什麼，忽然有了力氣，推了湛明珩一下。「你……你不要抱我了，我沒事！」

她臉都白成那樣了哪裡沒事？湛明珩被她嚇得魂都飛了，二話不說繼續抱著她往臥房走，納蘭崢只得拚命給一旁的婢子使眼色。

虧得那婢子是個伶俐的，見狀反應了過來，忙要從太孫手裡接過她。「殿下，您將納蘭小姐交給奴婢就好。」

湛明珩哪肯放，非將她抱上榻子，隨後還往那兒一坐，一副風雨不動安如山的模樣，催促道：「太醫呢？」

那宮婢眼見納蘭崢似快急哭了，只得心一橫咬牙道：「殿下，太醫這就來了，您還是……您還是候在外頭吧……」

嗨喲，這婢子膽子大了！湛明珩幾乎都要以為自己的耳朵長反了。「妳眼下可是在趕妳主子出他自己的臥房？」

那婢子嚇得「噗通」一聲跪下。「殿下，奴婢不敢！實在是……實在是您在此地，會耽擱了納蘭小姐的『病情』啊！」

「妳倒是眼力好，這太醫都還沒來，妳便已診出了究竟？」

納蘭崢哭笑不得，心道不是人家眼力好，是他自己太沒眼力了！她揪著他的被褥，勉力道：「湛明珩，你再不出去我便要死給你看了！」

這丫頭說什麼胡話呢？湛明珩眼睛都瞪大了，還欲再說，卻被她撓了一拳，聽她吩咐旁的婢子們：「妳們趕他出去，我在呢，他要不得妳們腦袋！誰趕他趕得最快，回頭便給誰升官發財！」

一干婢子一下子蜂擁而上。

殿下只是一時未反應過來，想來等弄清真相，必然不會責怪她們，現下還得聽準太孫妃的才是，否則得罪了納蘭小姐，她們也是沒好果子吃。

眾婢女齊心協力，好歹將湛明珩推搡了出去。一臉不解的太孫殿下孤零零傻在房門外，只覺秋日的風寒到了骨子裡。

這「大麻煩」一走，納蘭崢連腹痛都似減輕不少。

婢子們忙去照料她，替她處理妥帖了，轉頭瞧見太孫的被褥染了血漬，便將那一床錦被抱去外頭換新。

納蘭崢聽見湛明珩在房門外氣得跳腳，厲聲質問這血漬是怎麼回事，似乎還一把搶過了錦被，死命抱著不給她們丟，翻來覆去地察看，像要辨認它是從何處皮肉流出來的？

婢子們想笑不敢笑，憋得艱辛，只覺這場面像極了太孫妃在裡頭生產，卻是不知來日太孫可會這般急切了？

納蘭崢哭喪了臉。這些婢子真不會做事，怎就給他搶走了錦被呢？那上頭……哎，不想了，想想都尷尬。

她怕那些人攔不住湛明珩，叫他一個箭步衝了進來，只好忍痛催促下人們趕緊替她換乾淨衣裳，隨即飛快伸出手去穿袖，手忙腳亂地繫帶。

卻聽外頭的鬼哭狼嚎忽然頓止，湛明珩好像乾咳了一聲，然後道：「妳們一個個有嘴不曉得早講？拿走吧。」

他好像知道是怎麼回事了。納蘭崢更想哭了，地縫是沒的，她現下可有衝出房門直奔馬車，不給他揪到她的機會？

答案自然是否定的，因為湛明珩已經進來了。

他大步流星地走到榻邊，順勢坐下摟過她，將她死死摁在懷裡，連珠炮似的道：「納蘭崢，妳膽子大了，想嚇死我？這有什麼好瞞的，妳換乳牙的時候我是沒陪著妳嗎？」

「……」

瞧他這理所當然的樣子，敢情是說，她是他從小看大的，沒什麼不可給他曉得的？可這癸水與換乳牙哪能一樣啊。

納蘭崢尷尬地不知回什麼話好，又被他摟得氣都喘不過來，就去推他。「哎你……你鬆開些，我難受。」

湛明珩也不曉得她是哪裡難受，扭頭道：「叫太醫進來。」

太醫便來給納蘭崢診脈，完了道：「回稟太孫殿下，納蘭小姐並無大礙，只是近日天寒多雨，濕邪之氣本易入體，恰逢初回月事，故而才生腹痛之症。不過……」他說及此處一頓。「臣冒昧請問，納蘭小姐從前可有過風寒久治方癒的情形？」

納蘭崢想坐起來些答話，卻被湛明珩一腦袋摁回懷裡，然後聽他十分熟絡地道：「六年前早春落過一次湖。」

那太醫便繼續道：「如此便是了。納蘭小姐落湖後想來落了些病根，故而比旁人體虛一些，倘使不悉心調養，來日恐患宮寒之症。」

納蘭崢聽了這話還沒什麼，畢竟前世遭逢月事亦偶見腹痛，只是十三年不曾經歷過，方才一時忘了這茬罷了，卻覺湛明珩整個人一下子繃緊了，肅著臉道：「那你杵在這兒廢話什麼，還不趕緊開方子？若治不了這病根，就思量好提了頭來見！」

那太醫嚇得一個激靈，額頭冷汗涔涔，剛要連滾帶爬地跑出去，召集太醫院眾太醫研究方子，卻被湛明珩一聲大喝給止住了。「且等等！這樣，除卻藥方子，你再陳個紀表來，將那日子都圈好了。」

他記她月事的日子做什麼？納蘭崢要坐起來說話，卻又被他一腦袋按回了懷裡。

那太醫著實為難，苦著臉道：「太孫殿下，這頭次月事是作不了準數的，您現下要臣給您算日子，臣便是大羅神仙也做不到啊！」

是嗎？湛明珩想了想，見納蘭崢一臉「確是如此」的神情，就乾咳了一聲。「那就等有準數了再陳，下去吧。」說罷再強調了一次。「小心腦袋。」

奔到門檻的太醫一個踉蹌絆了一跤。

納蘭崢哭笑不得，待人走了就嗔怪道：「又不是什麼要命的病症，你唬人家做什麼？」

「誰說我唬他的，他若沒醫好妳，我真給他砍了腦袋。妳說妳，七歲便皮成那樣，要早些認得我可還會遭這等罪？」

她抬頭剜他一眼。「你皇太孫是我想早些認得便能認得的？」

湛明珩心道也對，若非這女娃當初膽大包天惹了他，他指不定一輩子都不會對她多瞅一眼。認得他都算她走了運道。

因聽她聲氣弱，他便低頭瞧了眼她的臉色，問：「可還有哪裡不舒暢的？他方才說妳腹痛，我給妳揉揉？」說罷不等她答便伸出手。

納蘭崢嚇了一跳，趕緊攔住他的手。「我無礙了！」

這一句出口聲調高亢，聽來倒中氣挺足，但她是羞急才有如此勁道，說完便覺陣痛來襲，身子都軟了軟，忍不住蹙起眉來。

湛明珩攬她在懷，豈會毫無所覺，知她說的是謊話，就訓斥道：「我又不會吃了妳，妳怕什麼？」說罷撥開她的阻擋，將手伸進被褥裡，探到她小腹位置一下下揉搓。

他的掌心慣是燙的，隔著衣料也很暖和，打著圈兒的揉搓十分熨貼。那一陣又一陣，叫人直想切了腹的墜痛都像被撫平了一般。

納蘭崢起先是掙不過他的力氣，後來卻由他去了。

見她躬著身子靠著他，似乎鬆懈了下來，湛明珩便調整一下坐姿，叫她能更舒坦些，笑道：「總這般聽話不就挺好的？睡一會兒，乖。」

納蘭崢的確乏了，待痛意減輕些便睡了過去，湛明珩就一動不動給她當枕子。直至有婢子進來說了句唇語，示意湛允來了，他才輕手輕腳將她安頓好，活動一番僵麻的筋骨，小心翼翼闔上槅扇出去了。

湛允是來回報納蘭沁的事。「主子，二小姐的屍身已送回京城了。」

湛明珩毫無所動地點點頭。「情形如何？」

「杜才寅此人暴虐成性，二小姐早在東窗事發前便已被折磨得不成人樣，此番得知要被押解入京，估算著橫豎死路一條，便大著膽子逃了。弟兄們照您交代的，有意放她出了關，但關外現下正亂，到處都是羯人……」

他說及此沒再往下，但想也能知，納蘭沁相貌不差，碰上那些如狼似虎的羯族男人能有什麼好下場。

他頓了頓繼續道：「她約莫也曉得您派人看著她，後來哭著求弟兄們給她一個結果。」

「如此也夠了，就算給皇祖母一個面子，叫她屍骨還鄉了。那屍身可處理妥當了？」

「都處理妥當了，對外的說法是被杜才寅施虐致死，如此便可將魏國公府置於受害的位置，對平息邊關的流言也大有益處。」

湛明珩點點頭。「此事一律這般交代，包括洄洄，這些不乾淨的東西不要給她曉得。」

「屬下明白。」

兩個女兒只保得一個，謝氏聽聞後哭天喊地，可她再如何心疼納蘭沁，也終歸不能將這筆帳真記到誰頭上去。女婿是她挑的，杜家也滿門下獄了，納蘭崢又顧念姊妹情誼，不計前嫌救得長姊，她是無處能怨恨的了。

魏國公府裡鬧騰了幾日，總算安寧下來。京城的矛頭皆指向杜家，幾成人人得而誅之的局面，如此一來，邊關的流言就不攻自破了。

納蘭遠「死」了近月，終於能夠動作，在羯境內打了個漂亮的突圍戰，待捷報傳回京城，滿朝震驚轟動。

納蘭崢為此不得不佩服湛明珩與天子爺的這一招將計就計。

此前軍情洩漏，父親遭敵軍掣肘被困山林，不得趕至救援忠毅伯，有心人便藉機誣衊他通敵叛國，在邊關肆意散布流言。值此風口浪尖，他若站出來解釋，恐怕百口莫辯，因而乾脆在擊退敵軍後隱匿掩藏，鬧了個失蹤。

皇家一面封鎖邊關流言，一面對外宣稱魏國公或也已殞身戰場，只是屍骨尚未尋得，與此同時將真正通敵叛國的杜家抓捕入獄。

至此已夠洗刷父親冤屈，並將魏國公府置於被害境地，博得一眾朝臣同情。當此情結大盛，再叫父親殺一記回馬槍，傳回捷報，可謂漂亮至極的破局之策。

可就在納蘭崢鬆口氣時，卻又有兩個消息在朝堂一道炸開了。

一則是戰事。關外狄人來犯，大舉進兵大穆西境，幾度將破邊城，領軍的正是狄王庭的世子，此前大鬧承乾宮的卓乙琅。

儘管西域使節進京時，為免給揪得錯漏，遭來發難，大穆盡可能以禮相待，卻終歸難敵狄人狂妄，竟連起兵的由頭都不曾尋。

或許這便是君子勝不過小人的地方了。

納蘭崢為此不免生出一絲後怕來。

狄羯合作使了一招聲東擊西，朝廷已及早察知，將原本預備北上的援軍安排去西境。然即便如此，邊關的守備竟仍只堪堪過得去罷了。由此可見，倘使湛明珩的決策稍有偏差，狄人的鐵騎如今必已踏破大穆的關門。

除此之外，北面羯人也絲毫未有鬆手的意思，甚至直至西境戰事爆發，那些野蠻狡猾的異族人才不再藏拙，使出了真本事。因而父親是不可能有餘力在這節骨眼脫身回援西境的。

她很快收到湛明珩的來信，寥寥幾筆，說朝廷已派遣數員大將領軍北上，叫她不必擔憂。

可她現下最擔憂的哪是父親呢？

大穆的處境太為難了，兩頭開戰，就須得合理統籌分配戰力及將領。派去北邊的必然是早年便有對羯經驗的幾位公侯伯，可因此造成的局面卻是，如今最適合領軍西征的只剩下頗具對狄經驗，曾一度叫狄族士兵聞風喪膽、退居千里的碩王。

湛遠賀從前勢大，與其早年攢下的軍功不無關係，這些年之所以備受打壓，除卻天子爺與太孫一系朝臣的手筆，另有一方要緊的因素，便是邊關無戰事，他亦無用武之地，如今卻是天賜良機。

甚至納蘭崢以為，卓乙琅或許是有意利用這一點來挑撥分化叔姪二人。畢竟身為皇位繼承人的湛明珩不可能以身犯險，上前線攢軍功回來。

可這是個躲不過的陽謀。外患當頭，內憂豈可在先，湛遠賀確能平息戰亂，即便天子爺不願他立了功回來，也沒法放任異族不管，叫邊關失守，何況其中還有一系朝臣的意思。

沒幾日便發生如納蘭崢所料的事，碩王果不其然領急行軍出征了。與此同時，第二則消息也傳了開來：貴州省境內多地興起了暴亂。

繼昨年陝西乾旱後，今夏貴州亦爆發了小規模的災情，而朝廷下派的官員賑災不利，紕漏頻出，以至民怨沸騰，最終鬧得揭竿起義的局面。此事一直被下面壓著，竟是直至今日不可收拾了才上報朝廷。

昭盛帝聽聞此事，險些一怒之下摘了戶部及貴州承宣布政使司一干官員的腦袋。內閣輔臣為此被連夜急召入宮，待商議完出來，天都矇矇亮了。

納蘭崢也是在那矇矇亮的天色裡被岫玉喚醒，說是太孫在府門口的馬車內等她，叫她走一趟。

實則她也一夜未得好眠，頂著青黑的眼圈，匆匆穿戴一番就去了。到時便見湛明珩的臉色不好看，想是許久未曾睡過覺了。

湛明珩見她來，就招呼她在身旁坐下，起頭第一句便說：「我得離京一段日子。」

第四十二章

她心內一緊，不免擔憂道：「可是因貴州的賑災事宜，要去平定暴亂的？今次貴州的災情遠不如前頭陝西乾旱來得厲害，那地方官員行事沒譜也罷了，可戶部卻是方才經過整頓的，如何能生此知情不報的事端？且時辰未免太巧，我擔心其中有詐……」她說及此忍不住攥了他的寬幅袖邊。「我擔心你。」

湛明珩默了默，卻不說此事，先道：「洄洄，我的確並非大穆最適合的繼承人。當年父親不在以後，朝臣多舉薦碩皇叔，幾次三番聯合上書懇請新立太子，但皇祖父何嘗不忌憚他在朝中的人望與地位？父親忌憚兒子，這般聽來不可思議的事，卻是皇室當中常有的。皇祖父知他非良善，內心更想冊立的是素與父親交好、行事謹慎內斂的豫皇叔。可豫皇叔顧念手足情誼，不忍父親就這麼不明不白地去了，也不願我那般孤苦伶仃，毫無依仗，因而說服皇祖父力排眾議，冊立我為太孫。」他說及此處一笑。「我這太孫之位是豫皇叔求來的，皇祖父疼愛我，又何嘗不是將對父親的愧疚彌補在我身上？」

納蘭崢靜靜聽著，忍不住握住了他撐在膝上的手。那隻手仍舊是滾燙的，可他好像一點也不暖和。

「碩皇叔的勢力並非一朝一夕可除，這些年能做到如此，已是皇祖父與豫皇叔替我殫精竭慮，但有些事終歸得我親自來才是。我已做了七年的太孫，倘使再坐享其成，誰還能給我第二個安穩的七年？何況如今我並非孑然一身，坐不穩這位置又如何能護得妳？」他說及此處一頓，這才回答納蘭崢前頭的問題。「這世上難躲的從不是陰謀，而是陽謀。我知今次內憂外患之下必有蹊蹺，但碩皇叔去前線了，一旦他大勝而歸，這些年的軟刀慢割皆可能付諸東流，便是出於朝爭，在此之前，我也必須有所作為，我手底下的朝臣亦多有此意……何況貴州暴亂是真，我身為皇室子弟理該前往安撫人心，這並非我一人的大穆，京城之外尚有我的臣民與百姓，他們在水深火熱裡。」

他說罷似乎怕納蘭崢像上回那樣心生誤會，就補充道：「我說這些可不是覺得妳不識大體，只想叫妳別瞎操心罷了。」又抬手摸了摸她的腦袋。「妳擔憂的這些我也看得通透，我既已知前路有險，必做好防備。倒是妳父親尚未凱旋，魏國公府無人堪能主事，我不在京城，妳得顧著些自己。」

納蘭崢點點頭，斟酌了滿嘴想寬慰他的話，最終卻只笑著說：「那你何時啟程？我去送你。」

湛明珩趁她乖順，捏了把她的臉蛋，也跟著笑了一聲。「就今夜，屆時妳都該睡沈了，還是別來的好，我怕見了妳便走不成了。」

她聞言瞪他一眼，捶了他腰腹一拳。「還貧嘴。」

湛明珩被她捶得發癢，躲了一下。「好了，趕緊回去，可別杵在這兒美色誤國了。」

他這呼之即來揮之即去的，換作平日，納蘭崢必得生氣，可此刻心內終歸有些捨不得，只囑咐他好生歇一覺再啟程，她會在京城等他回來。交代完了便走，也不再擾他的時辰。

湛明珩答應得爽快，卻在她走遠後便沒了笑意，吩咐湛允道：「去顧府。」

他這是頭一遭登門拜訪「情敵」，顧池生見他來也頗感意外，招待了茶水，再要備點心時被他攔住了。「顧郎中不必客套了，叫人都下去吧。」

顧池生便揮退下人，恭敬地坐在堂屋下首位置等他開口。

他的食指有一下沒一下地敲著桌沿，良久才道：「實則我一直很好奇，顧郎中是如何看待你的老師的？」說罷補充一句。「不必與我打官腔，我既私下尋你，便是不想聽虛言。」

他未自稱「本宮」，似是有意與他談心了。顧池生聞言稍一頓，道：「實話與殿下說，臣看不懂自己的老師。」

湛明珩一笑。「那我來幫你看看。此前你遭人陷害下獄，你的老師非但不替你申辯半句，反而還親自刑訊逼供於你，甚至將為你求情的一眾官員拒之門外……可他並非當真如此不近人情，鐵面無私，恰恰相反，他是信你、幫你、愛重你。」他說及此頓了頓。「他不願你的仕途沾染污點，哪怕這污點是旁人假造了加之你身，它存在過，便必有損於你。因而你的老師要替你翻一樁漂亮的案，先掩藏證據，叫你受夠了刑，博夠了一眾官員的同情，最後關頭才令真相水落石出。不破不立，破而後立，如此，才是上佳之選。」

見顧池生未有驚訝之意，也沒有出言否認，湛明珩便曉得他的確是知情此事的，繼續道：「身在朝堂，要些心計手段無可厚非，不論你是先知此事，配合你的老師，或是事後才曉得他的苦心，只須你的確未曾做過貪贓枉法之事便夠了，我並不看重過程。但有一點我很奇怪，倘使公儀閣老並非表面看來那般清正廉明，那麼他當真只做了替你鋪路……這一樁包含了私心的事？」

顧池生眉心一跳，霍然抬起眼來。

「顧池生，近日我總在想，倘使你我二人皆能早出世二十年……不，或者十年也夠了，這朝局可還會是如今這般境況？」他說罷笑了笑。「我是沒法比旁人快上十年的，你卻可以。戶部侍郎的位置是你的，我去貴州後，秦閣老會在恰當的時機舉薦你。你既願不移本心，便不要成為任何人的棋子，我叫你比旁人及早十年功成名就，只望這是戶部最後一次被人鑽了空子。」

他說完便起身，大步流星地走了。

顧池生抿著唇，跟著站起來頷首行默禮，聽他頭也不回，老遠地道：「還有，你這狀元府是時候添個女主人了。」

顧池生聞言抬起頭來，正見他順手摘走了院中樹上一顆豔紅飽滿的石榴。

他記得，納蘭崢喜歡吃石榴。

入夜後，納蘭崢早早便沐浴歇下了。她身在內宅，朝堂的陰謀算計管不得，只有顧好自己，別回頭弄病了，叫湛明珩在外頭辦事也不安心。

卻是甫一躺下便覺枕下什麼東西硌得慌。

自頭一次月事過後，湛明珩就逼迫她喝起了調養底子的滋補湯藥，連帶命宮中御醫新製了一批藥枕送來國公府。這柏木枕內含數十種珍奇藥材，歷經多時仔細研磨，枕面四壁鑿細孔，可叫藥氣一點點散發而出，以此疏通人的經絡，倒是上好的寢具。

可她先前沒覺得有這麼硌人啊。

她心內奇怪，便從床上坐起，將枕子掀開才發現是底下壓了本小冊子的緣故。那看似是本簇新的畫冊，裝裱得十分精細，卻未有題名，也不知裡頭畫了什麼？

她皺了皺眉才記起，今晨鳳嬤嬤的確與她提及過此事，說是在她屋裡安了本書冊，叫她得了空可在閨房翻閱翻閱，揣摩揣摩，完了便收起來擱回官皮箱裡去。

什麼玩意兒？神神秘秘的。

她好奇便順手翻開，卻是方及拈起一張書頁便瞪大了眼，手一抖將畫冊抖落在床沿。

那書頁上方，右側題了幾行詩，隱約書有「嬌鶯」、「牡丹」等字眼，左側的圖景著墨濃麗，看似是在一處山崖邊，遠處隱有祥雲繚繞，稍近為半截老松，前方鋪一方丈寬錦帕，上頭擱一把精巧玉壺，旁側依兩只白瓷酒盞。

但納蘭崢沒瞧見那些，只一眼看到正中赫然是一雙半裸相呈的恩愛男女，男者背靠山石，女者跪伏於前，兩人的衣帶被風吹起，幾欲遮掩不住皮肉。

她傻坐了一會兒，後知後覺地明白過來，這似乎就是那傳聞能驅邪神、可避火事的……嫁妝畫？鳳嬤嬤莫不是因為她與湛明珩親事已定，且前頭喜逢了月事，這才及早要她……翻閱揣摩起來的吧？

她活了兩世，頭一遭瞧見這等香豔畫冊圖景，雖未全然看清細處，卻也已不能夠冷靜自持，只覺一陣陣熱意都湧上腦袋，氣血都不暢快了。卻恰在此刻聽見窗子那頭「咚」一聲響，似乎翻進來一個人。

抬眼一看，正是本該已啟程離京的湛明珩。

她張著小嘴盯著他的臉錯愕了一瞬，隨即迅速伸手一撥弄，將畫冊塞回枕子底下，身子往那處一擋，結巴道：「你……你不是去貴州公差了嗎？」

湛明珩的臉立刻黑了。她這是什麼意思，清早還一副不捨關切的模樣，一轉頭竟巴不得他早些走人了？

他眉頭一皺，解釋道：「我在妳國公府周邊布了防衛，臨走前來望妳一趟，考驗考驗那些不中用的可會發現了我。」

納蘭嶸不曉得他方才是否注意到她的遮掩動作，清清嗓子，狀似淡然地點點頭。「哦，那他們可有發現了你？」

湛明珩果真被轉移了注意力，只是眉頭蹙得更厲害了。「沒有。」

究竟是那幫人確實太不中用，還是他這闖閨房的身手太過爐火純青了？他在心底默默盤算一會兒，拿定主意道：「我去調個崗哨便啟程，妳歇下吧。」說罷轉身就走。

納蘭崢這邊剛鬆口氣，卻見他走到一半複又回頭，盯著她身後道：「對了，妳方才遮遮掩掩藏的是什麼？」

她腦袋裡那根弦立刻綳緊，慌忙擺手道：「沒、沒什麼！是你看花了眼吧！」

湛明珩不高興了。「我人還沒走，妳便已藏了秘密，倘使我一遭離京三五年的，妳豈不還得一枝紅杏長出了牆去？」說罷也不給她申辯的機會，大步往她床榻走去，長手一伸，一把掀開她的藥枕。

「哎呀，你！」納蘭崢趕緊去攔，卻哪攔得住他，不過一招便被他拿下。她只得跪坐起來，再動手去搶。

湛明珩眉毛都豎了起來，伸長手臂將畫冊舉高，吊著她一副不給她奪回的模樣。「納蘭崢，妳還敢與我動粗了？要從我手裡搶東西，妳怕還得再長十年的個子，省省力氣吧妳。」

她欲哭無淚，這時哪顧得上旁的規矩，乾脆躥起來踮了腳去抓他的手。總歸腳下是床榻，讓她墊高不少，還是將將能搆著的。

湛明珩將手臂往後揚，偏不給她搆著，卻不想她當真太執拗，非要抓到那畫冊不可，連身子探出床沿都不顧，竟一個不穩便向前栽倒下去。

她登時低呼一聲，湛明珩也嚇了一跳，眼看她就要摔個臉朝地，扔了手裡的畫冊便去穩她，一個扭身將她托舉在上，拿自己的身板給她當了肉墊。

「咚」一聲悶響，該摔著的地方都摔著了，疼得湛明珩「嘶」一口氣。這妮子真是太會給他找罪受了，能不能有一日安安分分的？

只是她似乎方才沐浴過，身上一股淡淡的皂莢香氣，十分好聞，滿頭的青絲都瀉落在他的衣襟，瞧著滑不溜手的，比上品的綢緞還光亮。

他忍不住想攬緊她的腰身，卻是手一抬就頓住了。

不行。

她此刻身上只有一件薄薄的裡衣，隱約可見內裡玉雪般滑嫩的肌膚，似乎很是鮮美可口，叫他都要忍不住出聲吞嚥。他這時候不敢親她，怕自己克制不住做過頭了。

納蘭崢可不知身下人那山路十八彎的心思，聽到那一聲悶響，內心一緊，趴在他胸前道：「你摔著哪兒沒有，要不要緊？」

能沒有摔著哪兒嗎？他出口便要訓她，恰有一陣風從窗外吹來，將丟在一旁的那卷畫冊吹得「嘩啦啦」直響。

兩人齊齊下意識扭過頭去，繼而齊齊傻在原地。

納蘭崢忍不住尷尬地「咕咚」一聲嚥了口口水，湛明珩則凝視了那畫冊裡頭的景象足有十個數的時辰。

難怪他方才看見那玩意兒的封皮時覺得十分眼熟……他驚訝至極地偏回頭來，盯住身上紅透臉的人，不可置信道：「納蘭崢……妳竟然背著我偷偷看這個？」

她冤枉啊她！

納蘭崢真要哭了，急著解釋：「我起先不曉得那裡頭是……」

他摟著她往懷裡死死一壓。「妳不曉得？妳不曉得的東西便可以胡亂翻開來看？」

「我……我那是……」那是硌著了脖子啊！

湛明珩低低笑起來，也不嫌身下地板涼，圈著她長長嘆一口氣，不知在感慨些什麼，半晌才道：「好了，妳就不必與我解釋，我瞧妳小小年紀心眼挺多，也挺著急，若真等不到及笄，咱們開春便成婚好了。」

也不知究竟是誰等不到！納蘭崢將信將疑地看他一眼，分辨不出他是否說笑，掙扎著爬起來道：「那也得等過後再論，你還不趕緊啟程辦正事去？」

湛明珩也跟著爬起來，卻是覷她一眼道：「妳給妳未婚夫看了那等叫人肝腸寸斷的東西，竟什麼都不做便理直氣壯地催他上路了？」

怎麼就不能催他上路了？她還未明白過來，卻聽他又嘆一聲，自顧自道：「得了得了，再與妳鬧下去便真走不了了。」說罷彎腰撿起畫冊，在手心裡掂量一番道：「這東西妳不必學，倘使鳳嬷嬷問起，便說是我的意思。」

他分明心裡清楚著嘛，起頭竟還故意調侃她。納蘭崢憋屈地「哦」了一聲，眼見他一副要將畫冊拿走的樣子，便阻止道：「你將東西拿走了，我如何與鳳嬷嬷交代？總歸還是還給她好一些吧。」

湛明珩笑一聲。「公務在身，不得溫柔鄉裡流連，我拿去沿途消火，妳歇下吧。」說著就躍出窗子。

沿途消火？納蘭崢皺眉疑惑著，行動遲緩地爬回了床榻。

湛明珩離開國公府後重新部署了崗哨。湛允早便候在外頭，見他似乎安排妥當，便牽了兩匹馬來，不料主子一直埋頭翻什麼東西翻得起勁，險些一頭就要撞上馬屁股，嚇得他忙大喝一聲叫停了他。

湛明珩一個急停，抬起頭就嗅見一股十分濃烈的馬騷味。他皺皺眉頭，一個閃身逃開去。「湛允，誰教你將馬屁股戳你家主子門面上來的？」

湛允真是冤枉，卻不好違拗他的意思，賠笑道：「屬下失策，失策了！」也不敢問，這黑漆漆的天，他藉著月光專心致志是在研究什麼要緊玩意兒？

卻見他又翻過幾頁，然後將那本冊子丟給自己。「記完了。賞你，拿去避火吧。」

湛允接過東西一看，大吃一驚。「主子，您近日裡很缺……」很缺準太孫妃關愛嗎？

湛明珩理也沒理，長腿一伸跨上馬，嘀咕道：「虧得那冊是入門級的，也不知她瞧了多少？這裡頭的招式是莫不可再用了，否則豈不叫她曉得我也是拿這套玩意兒學的……」

第四十三章

湛明珩此行一為賑災，二為平亂，隨行不配儀仗隊，安排親信暗處跟從，明面上只兩乘馬匹。為了快。

儘管都指揮使司下轄的各地衛所已初步平息了民變，並將起義範圍控制在貴州省境內，但這僅是治標不治本的法子，耽擱越久便越難斷根。

老百姓素是最能忍耐，若非危及生存絕不會揭竿而起，這小小一個省的暴亂，實則是上位者統治出現危機的先兆。即便天高路遠，一時威脅不到朝廷，也不可不重視。

然京城至貴陽府陸路四千里，快馬加鞭一刻不停也需五至七日，何況事實是，三十里一處驛站，馬可一路換騎，跑死百匹也無妨，人卻並非鐵打，如此日夜兼程分毫不歇，便是湛明珩這般體格也受不住，因而輔以水路繞行，實則最快是半個月。

納蘭崢接連兩夜睡不安穩，不知是否天涼的緣故，總覺心裡頭發慌，時常被夢魘驚醒。她為此不免感慨自己真是太不頂用了，像一天都不能沒有湛明珩似的，甚至第三個夜裡迷迷糊糊竟聽見有人破窗而入的響動。

湛明珩正馬不停蹄往貴陽府趕，這時候怎可能來尋她？她揉揉惺忪的睡眼，怕是日有所思夜有所夢的聽錯了，如此一想卻忽然醒了神。

能闖她閨房的也未必只有湛明珩一人吧？

她心生警覺，驀地一下從床上坐起，卻是下一剎後頸一陣鈍痛，被一記手刀奪去了意識，臨昏去前只覺似乎倒在什麼人的懷裡，撲鼻而來是一股極其苦重的藥味。

翌日清早，負責打理的丫鬟推開納蘭崢的房門，只見當值的藍田昏倒在床榻邊，屋裡頭空無旁人，僅一封信箋留在床榻上，封皮未有題字。

她心內一緊，也不敢私拆了信瞧，忙將此事上報。

魏國公府立刻便亂了，四小姐平白不見，一大家子婦孺孩童急得團團轉。拆了信一看，裡頭卻交代她們不必驚慌，說是太孫臨時起興，帶納蘭小姐隨行。

胡氏與謝氏也不傻，怎會如此就信了？即便太孫當真寶貝她們崢姐兒，卻如何會做出這等逾越的事來？他此行是去辦公差，莫說本不該有兒女情長的心思，便真有也絕不會叫崢姐兒跟去餐風露宿、受罪吃苦啊！

況且這人都走三日了，何以再走回頭路？

魏國公府也非尋常人家，哪能隨便報官，兩人瞧完信更慌了手腳，一時竟不知該尋誰商議此事才好？納蘭遠這主心骨不在，謝氏只思及謝皇后，立刻就要進宮，卻見岫玉心急忙慌地趕來了。

胡氏曉得這並非一般婢子，而是太孫的心腹，趕緊拉過她，給她看手裡的信。

岫玉的臉色也是白的，卻好歹比旁人鎮靜一些，看過信後便與她們道：「老太太、太太，請聽奴婢一言，此事暫且不可聲張。奴婢已去詢問了，外頭守值的錦衣衛稱昨夜並未察覺任何異常，由此可見，帶走四小姐的人絕非簡單角色，且桃華居的下人裡頭少了名伺候四小姐的丫鬟，顯然也一道被帶走了。對方來頭大、身手好，這般大費周章，顯然並不是要四小姐的性命。現下錦衣衛已傳信與殿下，一部分留京搜查，一部分出城追蹤，想來很快便有消息傳回，還請老太太與太太切莫亂了陣腳！」

她一路奔忙，說了這許多已是氣急，大喘幾口後再道：「奴婢並非不著緊四小姐，只是此椿事倘使傳開，哪怕四小姐來日平安歸府，那名聲也都毀了！四小姐不是旁的身分，而是準太孫妃，因此更須悄聲處置，包括鳳嬤嬤也得一道瞞著。」

胡氏趕緊點頭。「妳說得是、妳說得是……是我與太太糊塗了！只是崢姐兒不見的事瞞得了宮裡，卻是瞞不了鳳嬤嬤的，這可怎生是好？」

岫玉默了默答：「此封信不可不說是個提點，將它拿給鳳嬤嬤瞧，道是殿下帶了四小姐走。鳳嬤嬤信與不信都不要緊，只須來日殿下那處對得上便好。」

納蘭崢醒來察覺自己身在疾馳的馬車內。見她睜眼，侍候在旁的丫鬟幾欲驚喜出聲，卻立刻被她摀住了嘴。

那丫鬟神色霎時惶恐起來，將一聲「小姐」生生憋了回去，朝她點點頭示意自己明白了，納蘭崢這才放開她，費力地從榻上撐起身，朝四面望去。

很顯然，她被人劫持了。

眼下是白日，但車內昏暗，多靠燭火襯亮。車壁開了兩扇窗子，卻都被木板封死，只露出幾道縫隙，連帶原本安車簾子的地方也修改成了木門，她因此瞧不見外頭景象，同樣的，外頭的人也瞧不見她。

此間比一般車廂略狹小一些，僅容二至三人，車壁四面未有雕紋，修飾從簡，看木質卻似格外堅固耐磨。

車駛得疾，車軲轆撞上一塊石頭，車夫卻不避不讓，顛簸得納蘭崢一個起落，頭皮險險擦過車頂，登時燒起一陣火燙。

除卻車行轆轆，四面還有馬蹄聲，她強忍頭皮痛楚豎耳去聽，辨及四乘馬匹，一雙在左，一雙在右，馬蹄聲沈悶，並非踏在石板，而是泥地。

她在山野裡。

她作出如此判斷後，抓了那丫鬟的手就在她手背上寫字：我睡了多久？

虧得那丫鬟是識字的，見狀照葫蘆畫瓢，往她手背上寫：三日。

納蘭崢嚇了一跳，那丫鬟忙解釋：給您下了藥。

她點點頭，默了默深吸一口氣，繼續寫：我要割腕試試，等我眼色再喊人。

那丫鬟嚇了一跳，攥住她的手不給她動作。

納蘭崢只得再寫：我有分寸。說罷拍了兩下她的手背以示安撫，彎著身子將手腕伸向釘在窗子上的木板。

她看過了，此處沒有簪子也沒有瓷碗，車內器具除卻木板俱都是圓滑的。以這批人的警覺，必然不會給她討水喝的機會，不如先不打草驚蛇，就地取材為好。

可這木板的邊沿作刀具的確鈍了些，她用力往上頭劃了一道，疼倒是真的，卻絲毫沒有要破皮的樣子。

她皺皺眉頭，忽然記起當年在松山寺後山，她曾與衛洵說：「納蘭崢今日亦敢起誓，這一生絕不會再被人逼到唯以性命為依仗的絕境。」

她苦笑一下，不免暗罵彼時真是烏鴉嘴，但此刻沒有旁的法子。劫持來得莫名其妙，唯能肯定，對方絕不是想要她的性命，看這架勢，更像是將她送往京外釣人的。

不論對方欲加害湛明珩或父親，她都不想拖累他們，只好「死」給這些人看了。

她眼一閉，心一橫，正要再來一道狠的，忽聞利箭破空聲響，似乎有誰悶哼一聲從馬上摔落下來，隨即又是接連幾下相似的響動。

那丫鬟面露欣喜，神情激越，忙攥了她的手阻止，示意救兵來了，叫她不要再冒險。卻聽外頭車夫死命揚起一鞭，馬車倏爾一震，飛馳而出，比先前更快了。

納蘭崢一個不穩栽倒，與此同時，車壁外響起一個陰沈的聲音。「湛明珩來了，妳也不必再勞神自傷。前頭便是山崖，妳既得閒，不如猜猜這回我與他誰更快一些？」

他什麼都知道，不過算準了木板邊沿鈍，她在湛明珩趕來前成不了事，才沒出手阻止。

隔著一扇厚實的木門，納蘭崢分辨不大真切這個聲音，只覺他語氣驚心的熟悉，她蹙起眉道：「衛洵？」

衛洵笑了一聲。「妳還是一點都不緊張。」前頭便是斷崖絕壁，死路一條，她竟先猜他的身分。「妳就這麼信他？」

納蘭崢不答，只是道：「衛老伯爺的死與他沒有干係，他很敬重你的父親。」

「納蘭崢，他坐不穩這個位置，他會毀了妳，妳現下跟我走還來得及。」

「衛洵，你在替誰做事？」

兩人你來我往，一問一答幾乎對不上。衛洵似乎是嘆了一聲。「妳當真句句都為了他。」說罷笑了笑。「但望妳不要後悔。」

納蘭崢還欲再說，卻聽得那馬痛苦的長嘶一聲，瘋了似的朝前狂奔而去。她將手掌撐在車壁上，再感覺不到衛洵的動靜。

他似乎是扎了馬屁股一刀，隨即棄車離去了。

身後立刻響起一個聲音。「納蘭崢，坐穩！」

她聽出是湛明珩，忙依言照做，靠緊車壁。利箭破空，「奪」一聲卡進車軲轆，車子大力一斜，卻仍未停，繼續向前滑馳。

接二連三的箭朝她這向射來，多是釘在車壁上，數箭過後，湛明珩一面奔馬一面道：「撞後壁！」

納蘭崢緊張地吞嚥下一口口水，咬著唇站起來，渾身都在打顫。她有三天未曾進過食，氣力實在有限，與丫鬟一道側著身撞了一下，卻絲毫撞不破這車壁。

四面風聲都跟著緊了起來，馬忽起驚鳴，車子在一陣滑馳後一個前傾，崖壁邊的石子噼哩啪啦地碎落，那丫鬟驚叫一聲，朝後摔去。

納蘭崢死死一咬牙，一頭撞上車壁。

車懸絕壁，她別無選擇。

何況湛明珩不會叫她做力不能及的事，方才那幾箭顯然已將車壁拆得鬆散，她只須不怕疼，便一定能將它撞破。

「轟」一聲響，車壁整塊卸落，納蘭崢和丫鬟大力衝撞而出，因為慣性勁道，丫鬟不小心翻下懸崖，而納蘭崢整個人懸空後，也控制不住地朝懸崖那向倒去。

湛明珩一路緊追，將將已夠拽著人，只是偏還差那麼一些，與人失之交臂了去。

策馬跟在他身後一截的湛允面色一沈，眼見納蘭崢大半個身子已探出懸崖外，手中套索飛快拋擲而出，纏住她的腰身提勁往後一扯。

湛明珩這才一勾腳踝，順著馬腹翻身蕩下，將納蘭崢一把撈起，隨即複又旋身落回馬上，垂眼一看，卻見懷中人已暈厥過去。

納蘭崢恢復神志時，隔著一道門聽見窸窣的談話聲。

她還不大清明，迷糊了一會兒才察覺此處似是客棧的廂房。屋內布置簡樸，四方小几安在正中，几上僅一壺茶水，整體還算乾淨，承塵上頭也沒落灰。

荒郊野嶺的，不知跑了多少路才尋到這樣的地方，倘使不是她，湛明珩哪裡會逗留此地呢？

先前那拚死一撞，又見丫鬟墜落懸崖，以及湛允情急之下的攔腰大扯叫她背過了氣，眼下渾身都是疲軟的，空蕩的胃腹還洶湧翻騰著，但她幾日不進食，分明嘔不出東西來。

她勉力支起一半身子，一點點分辨外頭的聲音，可說話的人似是刻意壓低了嗓門，只叫她隱約聽見幾個詞，像是說及了「奏本」、「美色誤國」之類的。

她心內一緊，掀開被褥爬下床。

湛明珩聽罷就叫湛允退下了，靠在燈掛椅上揉了揉眉心，剛預備起身進到裡屋去看看納蘭崢，一回頭卻見她自己跑出來，只罩了件單薄的外氅，連鞋都沒穿。

他皺起眉，臉色很不好看。「妳不好好在裡屋躺著，跑出來做什麼？光著腳不嫌地板涼？」說罷上前幾步，像拎什麼東西似的將她兩隻胳膊往上一提，叫她踩在自己的靴面上。

納蘭崢咬了咬唇，啞著嗓道：「我聽見了。」

雖未聽清細處，思量一番也猜到了究竟。

她失蹤的消息必然是封鎖的，但朝裡安插了對方的人。對方劫持她，卻不是要害她，而只是為了將她送到湛明珩身邊來，好告他個貪色昏聵的罪名。貴州形勢嚴峻，他此行是為公差，卻捎帶未婚妻隨行，像遊戲人間似的，顯然不像話。

可如今他一句都辯駁不得，因她的確在他這兒；國公府也不可能主動將有損她名節的事洩漏出去，只得叫他扛著。

湛明珩微微一滯，道：「這些人除卻上書諫言還做得什麼？隨他們鬧去。」她站在他的皀靴上，幾乎與他貼著，聞言就抬起眼來，認真地瞅著他。「你何必吃這冤枉虧？就與他們說我是遭人綁走了吧。」

他隱隱動了怒意。「納蘭崢，這話妳不要跟我說第二次。」

他身居高位，凡事不得不思量得遠。倘使這事傳了出去，她這太孫妃尚且做得，來日卻如何能順當冊后？那些見不得魏國公府好的朝臣免不了要藉此阻撓，他不容許一點點風言風語加諸她身。

見他一副沒得商量的模樣，納蘭崢只得道：「那你派人將我送回去總行吧。我回去了，好歹就沒人再上諫了。」她被擄三日，想來此地已離京城遙遠，她自己是回不去的。

卻不想這下湛明珩更生氣了，立刻將她攔腰抱起送回裡屋，一面道：「妳是嫌我還不夠亂？我不是沒有防備，對方卻能在不驚擾任何人的情形下，堂而皇之地從妳閨房擄走妳，且叫我晚了足足一日才得到消息……妳細想便知，京城必然出了漏子，而我天南海北鞭長莫及，妳這時候回去，是想再被擄一次，好叫我永遠到不了貴陽府？」說罷將她往床榻上一丟。

納蘭崢的眼圈一下子紅了。

他見狀喉間一哽，這才意識到話說重了。哪有女孩家不想要名聲的，她是自責牽累了他才作這般犧牲，他不領情便罷，竟還一時氣急說了誅心的話，可不得叫她更內疚了。

湛明珩忙在床沿坐下，握了她的手道：「摔疼了沒有？」他氣急時總控制不好分寸，方才嘴裡抑揚頓挫得厲害，丟她那架勢與丟沙包無異，床板都跟著晃了一晃。

納蘭崢渾身都疼疼難受，也不是他摔出來的，就搖搖頭，低聲道：「對不起……」

他嘆口氣，上前將她摟緊。「妳就別給我剜刀子了成不成？倘使不是我這太孫做得窩囊，妳會出這等事？」他說及此處一頓。「何況他們哪裡說錯了？我不與他們論對錯曲直，並非因我有苦難言，也並非因這陰謀算計，而是我本就沒有底氣。我曉得對方是衝我來的，也曉得妳未必就會有損，但我偏就心甘情願往這套子裡跳。他們說得一點沒錯，妳就是比那些個江山社稷要緊，比什麼都要緊，莫說如今不過區區一個省，便是整個大穆都要被人挪走了，但凡妳有一丁點危險，我也先救妳。納蘭崢，妳明不明白？」

她不明白。

她曉得他是真心待她，卻哪想得到，她在他心裡竟比江山社稷還重了。她怔在他懷裡一個字吐不出來，想起自己曾與卓乙琅信誓旦旦，說她絕不會做他的軟肋。

她顫抖著伸出手，環緊了他的腰身道：「你別氣了，我不走就是。他們要殺要剮、明槍暗箭都放馬來，我不怕，也不會叫你在我與大穆間作選擇。」她說到這裡放輕了些聲，在他懷裡磨蹭了一下。「大穆是你的，我也是……」

湛明珩被她磨蹭得一陣燥熱，腦袋空了一瞬才抓著了些貌似要緊的零星線索，傻愣了半晌問：「納蘭崢，妳說什麼來著？」

這等沒臉沒皮的話，若非一時動容也不可能出口，哪有說第二遍的道理。納蘭崢立刻恢復理智，從他懷裡出來，正色道：「沒……沒什麼，你聽岔了。」

可憐皇太孫俊俏歸俊俏，這輩子卻還沒聽過句情話，哪那麼容易就放了她，攥過她的手道：「妳別給我來這套，再說一遍，快！」

「……」

這是催什麼，急得趕不上似的。他分明也聽見了，納蘭崢堅決不再重複，清清嗓子，揉著肚皮道：「我說，我餓了。」

「……」

第四十四章

湛明珩能怎麼辦呢，難不成硬是撬開她的嘴，瞧瞧裡頭是不是裝了他想聽的話？只得用軟的，叫人熬了粥來，一勺勺親手餵她，餵一勺催她一句，哄她再講一遍。

不想一大碗粥餵完，手都酸了還是沒能順他的意，氣得他立刻要去盛第二碗，被飽漲了的納蘭崢拚命擺手拒絕。

他倒還想再磨她一頓，湛允卻恰在此刻叩響房門，他只得起身去外頭商議正事，囑咐納蘭崢先歇下。

納蘭崢這下不肯了，想跟他一道出去。「你不叫我回京去，總得讓我曉得你在做什麼，我心裡才好有個防備。」

她說的不無道理，湛明珩便領她一道出去了。

納蘭崢走到外間才發現，她的裡屋已被布置過，這間客棧著實狹小，桌椅板凳的材質也極其質樸，難怪隔著門還能聽見外頭的談話聲。

湛允手裡摞了一疊密報，多是京城來的消息。納蘭崢這才曉得，湛明珩的情報網實則撒得極密，京城一干公侯伯府都在他的掌握之下，要緊的朝臣也被看死了，哪門哪戶有哪些不尋常的動作，俱都一一明瞭。

但她偏就被悄無聲息地擄走了。

他說得對，不是他不曾防備，而興許是有哪個他極其信任的環節出了疏漏。

湛明珩看完了一摞密報，搖頭道：「最初動手的人不是衛洵。」他指指案桌上展開的一面京城守備圖。「忠毅伯府所在的城北一帶是我重點防衛的對象，照洄洄的說法，她是戌時歇下的，而衛洵當日歸府在酉時，要從此去到城東魏國公府共七條路，每一條都安置了人。以他的身手，想要擄人或許不難，難的是悄無聲息。照此守備，不用等到魏國公府就會被探子發現，反倒悄悄出城是有可能的。」他點了一下城門的位置。「是有人先劫持洄洄，送出城，而他等在城外接應。」

納蘭崢聽到此處，思量一番道：「倘使闖入我房中的不是衛洵……似乎有一件古怪的事。」

湛明珩看她一眼，示意她說。

「那人不曾暴露身形，但我在他周身嗅見了一股苦重的藥味。你在國公府周邊的布置哪怕不說無懈可擊，卻也足夠防備一般人物，要做到悄無聲息潛入，身手起碼得與你相當。既然不是衛洵，也並非旁的簡單角色，必得掩藏身分行事，但他身上為何有一股如此特殊的氣味，反倒像叫我抓著了把柄似的？」她說及此處一頓。「此人作風看似大膽，實則謹慎，絕不會留下這般錯漏，除非……這氣味便是他掩藏身分的法子。」

湛明珩點點頭，示意她繼續說下去。

「如此苦重的藥味，必然是要掩蓋什麼。那麼，此人理該是我見過，並且彼時對他周身氣味留了個心眼的……」

她沈吟一番，霍然抬眼道：「公儀府？」

因涉及公儀府，她一下子緊張起來，但仍是肯定而不避諱地道：「你可還記得，岫玉或者與你提起過，公儀老太太故去當日，我在公儀府偏門遇見了一名行事古怪的男子？」

「記得。」湛明珩答完就別過頭去，食指有一下沒一下地敲著桌沿，眉頭緊鎖。

納蘭崢見他斂色，不敢再說話擾他，倒是湛允小心翼翼道了句。「主子，莫不是咱們當時想錯了，納蘭小姐碰見的並非碩王爺？」湛遠賀身在前線，沒道理出現在京城擄人。

湛明珩沒答，默了半晌才道：「時候不早，都先歇下，我去沐浴。」說罷站起身，頭也不回地走了。

納蘭崢猜不透他在想什麼，只得與湛允大眼瞪小眼地杵在房裡。

湛明珩不會無緣無故放她與其他男子獨處，他肯定是心神不寧了，才連這點都未注意。她為此不免擔心道：「允護衛，你看，我可有說錯了什麼？」

湛允也有些尷尬，原本預備趕緊退出去的，見她發問就不好走了，答道：「納蘭小姐，您沒說錯什麼。屬下猜想，正因為您沒說錯什麼，主子才煩悶。」

她點點頭。聽這語氣，湛允似乎也不大確定。他行事謹慎，關係重大的話不得主子容許必然不會與她講，但她實在太想不通了。

衛洵此番故技重施，料定了湛明珩不會將她被擄之事揭穿，又仗著衛老伯爺勞苦功高，曉得皇家沒有由頭不會輕易動他，因而才不怕暴露，對她坦誠身分。但話說回來，倘使能不暴露豈不更好？

如此作態，倒像是在替什麼人遮掩、轉移視線似的。衛洵一向心高氣傲，絕不甘屈於一般角色，他會幫什麼人做事？且此人恐怕還與公儀閣老有密切往來。

她想到這裡問：「你前頭說的碩王爺是怎麼一回事？」

「納蘭小姐，您或許不曉得，公儀閣老雖明面上不參與朝爭，卻是忠君事主、秉持正統的。碩王爺早年一度拉攏他，他便將計就計，假意輔佐，做碩王爺的謀臣，實則卻是暗地迂迴著去他的勢。這世上哪有毫無來由的信任呢？陛下信任他，正是因為這個。」

納蘭崢前世並未察覺父親與皇家有所往來，還是頭一遭聽聞此事。當然，十三年前父親尚未入閣，湛遠賀也還小，後來的事誰能說得準？

她訝異半晌才道：「所以碩王爺與公儀閣老私交甚深，這一點陛下與湛明珩都曉得？」

他點點頭。「但此樁事是機密，公儀府隨便一個丫鬟自然不會知道內裡真相，彼時她神色慌亂也是說得通的。因而岫玉姑娘與主子提及此事時，主子才不覺得奇怪，頭一個便想到了碩王爺，只是如今卻對不上了。主子恐怕有了懷疑的對象，這才心煩意亂起來。」

納蘭崢眼皮一抬。「你可知他懷疑誰？」

她這一下眼色銳利，竟有幾分湛明珩素日的氣勢，叫湛允一個惶恐頷首。「納蘭小姐，關係重大，屬下不敢說。」

她緩緩點頭，不再說話了。

好一會兒，久到湛允不知她是否還有話問，準備告辭時，她才像想起什麼似的開口：「他方才說去沐浴，你們此行帶了婢女？」

湛允搖頭。「不曾。您得有人伺候，且您身上的藥力還未全然散盡，主子才買個丫鬟來。當然……您也知道，主子愛乾淨，不會隨便用外頭的丫鬟。」

所以他是一個人在沐浴了。納蘭崢十分直接地問：「可他會沐浴嗎？」

這看似理所當然的一問，放在皇太孫身上卻當真很難講。倘使湛明珩不會沐浴，她應該不意外。

果然見湛允的臉皺起來，撓撓頭認真道：「這個……屬下也不好說。」粗人洗澡就是幾瓢子水淋下去的事，但貴人洗澡就不同了，他一介武夫又不懂裡頭的講究，也沒伺候過男人洗澡啊。

納蘭崢就差使他。「這都多久了，你去瞧瞧他。」

「這恐怕不大好吧！」他戰戰兢兢退後一步，苦著臉道：「納蘭小姐，主子應當不喜歡男人看他洗澡的……何況屬下這糙手也不能真給主子搓背去……」那不得將皇太孫矜貴的背搓出血泡來？

她被氣笑，拿手指指自己的鼻尖，以示反問，誰想湛允的眼睛這就亮了。「是了，屬下以為，您去才是適合的。」

想得美！

她站起身。「他淹不死就行了。我歇下了，你也出去吧。」說罷往裡屋走。

湛允嘆口氣，心道這可怪不得他，他已極力替主子爭取了。誰想剛拉開房門，就見納蘭崢複又退了出來。

她的神情看上去有些掙扎，但還是道：「……他在哪裡沐浴？」

客棧也就那麼大點地，湛明珩就在隔壁廂房，於是湛允領她去了。

納蘭崢看見廊子盡處侍立了一個丫鬟，中等清秀模樣，一身行頭尚可。湛明珩估計是看不得荊釵布裙，才叫人給她買了新衣裳，不過瞧她那彆扭模樣，好像穿不大慣，約莫是窮苦人家出來的。

那丫鬟似乎不曉得如何稱呼她，憋了半晌憋出一句：「小姐好。」

這叫得也沒錯。她點點頭，轉身就去叩湛明珩的房門。「湛……」卻立刻被湛允一聲劇烈的咳嗽給打斷。

納蘭崢莫名其妙一陣，隨即恍然大悟，將那「湛」字給圓了回去。「站……得累，我能進來坐坐嗎？」

這聲量，湛明珩只要沒昏死大概都能聽見，但他卻是過了許久才答：「進來吧。」

納蘭崢進去了，闔緊門後瞅見外間沒人，剛想開口問他可是沐浴好了？就聽裡頭傳來一個略微幾分沈悶的聲音。「……納蘭崢，妳來得正好，妳會不會穿衣裳？」

「……」

她默了半晌才明白他何以磨蹭這麼久才答應，想來起頭是不願這等傷臉皮的事被她曉得，後來卻是怎麼也弄不好，沒法子了。

她笑道：「太孫殿下，您此刻莫不是在告訴我，您竟不會穿衣裳？」實則也沒什麼好奇怪的，他會沐浴已超乎她的想像，但就是忍不住調侃他一下。

湛明珩的語氣變得有些氣惱。「我穿到中衣了！」

納蘭崢忍不住笑出聲，磨蹭半天才到這步驟，彷彿很值得驕傲似的。又聽他道：「妳別笑了，給我進來。」

既說穿好了中衣，她也就不顧忌了，憋著笑進去，一眼瞧見湛明珩身上掛著一堆零零散散的……布條？他抬著兩條胳膊，低著腦袋左看右看，活像個傻子似的。

她實在憋不住了，先抱著肚子笑。

湛明珩的臉黑了。「納蘭崢，妳再咧一下嘴試試，我來堵妳了。」

這冷不防的一句嚇得她一顫，立刻停住，清清嗓子上前，然後認真道：「你穿反了。」說罷踮起腳將他中衣以外的衣裳卸下，重新替他整理。

湛明珩氣得不行。「妳給我穿就是了，說這沒用的做什麼！」

「授人以魚不如授人以漁，到貴陽的路還長，我總不至於回回給你穿。」她說到這裡奇怪了一下。「你前幾天都是怎麼穿的？」

他只答了三個字：「夜行衣。」

她一面彎腰幫他繫衣帶，一面「哦」了一聲。原來他只會穿那個。前幾天人在山野，自然隨便一身夜行衣湊合了，但今日為她入了城，那黑漆漆的衣裳走在大街上也忒顯眼，跟賊人似的，故得穿正常衣服。

納蘭崢給他繫好一條帶子，嫌棄道：「你手抬起來些，這樣叫我如何穿？平日料理你的婢女可都是不敢說你，才叫你養得這般？」

湛明珩平日哪是這樣，不過她湊他近，叫他呼吸發緊，肢體有些僵硬罷了。他乾咳一聲，不作解釋地抬起胳膊，垂眼見她姿態認真，嫩白纖長的手來回穿梭，熟練穩當。又看她繞到自己身後，合攏了雙臂圈過他的腰身，給他穿腰帶。

她的氣息就噴在他的腰際，癢得他險些發顫，但為免她笑話他，就憋著股氣忍了。

納蘭崢專心致志給他穿衣，感嘆道：「你將自己弄得這麼慘是做什麼？」

他聞言回過神來，解釋道：「朝裡有人話多，我若一個個城池走訪，勞駕那些地方官出來替我張羅，傳回去就越發收不了勢頭。接下來這一路也得如此。」

她想說他誤解了，她自然理解他微服的做法，只是他買了丫鬟卻不使喚，簡直活受罪。但既然他提及正事，她也不多解釋，免得話題岔了，只道：「那是自然的，接下來還得走山野，能不入城便不入，免得驚動了人。我雖不會騎馬，但你也可將我帶在馬上。」

「那怎麼成？」他眉梢一挑。「我與妳一道乘馬車也慢不了多少。妳身上的藥力沒散，受不得顛簸，別回頭染了風寒，尋醫問藥的反多耽擱。」

納蘭崢不說話了。的確是這個理，誰叫她不爭氣。

湛明珩垂眼看她，覺得她還是太小了，動作雖嫻熟，卻出於身量與臂長的差距，做起來有些費力，要日日這般使喚她，他好像不大忍心。

思及此，他忽然斂了色，嚴肅問：「納蘭崢，妳如何穿男人衣裳穿得這般熟練，妳是給誰穿過？」

納蘭崢動作一頓。

她沒給誰穿過，鳳嬤嬤也的確還未教過她，這些都是前世學的。那會兒雖未婚配，好歹也快及笄，該學的總學過一些，哪怕十三年不曾做過，但這活又不難。

她一頓過後一本正經地答：「我偷偷練的啊。」再補充：「拿綠松她們練的，為了給你穿來著。」

湛明珩的臉色這才好看一些，得意洋洋地彎起嘴角，卻在她完事抬頭的一剎收斂了笑意，乾咳一聲道：「好了，妳回房去休息，我也要歇息了。」

納蘭崢這下才奇怪起來。「對啊，你都要歇息了，穿什麼衣裳？」她不是被他耍了吧？

「我喜歡。」湛明珩隨口糊弄她一句，就將她拎出了房門。

第四十五章

湛明珩當然不是戲耍納蘭崢，故意叫她伺候自己穿衣。他是打算和衣睡的，畢竟臨時找了處地方落腳，並不十分安全可靠，總得有個防備，才不至於落入半夜三更穿著褻衣褻褲應敵的窘境。

那場面，他連想都不敢想。

買來的丫鬟雖經挑揀過，卻也非絕對可靠，因此他的這間廂房換了布置，挪動了床榻，躺下後只與納蘭崢薄薄隔了一牆。這客棧用材簡陋，牆也不厚實，以他的耳力，便是她在那處翻個身也能聽見。

但他只顧安排妥當，一句沒跟納蘭崢提。她前頭就寢時被人擄走，再要聽說這些，還不膽戰心驚得睡不著了？

納蘭崢本道自己會認床，這夜竟勉強睡著，恐怕真是累極的緣故。只是翌日清早醒來卻沒見到那名替她守夜的丫鬟，反倒一眼看到了湛明珩。

他坐在她的床沿，看起來已拾掇好了行裝，卻沒喊她，似乎一直在等她睜眼。見她醒了，他探過身子，摸了摸她的腦門，道：「睡飽了？」

納蘭崢連忙爬起來。「幾時了，你怎地也不叫我一聲？」

「辰時了，才剛坐下，妳不醒我也預備捏妳鼻子了。」

候在一旁的丫鬟叫白佩，聞言訝異看了那向一眼。主子分明一動不動都呆坐兩刻鐘了。

納蘭崢點點頭，被丫鬟服侍著穿衣，不必要的梳妝能免則免，怕耽擱行程。

湛明珩見她好了，就牽她上了馬車，將白佩打發到後面一輛，好方便兩人說話，完了再招呼納蘭崢吃早食。

吃食雖從簡，卻也都是城裡最好的酒樓買來的，還一連屯了兩日的茶點。

兩人對坐，湛明珩先吃完，與她交代了幾句魏國公府的事，說是昨日救得她後便往京城傳了信，叫她不必掛心那頭，完了忽然道：「妳此前不是關心公儀珠那樁事？」

納蘭崢點點頭，內心一緊。「怎地，可是查到什麼了？」

他搖搖頭。「暫時沒有，是杜家那邊有進展了。我將此案交托給顧照庭看著些，他倒是厲害，不知給皇祖父出了什麼主意，磨得杜才寅鬆口了。不過他一個戶部郎中是沒道理管這事，算是越權了，因而不計功勞，但我會記著。」

納蘭崢聽罷有些奇怪。「你何時與顧郎中關係這般要好了？」竟不直呼其名，好聲好氣喊人家的表字了。

他覷她一眼。「等他娶完媳婦，我會與他更好的。」

她一時噎住，岔開了話題問：「那案子如何了？」

「大致落定了。杜才寅判了凌遲處死，杜家其餘人等原本該要一道問斬，考慮到此樁栽贓陷害顯然是他與家族撕破了臉的，因而輕判了，該貶官的貶官，該流放的流放。杜老爺也非良善，但我有意留他一命作線索，待處理完貴州事宜也好再查公儀珠的案子。另妳長姊有孕在身，則順利生產後再作打算，總歸性命是無虞了。」

納蘭崢點點頭。「多謝你。」

她這客套的，湛明珩不高興了，只是剛要訓話，卻反倒笑起來。「這『謝』字可不是說說就好。」說罷覷一眼小几上的蜜餞果脯，示意她來點行動。

幼稚。納蘭崢嫌棄地剜他一眼，但仍拈了塊蜜餞送到他嘴邊，誰想湛明珩張嘴吃了不夠，竟還舌頭一伸，舔卷了一下她的指尖。

登徒子！

這十指連心的，將她整個人都舔酥麻了。她險些一下跳起來，卻聽他道：「哎呀，不小心的，妳洗手沒？」

納蘭崢又氣又委屈，臉憋脹得通紅，半晌咬牙切齒道：「沒洗，毒死你！」

湛明珩就笑吟吟地湊過來。「一口毒不死，再來幾口……乖……」

孤單單駕著車的湛允聽聞身後兩人動靜，吹著這仲秋時節的涼風，狠狠揮了一鞭子，一陣酸澀無言。

接連一陣子未進城，就寢都在馬車裡，湛明珩睡前面一輛，白佩服侍著納蘭崢睡在後面一輛。親衛們多在暗處，隨便找棵樹或是找塊石頭歇腳。

起頭幾日，素來錦衣玉食的皇太孫還派人到附近城鎮採買食物回來用，後來路越走越野，折返太費時辰，只好千不甘萬不願地過起了野日子。

但那乾淨的溪水，不擱杯盞裡沈澱一整日夜，他是決計不會碰的，哪怕沈澱完了根本瞧不見髒物；而那野雞、野兔上不小心留了根毛或是被烤焦了一塊皮，他也是決計不再吃的，回頭就整隻整隻地賞給親衛，那拿來給野物調味的香料也跟寶貝似的放在匣子裡，保護得一絲不露。

納蘭崢為此時常罵他嬌慣。

湛允就找機會偷偷與她解釋：「您莫看主子如今這模樣，主子九歲那年貪玩跑出宮去，在山裡迷路了整整三日呢，也不知如何過活的。主子不是吃不得苦，是看不得您吃苦，怕您吃了不乾淨的壞了身子。」

納蘭崢托著腮，瞧著溪邊氣得跳腳、一臉嫌棄地拿劍一刀刀對付著雞毛的湛明珩，彎了嘴角淡淡地說：「我都知道。」

他有心事，因而故意與她說笑，故意與她倒苦水，故意表現得輕鬆自在。他分明大可坐享其成，卻偏要與護衛們學拔雞毛、去魚鱗這等粗活，是怕哪天當真無所依仗，好能護得了她。

她什麼都知道。就像湛明珩也曉得，哪怕親衛們將食材弄得再乾淨，哪怕她從來都是笑咪咪地，不皺一下眉頭，她其實還是吃不慣那些野物。

如是這般折騰著進入湖廣境內，漸近了暮秋九月。

一場秋雨一場寒，天氣也越發涼了，白日尚且有些暖意，入夜後，那馬車著實不是好睡的地方，便是薰籠也難抵禦這一帶的寒氣。

湛明珩那身板跟火爐似的，自然不覺得有什麼，但納蘭崢本就體虛，又是地道的北方人，實在不習慣這邊濕冷的氣候，夜裡總要被凍醒好幾回，卻不許白佩告訴湛明珩。

只是湛明珩哪會不知道，為此好幾次都想繞遠路進城，都被她給攔下了。

倘使沒有她耽擱，他這會兒早該到貴陽府了，她實在不想拖累了行程。每慢一日，朝裡參他的本子便可能多上一遝。

卻不想這一帶的天說變就變，深秋的夜竟也能下起雷雨。這日夜裡，納蘭崢方才和衣歇下，醞釀了些許朦朧睡意，便渾身一震，被驚雷給打醒了。

侍候在旁的白佩也嚇了一跳，剛想安撫她幾句，就見有人掀簾，使了個眼色示意自己出去。

是湛明珩從前頭那輛馬車過來了，瞧見納蘭崢臉色發白地杵在那裡，就在榻邊坐下道：

「下雨了，恐怕一時半會還歇不了。怎地，妳怕打雷？」

納蘭崢也不是小孩了，自然不怕一般的雷，可現下身在山林，外頭本就黑漆漆一片，風吹草動都投影在車簾上，叫人瞧得瘮得慌，再碰上驚雷，總歸有些心悸。

但她仍是很鎮定地說：「只是剛好醒了罷了，我怎會怕那等東西？我行得正坐得端的，這雷公難不成還能劈……」

轟隆一聲響，打斷了這番豪言壯語，納蘭崢驚叫著跳起來躥進湛明珩懷裡。

湛明珩也是一愣，摟過她摸了摸才反應過來，笑得胸腔都在發顫。一面拍撫著她的背，一面望了望簾子外的天色，道了一句：「好雨知時節，當發生，乃發生。」

納蘭崢回過神來，頓時有些窘迫，卻是那風疾雨猛的，沒聽清他嘴裡唸叨的話，就抬起頭問他：「你說什麼？」

「我說……好大的雷，嚇得我心肝直顫。」說罷繼續往她身上抹油似的摸。

納蘭崢瞧著自己身上那隻「鹹豬手」，剛想一巴掌給他拍去，抬手一瞬卻見一道凶猛的閃電閃過。

她被刺得閉了閉眼，最終沒有動，嘆出一口氣。

人與人之間不就是這般相互「利用」的嗎？

雨是越發地疾了，被風捲著打在車頂，發出噼哩啪啦的聲響。湛明珩斂了色正經起來，低頭看看懷裡的人。「這林子待不得了，我已叫湛允去尋歇腳的地方，一會兒妳與我睡到別處去。」

「我挺精神的，不睡也成。」

「妳不睏我睏。」他覷她一眼。「何況路太泥濘了，車馬難以行進，連夜也出不了這林子。」

納蘭崢還想再說什麼，這時又一道雷打在頭頂，足像要將這馬車震碎了似的，只得老實不動。

過一會兒湛允冒雨回來了，回報道：「主子，這附近尋不到客棧，倒是前頭不遠有戶人家，您可要與納蘭小姐一道去借一宿？」

湛明珩先問：「什麼人家，可是安全可靠的？」

「夫妻兩口，普通獵戶。屬下說想借個地兒躲躲雨，那老大爺見了屬下手中的劍，或道屬下是賊人，便推拒了，給銀錢也不收留，應是良民不假。您倘使去了，屬下會帶人在周邊安置。」

他點點頭，牽了納蘭崢道：「帶路。」

那山裡的人家也是小門小戶，必然容不得太多人，白佩就沒跟去，湛允指完路後忙也閃身，怕被認出是前頭來的「賊人」。

臨走前他囑咐湛明珩：「主子，屬下瞧那老大爺脾氣不大好，您既是去借宿的，千萬忍著些，這方圓十里怕就只有這一戶暖和人家，錯過就沒有了。」說罷將傘交給了他。

湛明珩嫌他囉嗦，揮揮手示意他走，一手摟過納蘭崢，一手打了傘上前，叩響那木製的門扉。

老大爺顯然方才被湛允煩過一回，開了門就罵罵咧咧道：「碰噠鬼咧，果恁是哪裡來果毛賊囉？」一股十分濃重的地方口音。

兩人登時一懵。

虧得納蘭崢猜測出了大致意思，當先反應過來，委屈答道：「老伯，咱們是從外省來的，雨天趕路碰上了一夥拿劍的賊人，馬車都被搶去了，見您這屋裡頭點著燈，這才來問問，您可能行個方便，收留我二人一晚？」

那老伯白了兩人一人一眼，順手就闔上門，道一句：「冒滴兒悶！」

納蘭崢與湛明珩尷尬地對視一眼。

他意圖表達的或許是……門都沒有？

正傻愣著，忽聽那闔緊的門內傳來一陣婦人的罵聲，隨即眼前的門又開了，一名荊釵布裙的婦人迎了出來，向兩人招呼道：「外頭雨冷，年輕人快些進來吧，家裡老頭脾氣大，我已說過他。」

彷彿聽見鄉音的納蘭崢幾欲感動落淚，扯扯湛明珩的衣袖示意他別發傻。

從未被人這般罵過的皇太孫還沈浸在方才那一頓劈頭蓋臉裡，「哦」了一聲，牽著她走進屋裡。

那婦人見狀，頓了一下問：「二位可是要借宿的？」

湛明珩這下回魂了，頷首道：「是這樣沒錯，叨擾了，大娘。」說罷拿出一個錢袋子。

那婦人笑著擺擺手。「銀錢就不必了，不過二位這是……？」

納蘭崢與湛明珩對視一眼，從彼此眼底肯定了一個意思，對方想必是在詢問他們的關係，以此決定分他們一張床或兩張床。

「夫妻。」

「兄妹。」

兩人同時肯定道，完了各自剜對方一個眼刀子，卻不想一旁的大爺拎著耙子就來了。「窩交你撒滴個謊！」

納蘭崢驚叫一聲，湛明珩一把護住她。

兩人這回終於有了些默契，異口同聲道：「表兄妹！」

那婦人聞言明白過來，忙將老頭子勸下。「人家是表兄妹夫妻，哪裡撒得什麼謊了！」說罷轉頭看向兩人，笑道：「裡頭有一張床鋪，我這就去給你們拾掇。」

這屋子的確十分簡陋，也只有三間房，恐怕本就沒有多的床鋪。那婦人點了支新燭進到裡間，匆匆拾掇一番，老大爺則罵罵咧咧抱了床被褥來。

納蘭崢苦著臉，瞧著狹窄到只有兩個湛明珩肩寬的床榻，小心翼翼地詢問是否有多餘的被褥，卻被一耙子嚇回去了。

那婦人忙替老頭子致歉，又說：「這被褥放久了，怕是有股味，年輕人倘使睡不慣，便和衣將就一晚。」這是瞧出他們衣著打扮不普通，怕他們嫌棄。

湛明珩忙擺手示意無礙。「大娘，我瞧您這被褥挺乾淨的。」說罷拿手肘推推納蘭崢。

「洄洄，妳說是吧？」言下之意，用不著和衣。

納蘭崢從後頭狠狠擰了一把他的腰，卻不好在這熱心婦人面前表露，免得她誤會，只笑道：「煩勞大娘替我二人忙碌打理，這樣就很好了。」除了要與湛明珩鑽一個被窩，的確很好了。

婦人點點頭，笑得和藹，又拿來兩條手巾讓二人擦拭身上水漬，隨即闔上門出去了。

此間矮房很小，平日看來是不住人的，角落堆了一摞雜物，也無其他擺設，僅擺了幾面大木櫃，因此門一關緊，四面塵芥之氣便濃重起來，似乎還混雜了些熏肉與臘肉的味道，兩人為此都忍不住皺了皺鼻子。

不是他們不識好歹嫌棄人家，只是的確沒過過這等日子，起先難免受不住。

婦人留下的手巾乾淨歸乾淨，總是有些陳舊泛黃，可方才風疾雨猛的，將兩人都打濕不少，不擦乾感染風寒才更麻煩。納蘭崢猶豫了下，拿起來就要用，卻被湛明珩一手按住。但見他作了個噓聲的手勢，隨即悄然步至窗邊，從縫裡接過外邊人遞來的兩面錦帕，再闔緊窗子，將其中一面遞給她。

納蘭崢見狀便明白了。兩人為借宿賣了慘，因而不可光明正大拿行李過來，可將錦帕揣袖子裡偷摸著兜來卻不成問題。畢竟這等貼身使的東西，湛明珩不能含糊了她。

至於被褥就甭思量了，外頭雨下得這般大，拿來怕也濕透了。

湛明珩指指床榻，示意她去那上頭拾掇，隨即十分君子地背過身去，開始解衣擦身。

納蘭崢爬上榻，也抽解了衣帶。冷雨濕衣，貼在身上著實不好受，凍得她一直發顫，哪還顧忌得了別的。何況湛明珩的無賴勁多是嘴上功夫，真落到實處還是有分寸的，她也不真將他當賊人防備。

屋裡只剩下兩人窸窸窣窣的動作聲。納蘭崢將濕衣裳卸得只剩一件肚兜，拿過手邊的錦帕，一面擦拭一面瞅正前方案几上的燭檯。

她直到這會兒才注意到，燭檯上插的竟是一支簇新的喜燭。方才就見那婦人翻箱倒櫃許久，如今想來，大抵是壓箱底當寶貝的東西，畢竟新婚才要點這等喜慶的紅燭。

外頭雷聲隆隆，眼前的燭火卻燃得旺，火苗時不時躥動一下，將影子投在白壁上，晃晃悠悠的，瞧得納蘭崢心內一陣恍惚，好像這就是她的洞房花燭夜一樣。

只是心內方才泛起些許柔軟情意，餘光卻瞥見腳邊一團黑乎乎的東西。在那裡，有一雙烏溜溜的眼睛，一瞬不瞬直瞅著她。

她身子猛地一僵，停下動作，待看清是何物，立刻驚聲躥起。

湛明珩被嚇得一個箭步衝了過去，忙摟過赤著腳跳下床的人，問道：「怎麼了？」

第四十六章

納蘭崢驚魂未定，顫抖地指著床鋪。「有……有隻好大的老鼠！」

湛明珩順她所指方向望去，但見一抹黑影從床角一閃不見。

真是隻老鼠，大約有他鞋底板那麼大，竟出現在床鋪上，難怪她嚇成這樣……連他都心生奇異，這老鼠如何能胖成這般，究竟是吃什麼長大的？

他真要被那畜牲氣笑了。「我都沒爬過妳的床，牠竟然爬了？妳說說，牠方才都瞧見什麼了？我去剜了牠的眼珠子。」說罷順勢低頭去瞧懷裡的人。

是啊，牠都瞧見什麼了？

納蘭崢也下意識低頭看向自己，卻是再一聲驚叫，心急忙慌推開了他，一把撿起手邊褪下的衣裳遮掩前襟。也是此刻，她才發現湛明珩上半身光溜溜的打著赤膊，難怪方才被他抱著時，觸感不大對勁。

明晃晃的燭火映照著他結實的胸膛與腰腹，還有上頭深刻的肌理。納蘭崢傻在那裡半晌說不出話，連閉眼都忘了，只管瞪眼瞅他。

倘使她真是個十三歲的懵懂女娃，怕還沒有什麼，偏她活過兩世，便不經人事也比其他同齡姑娘心態成熟一些，因而此刻心如擂鼓。

她瞧見他腰腹偏左位置有一處暗紅色的胎記，瞧著怪像蠍尾的，叫人記起從前在古籍裡見過的妖物。

湛明珩內裡竟這般妖孽，這場面簡直太致命了啊！

虧得湛明珩沒發覺她的心思，因他此刻也是傻的。

那肚兜小巧，本就遮掩不住肌膚，方才又是個自上往下的視角……他吞嚥下一口口水，頓覺血脈賁張，滿腦子都是低頭一瞬入目的旖旎春色。

鵝黃的肚兜映襯了蒼茫雪色，其間山脈連綿起伏，他醉酒時曾把捏過的那處，似乎愈漸蓬勃了。

兩人大眼瞪小眼僵持著，忽聽門外有人喊：「代半亞果吵嗎果吵囉，還釀不釀行困告囉？」

這一嗓門下去，屋裡的曖昧氣氛霎時消散無蹤。

納蘭崢費力分辨一番，想來老大爺約莫是在說：大半夜吵什麼吵，還讓不讓人睡覺了？

湛明珩也聽明白了，忙回過神朝外答道：「老伯，對不住啊，咱們這就睡了。」

珍饈在前，皇太孫被人罵也不氣惱，只覺身上某處一個勁地突突直跳，像要克制不住地躥出來似的，以至他此刻連說話都打顫。

老大爺低低訓了句什麼，又道：「蠟燭果不要錢買呀？還不把果燈區滅！」說罷罵罵咧咧走了。

湛明珩只得轉身去熄燭，而納蘭崢也管不得什麼老鼠不老鼠了，趕緊乘機爬回床上穿衣裳，待套上中衣卻因屋內一片漆黑，摸不到外衫，只得壓著聲道：「湛明珩，你瞧得見我衣裳在哪嗎？」他的目力好。

湛明珩聞言走來，小聲道：「我給妳掛起來了，難不成妳想穿著那濕漉的衣裳睡一晚？別染了風寒耽誤我行程。」說罷一掀被褥上了榻。

納蘭崢察覺他上半身還是赤條的，忙往床角躲去，一面道：「你怎地不穿衣裳就上來了！」

「妳以為我願意？」他氣惱地說了句，一把將她攥進懷裡。「給妳烘衣裳來的，別瞎動。」她的肚兜不掩身，自然得穿中衣睡，可偏那中衣也有些潮濕，悶著怕是不好，他這是自我犧牲了。

納蘭崢真服了他，可這做法卻無可挑剔。他那麼矜貴的一個人，竟為了烘乾她的衣裳與這獵戶家的被褥貼身接觸，要說毫無所動是不可能的。

她只得蜷縮在他懷裡笑道：「我遇見你就是個事急從權的命。」

他的下巴抵著頭頂，雙臂環抱著她，冷哼一聲。「妳不急也得從。」

湛明珩的身板實在太燙了，簡直跟個火爐似的，納蘭崢的衣裳果真一會兒工夫就乾透。她覺得差不多了，便道：「我暖和了，你去穿了衣裳來，別凍著了。」

湛明珩此刻渾身都是火，哪裡會凍著，但也的確是打算穿了中衣再睡的，免得那火愈燃愈旺的滅不了，只是臨起身時卻想調侃她一番，低聲道：「累得起不了身，就這麼睡吧。妳不是怕黑？我抱著妳。」

他光裸的胸膛就那麼抵著她，她哪裡習慣得了，就推拒道：「我現下長進了，也能熄燭睡了，你快去穿衣。」說罷伸手去推他。

她的本意自然是推開他，卻因此刻兩人面對面側躺著，幾乎貼著彼此的肌膚，中間空隙不足，手一伸出，未及到他肩頭，卻先碰著了他的胸膛，指尖不意劃過一顆凸起。

納蘭崢霎時一愣。

等等，她……她這是幹了什麼好事？

湛明珩渾身大顫一下，深吸一口氣低聲怒罵：「納蘭崢，我有沒有告訴過妳別瞎動？」無意點火最是撩人，他覺得他可能快被燒死了。

納蘭崢的手早就嚇得縮回去，欲哭無淚地，不知如何解釋，忙掙脫了他，尷尬地往床角縮，背過身去。

誰知方才轉了個向就被人從後面大力一扯給扯回去。湛明珩一個翻身將她壓在下方，氣喘得很急，聲音沙啞地道：「這回別動了。」

她點點頭，心道她已知錯了啊，不都背過身去了嗎？卻不想似乎錯解了這話的意思，還不等她開口再說，湛明珩的唇就啄了下來。

屋裡黑得伸手不見五指，他竟也能一下瞅準了她的唇，甫一觸及便是一陣凶猛的輾轉研磨，活像要將她生吞了似的。

納蘭崢氣都喘不了了，迷迷糊糊明白過來，原來他是要她別動，乖乖給他親來著，而她竟還點頭了。

她想罵他無恥，卻是嘴一張反倒叫他越發肆無忌憚，濕熱的舌死死堵住了她的話，最終只得嗚咽一聲，唇齒間鋪天蓋地都是他的氣息。

湛明珩上半身緊壓著她，卻有意抬起下半身，不願叫她觸碰到那已然成了烙鐵的某處。他一手扣著她的腦袋，一手扶著她的肩，一點點品嚐她嘴裡的馥郁芬芳。

納蘭崢因為前頭的錯事，不敢掙扎亂動，卻叫他漸漸地不能克制了。

初嚐如此滋味，著實銷魂，他扶在她肩頭的那隻手慢慢滑落，摸索著探入了她的衣襟。

納蘭崢嚇了一跳，狠狠掐了一把他的腰，只是她那點毛毛雨的氣力哪有用處？湛明珩腦袋發了暈，全然顧不到其他，兩指一拈就挑開了她的肚兜。

恰在此刻一聲驚雷大響，轟地一聲，令湛明珩的手猛地一頓。

天光一瞬大亮，湛明珩鬆了嘴和手，抬頭瞧見納蘭崢眼圈是紅的。他瞬間醒了神，翻過身放開她，僵硬坐起。

她因他遭人擄走，險些丟了性命不說，此後卻還全心全意地信任他，跟隨他一路餐風露宿，受罪吃苦到了此地，可他方才都做了什麼不像話的事？

女孩家最是看重名節與儀式，他要給她的是明媒正娶、洞房花燭，不是這雨夜陋室、黑燈瞎火，即便他是她的未婚夫也沒道理這般。何況她也太小了，再兩個多月才滿十四。

他的喉結動了動，盯著她道：「洄洄，對不起……妳穿好衣裳。」說罷竟是下了床，罩了外氅步至窗邊，翻身一躍而出。

納蘭崢還未緩過勁來，繫衣帶的手都在顫，哆嗦著合攏了衣襟，閉著眼平靜了好半晌才壓下心底那一陣戰慄。

她並非無知懵懂小兒，不會全然不曉得方才的意思，卻因此更覺害怕。不是她不願，而是不到時候如此交代。她的身分、她兩世為人習得的教養，都叫她不可能接受這等事。

只是待她終於平靜下來卻懵了——湛明珩不見了。

她等了許久也不見他出現，內心不免著急起來。他應當不想傷她的，只是一時失控過了頭，且聽他方才語氣，想必是十分自責的了。

她翻來覆去地等，最後實在等不住了，就掀起被褥去點燭。好不容易摸索著點亮，忽聽窗子那頭有動靜，一回頭就見湛明珩渾身濕漉地站在那裡瞧著她。

她嚇了一跳，趕緊拿著錦帕上前，一面問：「你跑去哪兒了？」說罷忙替他擦拭。

但他已然濕透了，從頭到腳都是水，睫毛也淌著水珠子，像方才從澡桶裡爬出來似的，一時半會兒根本擦不乾。

納蘭崢急得皺眉。「湛明珩，你是不是腦袋壞了，淋雨做什麼，病了可怎生是好？」

湛明珩只是一動不動僵立著，一句話不說，任她擦拭了半晌才似回過神，捏了她的一隻手腕答：「迥迥，我沒大礙，只是去清醒清醒……」說罷猶豫問：「妳好些了嗎？」

她手上動作一頓，默了默沒答，良久後忽然抬眼道：「你是不是很難受？我聽祖母說過的……」祖母早便與她講了，太孫能等她著實不容易，必然時常難熬至極。她該早些受得那等事，否則難免叫旁人鑽了空。

湛明珩渾身一僵，一時沒答，只見她低下頭，囁嚅道：「前頭因了你宮中婢女與你生氣，是我太自私了，倘使你當真難受，或者也可……」

「納蘭崢。」他嚴肅地打斷她。「我不曾對旁的女子這般，單單對妳罷了。妳想什麼我曉得，但妳想也不要想，除了妳我誰也不碰。」他頓了頓，放緩了語氣。「方才是我做錯了，妳安心吧，我不會了。」

她沈默好一會兒才點點頭，伸手環抱住他的腰身，臉貼著他的前心道：「待此行回京，我們就成親吧，我沒關係的。」她活過兩世了，在乎的哪是年紀，只僅僅是那個端正莊嚴的儀式罷了。

湛明珩摸了摸她的頭頂心，望著窗外電閃雷鳴、變幻莫測的天際，良久緩緩道：「好。」

兩人複又被冷雨弄濕了一遍，這回折騰完當真累極，爬上床雙雙睡著了。

翌日照舊是湛明珩先醒，拾掇好了才喊納蘭崢起身。

他在被褥裡塞了一袋銀錢，然後牽著她與夫婦倆道謝辭行。

老大爺仍是一副罵罵咧咧的模樣，那婦人含笑招呼納蘭崢到身邊，避開了湛明珩才在她耳旁悄聲道：「小姑娘，妳與他尚未成親，我與老頭子都瞧得出來。昨夜那喜燭是特意給妳點的，不論為了什麼才不得已，但女孩家便是不可少了個儀式，妳說是吧？」

納蘭崢起頭一愣，繼而鼻子便酸了，為這萍水相逢的一支喜燭。她點點頭，握住婦人粗糙卻暖和的手道：「大娘，多謝您，我會記得您與老伯的。」

「妳與他身分不一般，記得咱們這些山野粗人做什麼？不過倘使他待妳不好，回頭倒可與我說，我家老頭子的耙子厲害得很！」

她再點點頭，笑道：「大娘，您放心，他會待我很好……很好的。」

以湛明珩的耳力本該聽清楚二人對話的，可那老大爺不知無心或者有意，杵在他跟前一個勁的鑿地，一耙子一耙子下去，活像要與他掐架似的，鑿得他一陣耳鳴恍惚，光只聽見這響動。待納蘭崢與婦人辭別回來，只得老老實實問她二人都說了什麼悄悄話？

納蘭崢笑咪咪地瞅他。「大娘說，你這長相一看便非純良，叫我多防備著你些。」

湛明珩沒臉沒皮地笑一聲，一面牽她往外走，一面垂眼盯著她道：「大娘只瞧見我的臉，那是誤解，妳連我身子都看了，還不清楚我的秉性？」他的人性分明就凌駕於獸性之上的好嗎？

她聞言不免回憶起昨夜所見，心道這話可說反了，他的身子才是真妖孽啊！

她揉揉鼻子哼道：「我看過就忘了。」

兩人一路笑罵著往外走，遠遠瞧見湛允已備好了馬車，神情卻是異常嚴肅。

湛允瞧見他們過來就步至湛明珩跟前，猶豫道：「……主子，兩個壞消息。」

接下來一路未再橫生枝節，除卻將入貴州省境時遇見了一夥山賊。

這夥山賊膽子不錯，太孫頭上動了土，自然被一干親衛三兩下收拾了，卻未曾料想到，竟在其車內贓物翻出了一批官銀。

那山賊頭子便有幸隨太孫的車駕一道去了貴陽府。湛明珩動作很快，一面馬不停蹄趕路，一面在車裡就將人審完了。這才曉得此批官銀果真是前頭自國庫支出，用以下放賑濟災民的，難怪貴州會民怨沸騰了。

只是普通山賊劫掠百姓的錢物也便罷了，以這些人的腦袋和身手如何能劫得官銀？且官銀是不能直接使的，須融成碎銀才能在民間流通，一般的山賊們拿了它根本毫無用處。

與其說他們劫掠官銀，不如說是有官員貪污官銀後來不及處置，才想了這法子，借山賊的手先將贓物轉運出去。

湛明珩早在此前便已查到些風聲，如今人證物證俱齊，待到貴陽府見了前來迎接太孫尊駕的貴州布政使蔡紀昌後，頭一眼就笑吟吟地說：「蔡大人的腦袋怕是安得太緊實了，本宮替你擰擰鬆可好？」

嚇得蔡紀昌一個踉蹌滾到他腳邊。

湛明珩將人一腳踢開，朝後面的湛允擺擺手道：「帶人到布政使司衙門和蔡大人的府邸私苑好好遊山玩水去吧。」說罷頭也不回地走了。

納蘭崢低頭覷一眼蔡紀昌面如菜色的臉，跟上他的步子。

蔡紀昌原本備好酒席要招待太孫，甚至因聽聞太孫公差帶了未婚妻，以為必是個好色的主，還盤算著替他接風洗塵後，領他去當地最妙的一處風月場子賞玩，連一打姑娘都準備好了，哪裡想得到這等禍事，大喊著「冤枉」就被拖了下去。

湛明珩這雷厲風行的，嚇得貴陽府的地方官齊齊徹夜不眠，生怕下個掉烏紗帽的就是自己，卻只有納蘭崢曉得，他何以不得不如此地快。

前頭湛允回報了兩個消息，他初始是心存懷疑的，因而派了探子去查，卻是臨到貴陽府時得到了證實。

一則是說昭盛帝忽然病倒了，接連數日臥床不起，只得命豫王爺暫代朝政；二則是說西境邊關戰局有變，湛遠賀一路退守，屢戰屢敗，恐面臨全境崩潰的險難。

這兩則消息壓得他再無閒心在此逗留，貴州事宜自然是如何快如何來。

兩人暫且住進當地一座新府，倒是過回了在京錦衣玉食的日子，可湛明珩卻日日早出晚歸，回府總一身風塵僕僕，甚至有時袍角還沾了血漬。

納蘭崢但見他用過晚膳便埋首案桌處理公務，案桌上的文書疊了厚厚一摞，時常夜半醒來還能瞧見他房裡點著燭。翌日清晨她與丫鬟一道提了早食進去，竟見他連坐姿都不變一個，那疊文書則悉數自左手邊到了右手邊。

她幫不上旁的，只能一頓不落地替他熬藥膳，怕擾他公務，因而送到便走，每日只與他說得上三兩句話。卻是好幾回天矇矇亮的時候，睡得迷迷糊糊的，都覺眉心似落了什麼溫暖柔軟之物，像是湛明珩來過。

如此這般過了大半月，一日傍晚天色將暗未暗時，納蘭崢聽下人回報說太孫回來了，便準備去書房叮囑湛明珩飲食，遠遠就瞧見行色匆匆的湛允自廊子另一頭走來。

他手中提個麻布袋，看見對頭的納蘭崢，立刻將那袋子往身後一掩。

麻布袋的袋口紮得緊，卻仍有一股十分濃重的血腥味傳出來，納蘭崢隔得老遠便嗅見，且十分眼尖地瞧見上頭大片乾透的暗紅血漬。

湛允瞧她手裡拎了個黃釉粉彩食盒，似乎裝著熱騰騰的膳食，扭頭就想走，卻被她一聲叫住。「允護衛。」

他只得硬著頭皮在原地頷首不動。

納蘭崢朝他這向走來，走得愈近便愈能聞到那濃重的血腥味，她強自壓下胃腹間的翻湧，朝他笑道：「你避著我做什麼？我來送些吃食，你與我一道進去就是了。」說罷抬手叩響了湛明珩的房門。

湛允只得跟在她後頭。

湛明珩從一堆公文裡抬起頭來，立刻嗅見不對勁，狠狠殺了湛允一記眼刀子，示意他怎能將這等不乾淨的東西帶回府裡，還讓納蘭崢撞見了。

但湛允此番也是情急無奈，因事關重大，只能當著納蘭崢的面回報。「主子，邊關出事了，碩王爺被狄軍俘虜，這麻布袋裡頭送來的……是他的右臂。」

湛明珩筆頭一頓，霍然抬首。

第四十七章

納蘭崢手中食盒一顫，敲著了桌沿，清脆的「砰」一聲。良久的沈默後，她聽見湛明珩聲調毫無起伏地說：「洄洄，妳先回去。」

她點點頭，沒有違拗地走了，知曉他不想當她的面檢查那條斷臂。

只是她並未走遠，就靜坐在門前廊子裡的美人靠上，吹了足足一刻鐘的冷風才見湛允提著麻布袋出來，看見她似有些意外。

「納蘭小姐，您怎地沒回房？」現下已入冬，這外頭多冷啊。

湛明珩聞聲起身，一眼望見納蘭崢臉都凍紅了，走過來一把攥了她的手拉她進門，湛允便摸了摸鼻子退下。

他闔上門就要訓話，卻見納蘭崢先笑起來解釋：「我不是故意的，只是你這神龍見首不見尾的，怕一轉身就見不著人。今兒個十月十九是你的生辰，你忘了啊？」她好不容易才逮著他的。

湛明珩聽罷一愣，攥她手腕的力道都鬆了鬆，隨即偏頭去看那擱在紅檀木几案上的黃釉粉彩食盒，倒真比素日用的豔麗喜慶不少。他方才並未注意，也的確不記得生辰。

納蘭崢見狀跑去打開盒蓋，捧了最上層的青花臥足碗出來，一面道：「宮宴省了，壽麵還是得吃。」

湛明珩好半晌才回神，一眼瞧見那碗中麵條白嫩滑溜，盤繞齊整，金黃的蛋打在上頭，碧綠的嫩葉在旁襯色，角落擺著一片片滷好的牛腱子肉。他的確喜歡吃這個，也不知納蘭崢何時注意到的。

她站在那裡笑，兩頰梨渦像塗了層蜜似的，忽然叫他忍不住上前將她攬進懷裡。

他垂首以拇指一側摩挲著她的肩，一下下地，一句話不說。

但納蘭崢曉得他的意思。他是永遠做的比說的多的人，任何時候，他的情意，從他嘴裡至多只聽得見三分，還很可能不是什麼好話。

只是湛明珩總是一抱上手就沒完沒了，她只得推推他，叫他趕緊趁熱先吃麵，隨即在他身旁坐下，托腮看他吃，眼見他一口就要咬下，忙一聲厲喝打斷。「住口！」

他嘴一停，當真「住」在那裡，然後叼著一口麵，保持著僵硬的姿態扭頭看她，眼神冒火。

他得有多好的克制力啊，才沒被她嚇得噎死。

又聽她道：「你敢咬斷了試試？」壽麵的寓意便是不可斷的。

他覷覷她，回過頭去含糊說了句「迷信」，卻當真不再咬了，小心翼翼一點點往嘴裡塞。

納蘭崢見他吃得差不多了才道：「實則在貴陽也挺好的，我廚藝都長進不少，要換作京城，今兒個都見不著你。」宮中必然大行酒宴，他得與一干朝臣叔伯待上一整日，去年便是如此。

湛明珩將湯水都喝盡了，才一把抱起她，安在自己的膝上，圈著她說：「想見我還不容易？來年今日便見得著了，太孫妃沒道理不出席宮宴的。」

她剜他一眼不說話，也不掙扎著跳下去，安安分分坐在他懷裡，只是目光卻似有若無地掠過他案桌上的公文。

湛明珩哪會不知她的心思，將她的腦袋扳回來，叫她能夠看著自己，繼而道：「別瞎瞧了，不能給妳瞧見的東西我也不會攤在案面上。」

「你倒真有不能給我瞧見的東西？」

他搖搖頭。「當然沒有。」隨即似是吃飽喝足犯睏了，埋首到她的肩窩，閉著眼靠了一會兒，良久才悶聲道：「等我走後，這些東西妳隨便翻就是。」

納蘭崢一僵。「你果真要去邊關嗎？」

「妳都猜到了還問。」他低低笑一聲，狀似無所謂地說：「我去去便回，妳在這裡乖乖等著就好。」

屋裡一下子便沈寂了。

納蘭崢默了許久才作了個並無意義、近似陳述的確認。「那條手臂是真的。」

他點點頭，賴在她肩窩不肯起來，打了個呵欠道：「碩皇叔的右臂內側有一道很深的疤，我認得它。卓乙琅砍了他兩條手臂，一條送至我處，一條送往京城，稱倘使大穆不派個身分夠格的人前去談判，下回送來的便是碩皇叔的腦袋。」

納蘭崢聽到此處，不細問也曉得了。卓乙琅是衝著湛明珩來的，他無疑是所謂身分夠格的人，且恰好身在距離西境邊關不遠的地方，倘使他不去赴這場談判，待一干朝臣目睹了湛遠賀的斷臂，必將掀起一番腥風血雨。

他身為太孫，沒道理對為國涉險遭難，且是軍功赫赫的皇叔見死不救。至少表面看來，湛遠賀志在奪嫡卻無謀逆之心，的的確確是大穆朝的忠臣將領，是皇室的血脈。朝中碩王一派本就尚未清洗乾淨，就等著拿奏本壓死他，他若當真涼薄至此，這太孫之位也不可能坐得下去了。

納蘭崢並非不明白這些，卻仍憂心道：「倘使那條手臂是假，這無疑是碩王爺與卓乙琅裡應外合，誘你前去犯險的陰謀，如今卻證實他被俘是真……」她頓了頓道：「你可有想過，這或許是個陽謀呢？」

湛明珩這下抬起頭來，卻是一時沈默了沒答。

她想了想繼續道：「你看，自賑災事宜出現紕漏起，咱們便一直被牽著鼻子走。貴州災情並不能說嚴重，但偏是一丁點的事竟就起了民變，難保不是有人刻意煽風點火。緊接著是我被人擄走，朝中又鬧了批上諫的官員，叫輿論自彼時起便始終不利於你；然後是那夥山賊，要說碰上山賊並不奇怪，奇怪的卻是那批官銀。如今回頭想想，倒像是誰刻意送上線索，好將你留在此地，等碩王爺被俘的消息炸開鍋似的。」

湛明珩聽罷笑了笑。「或者不是貴州賑災，而是羯商入境起便開始了。但如妳所說，這是個陽謀，我不能不去。我心裡有數，卓乙琅不是要與我談判，我也不會再同他言和。」

她喉間一哽。「你要上戰場嗎？」

他點點頭。

「預備何時啟程？」

「親我一下，我就告訴妳。」

納蘭崢氣惱地捶他一拳，捶完卻心軟了，猶豫道：「那……那你親吧。」

湛明珩見她一副視死如歸的神情，不免笑出聲。「納蘭崢，妳能不能不殺風景，這一臉要上刑場的模樣叫我如何下嘴？」

「下不了拉倒！」她好不容易厚著臉皮願意給他親，他竟如此不識好歹！

她說完就往椅凳下跳，腳還未落地便被湛明珩一把拽了回去，但他並未下嘴，只拿額頭抵著她的額頭，鼻尖抵著她的鼻尖，眨兩下眼說：「等我回來再親，這樣或許能早些打完仗。我明日卯時啟程，妳多睡一會兒。」言下之意是不要她送行了。

納蘭崢不免意外他走得這般急，卻仍點點頭應了。只是哪有真不去相送的道理，翌日寅時便到他房門口，提著熱騰的早食來。

湛明珩也才剛起身，瞧見她穿戴比自己還齊整，顯然忙碌好些時辰了，就罵她不聽話。

她見他吃飽了才從袖中取出一串手繩遞給他。「時辰太趕，我也做不出別的，只編了這個。」

湛明珩接過來後一愣。手繩以青白紅黑黃五色絲線編織而成，正合他手腕大小。他認得這個，民間多稱百索或長命縷，傳聞可避鬼兵病瘟。

但他一愣過後卻笑了。「納蘭崢，這玩意兒是給小孩戴的吧？」

她剜他一眼。「說得像你多大多能耐了似的！何況短短一日工夫能做得什麼，不要拉倒！」說罷就要去奪回來。

湛明珩掌心一翻，捏緊了不讓她奪，也不彰顯他的「男人」身分了，趕緊就往手腕套。

她冷哼一聲，見他起身去取鎧甲，也跟著站起來，似乎是想替他穿。

湛明珩回頭覷她一眼，兩根指頭摘下兜鍪掂量一番道：「就妳那身板，提得動這個？」

納蘭崢一噎。這人真是狗嘴吐不出象牙，臨行也沒好話。她只得嗤笑一聲道：「你就別自作多情了，我坐累了，起來走走不成？」

他一面笑，一面一件件地穿戴，完了到最後才說：「這護臂妳拿得動。」似乎是要她代勞的意思。

納蘭崢撇撇嘴，不想這關頭與他置氣，就去替他纏護臂了。只是慢騰騰的，左戴右戴地折騰了許久也沒完。

湛明珩垂眼見她認真的動作，曉得她在故意拖延時辰，也不戳穿，只靜靜瞧著她在那副護臂上「繡花」。直到天色當真敞亮了，才不得不說：「好了好了，妳喜歡這護臂，回頭送妳就是，現下我得走了，大軍在城外等我呢。」

納蘭崢聞言停下來，點點頭，默了許久伸出雙臂抱緊了他。

她的臉貼著他身前冰涼的鎧甲，緩緩地道：「我在這裡等你回來，但哪怕你少一根頭髮，我也不會給你親的，曉得嗎？」

他低低笑了一聲。「保證不少。」

此地暴亂方才平息不久，湛明珩不讓納蘭崢出府，怕外頭再生亂子，因而她便只送他到廊子為止，待他走後就回到書房，替他將沒來得及收起的文書拾掇拾掇。

文書裡頭夾了幾封京城來的密報和信件，看封皮多是從秦閣老那處傳來的，另有幾封是豫王府的。

幾名丫鬟見太孫走了便進屋來打理清掃，不意她還在裡頭，忙告退以示打擾。納蘭崢對下人沒那般嚴苛，擺擺手示意她們做她們的就是，反正也不是她自己的屋子。

待她們整理完床鋪要退出去，她一抬頭便瞧見榫桅上還掛了件衣裳，想來是這些下人怕打擾她，收拾匆忙而落下的，便叫住了一行人。「那件衣裳也是殿下換下來的，妳們一道拿下去吧。」

打頭的丫鬟抱著一堆雜物，看了裡頭一眼。「納蘭小姐說的可是榫桅上這件象牙白的衣裳？」

納蘭崢一面垂眼整理信件，一面隨意地「嗯」了一聲，應完卻是手一頓停了下來，忽然抬頭問：「妳方才說什麼？」

那丫鬟有些惶恐，忙頷首答：「回納蘭小姐的話，奴婢問，您說的可是榻上這件象牙白的衣裳？」

她木愣地站在那裡，神情僵硬地望著榻椸的方向。

承乾宮宮宴那日，卓乙琅穿了一身漢人的衣裝，臨走前莫名其妙對她說，他很喜歡太孫贈予他的那件象牙白的衣裳。

她低頭看了一眼手裡捏著的，來自豫王府的信件。「贈予」的「予」與「象牙白」的「象」，合起來是個「豫」字……

納蘭崢腿一軟，栽坐在椅凳上。

幾名丫鬟嚇了一跳，忙擱下手裡的雜物去扶她，問她可是身子不適？

納蘭崢雙目空洞地癱軟在椅凳上，半晌才緩過勁來，抓住打頭那名丫鬟的手道：「允護衛呢？我聽聞他留在此地，未隨殿下出征。」

那丫鬟見她神色慌亂，也跟著緊張起來，迅速答道：「允護衛天未亮便替殿下去點兵了。」

她點點頭，起身就跑了出去，一路疾奔出府卻恰見一騎快馬飛馳而來，正是湛允。

湛允在她跟前一勒韁繩，緊步上前道：「您如何出來了？可是府裡發生什麼事？」

納蘭崢擺擺手，一面喘息一面道：「大軍開拔了嗎？」

他點點頭。「約莫一刻鐘前。」

她頓覺一陣暈眩，極力克制才定了神色道：「我直覺豫王爺或與卓乙琅勾結了，此事湛明珩心中可有數？」

湛允聞言一滯，隨即往四面望了兩眼，伸手一引道：「納蘭小姐，裡邊說話。」

納蘭崢見狀霎時吐出一口氣來。

卓乙琅此人的心思實在太難猜了，說話顛三倒四，難辨真假，她彼時雖留意了一番，卻當真未曾明白他留下的最後一句話，也沒太當回事，因此竟錯過了如此要緊的線索。倘使湛明珩毫不知情地上了戰場，她不敢想自己將多悔恨。

虧得看湛允神色似乎並無意外。

方才一路狂奔叫她此刻腿軟無力，因而跨過門檻便是一個踉蹌，幸好湛允反應快，趕緊伸出手臂穩住她。

她在他小臂上借力一搭便放開了，擺擺手示意無事，待回到湛明珩的書房才平復一些，聽得湛允問：「納蘭小姐，屬下冒昧請問，您是如何得知此事的？」

「卓乙琅此前與我留了隻言片語，我也是偶生聯想才猜得。」她蹙起眉。「身為狄王庭的世子，卻頻頻干涉大穆朝的家務事，此人時敵時友，實在詭譎莫測。」

湛允聽罷點點頭。「如此即說得通了。以狄王庭的立場，必然樂意瞧見我朝皇室內鬥不斷，自相消耗。卓世子一面與豫王爺串通合作，一面留線索給您，恰是希望將主子與豫王爺控制在一處微妙的平衡下。於他而言，主子與豫王爺皆非是友，卻也皆非是敵。」他說到這裡一頓。「只是主子心中有數，您也不必太過擔憂了。事已至此，主子絕無退路，唯有破釜沈舟，全力一搏。」

她神情恍惚地點點頭。「如此說來，他早便知曉豫王爺的手腳了？」

湛允苦笑一下。「也是您被擄之後了，您彼時提及了公儀府那樁事，叫主子不得不對這位皇叔產生疑慮。可對主子而言，命裡頭從沒有『早』字。這些年不論他如何追趕、如何成長，都不可能快得過他的皇叔們，因而再早也是晚了的。」

納蘭崢默了許久才煩悶地吐出一口氣。「既然布設此局之人是豫王爺，他的心思顯然並非一朝一夕，甚至或許早在太子在世時便已暗暗謀劃。只是我不大明白，他既心有此意，論說才幹也的確堪為繼承人的候選，早年亦甚得陛下愛重，何必繞那一大圈，非得推湛明珩上位呢？」

「納蘭小姐，早些年的事您或許不大清楚。彼時碩王爺權勢滔天，尤其在邊關一帶威名遠播，連陛下都萬分忌憚。太子殿下薨逝後，朝臣亦多舉薦碩王爺，如此情狀，倘使豫王爺坐上那位置，豈非是背臣者之意，迎逆流之勢而上？何況那樣一來，兩相角逐難免各有損傷，朝中尚存其餘皇子，豫王爺不願當鷸蚌，而想做漁翁。」

納蘭崢聞言不禁捏緊了袖口。「這些年來，碩王爺多將矛頭指向湛明珩，而他則躲在後方得以安然保全，甚至因派系間的針鋒相對，一干朝臣決策不下，僵持得爭紅了眼時，最終往往是身為中間人的他能夠被認同……」她說到這裡頓了頓，幾乎咬牙切齒地道：「他竟卑劣至此，拿自己的姪兒作擋箭牌！」

「可這些也不過是如今回頭看了才有所察覺。豫王爺的偽裝著實高妙，早年打了勝仗便急流勇退，從不自恃功高，甚至拒絕了陛下的冊封，拒絕了那個位置的誘惑，這些年亦始終以慈父姿態悉心教導主子，替主子出謀劃策，幫襯主子一點點清除碩王爺的勢力。」

「陛下對他也絲毫未曾起疑嗎？」

湛允點點頭，又搖搖頭。「陛下與主子說到底是不同的。屬下愚見，陛下身居高位多年，實則並不可能對誰賦予全然的信任。陛下或許也曾懷疑過豫王爺，但如此懷疑，就與懷疑朝中每一位臣子、每一位皇子皇孫是一樣的。」

他不敢不敬陛下，將話說得太直白，但納蘭崢也聽懂了。

多疑或許是上位者的本性，可一旦對所有人皆設防，便很可能反叫其落入盲點，抓不準真正的威脅。

「何況豫王爺此前多針對碩王爺，即便陛下察知他暗地裡的些許動作，也道他是忠君事主，反倒對他多些信任。他這些年來不斷穿針引線，實則是站在最有利無險的位置對付碩王爺，直至碩王爺氣數將盡的如今才真正轉向主子。」他說到這裡嘆一聲。「豫王不仁至此，可對主子而言，懷疑這位皇叔，比這些手段與心思本身還更叫他痛苦。」

納蘭崢喉間一哽，一時竟說不上話來。湛遠鄴假仁假義地教養他，深入骨髓地瞭解他，潛移默化地滲透他，一點點控制他的處事、影響他的判斷，且從他尚還是個孩子的時候起。於他視如親父的長輩內裡卻是那樣一副面目，他究竟是如何一點點慢慢接受這一切的？從懷疑到確信，他始終未曾與她提及半分，甚至這一路走來，在她跟前多嬉笑之態。

她閉上眼，竭力平復著心緒，深吸一口氣道：「允護衛，自今日起，煩勞你將京城傳來的密報與前線軍情一道報至我處，另將湛明珩尚未來得及處置的官員草擬一份名單和罪狀給我。」

她說到這裡頓了頓。「他臨走前應有東西交給你吧？」

湛允眼神閃爍了下，猶豫道：「納蘭小姐，主子的確留了信物在屬下這裡，只是卻是要您萬不得已時才使的。」

「萬不得已時拿來逃命？他一日不凱旋，我便一日不回京。」納蘭崢笑了笑，清晰而平靜地道：「我就在這裡等他，沒有什麼萬不得已。」

她被他保護了這麼久，也想保護他一次。

第四十八章

距大軍開拔已過半個月，仲冬時節，邊關之外，廣袤的瀚海一片冰封景象，天際的雲濃稠而厚重，像隨時都可塌壓下來。

黃金王帳裡安了四只掐絲珐瑯三足熏爐，煙氣裊裊，隔絕了外頭的天寒地凍。美人榻上的人怡然橫臥，手中銀角杯輕輕一晃，晃出一滴清冽酒液，恰落在他的唇角，被他伸舌舔去。

有士兵前來傳信，吭亮地道出一聲：「報——！」銀角杯因此晃過頭，一滴酒液順著他敞開的衣襟流下，緩緩滑過和田白玉般精緻無瑕的胸膛。

卓乙琅惱了，卻只是皺了下眉便恢復漠然的神色。「大驚小怪。」說罷起身，隨手丟了杯盞，踱步到几案邊。「說。」

那士兵頷首答：「啟稟世子，我軍東西南北四路輜重當中，有三路分別於昨夜子時、丑時及今辰卯時遭劫！」

卓乙琅聞言稍稍一愣，隨即笑了一聲，垂頭瞧了眼几案上鋪著的一幅尚未作成的畫，想了想揀了支筆，給畫上人添了一道眉，而後道：「燃眉之急、燃眉之急啊。我軍空駐此地半月，給那些俘虜來的廢物供吃供喝，糧草頻頻告急，如今三路輜重被劫，當真燃眉之急也。」

那士兵皺了一下臉，聽懂了這個成語。的確很緊迫啊，可世子您的語氣能不能與您說的話稍稍對上點頭呢？

他在原地靜候指示，半晌才聽卓乙琅語聲清淡地繼續道：「未被劫的是哪一路。」似乎也聽不大出詢問的口氣。

「回稟世子，是東路。」

卓乙琅彎了嘴角，再在紙上落了一筆眉。「時辰間隔如此相近，他大穆皇太孫是有三頭六臂不成？」

士兵不知此問是否該作答，默了半晌沒聽見下文，只得硬著頭皮道：「或許是的，世子。」

「蠢。」他虛虛點一下他。「一個人只有一顆腦袋與兩條臂膀，所以你猜猜看，他究竟身在哪一路？」

士兵將西南北三路猜了個遍，才聽卓乙琅嘆了口氣。「如此腦袋，如何能與那些狡猾的漢人較量？我方才不都問你未被劫的是哪一路了。」

他霍然抬首，神色震驚。「您的意思……」

「東路的輜重為何沒被劫呢？那是因為大穆的皇太孫勞心勞力，躬身替我送糧草來了。他若不留一路活的，如何曉得我大營的位置？」他笑笑，將完成的畫一點點收攏。「好了，你下去吧。」

那士兵撓撓頭就要退下，走到一半複又回身。「卑職斗膽再問一句，您當真不作指示嗎？」既然都曉得敵人在哪一路了，怎地還一副要等人家直搗黃龍的模樣？

「我自有打算。」卓乙琅似乎脾氣很好，心情也不錯，並未因此動怒，待人退下才拿了畫出去，走進一間關押俘虜的帳子。

帳子裡散發著一股腐臭的氣息，昏暗而潮濕。他揮退守值的將士，望向蜷縮在角落、被手銬腳鐐束身的人。良久後親自掌了燈上前，伸出一根手指將那人沾了灰泥的臉擦拭乾淨。灰泥一點點卸落，明黃的燈火映照著那人的臉，慢慢現出一張與卓乙琅一模一樣的面目。

他扯了下嘴角，淡淡叫一聲。「兄長。」見對方神色疲倦地閉著眼，絲毫不出聲搭理，只得再嘆息道：「兄長，還有最後一戰。」

他說罷一抽綢帶，展開手中的那幅畫。「殺了此人，這些年你虧欠我的便還清了，你的未婚妻也將得到自由。」

他交代完便彎了彎嘴角，將畫丟在一旁，起身掀開簾子走了出去。

一個人的確只有一顆腦袋與兩條臂膀，可他不是。

貴陽下起今冬第三場雪的時候，納蘭崢正窩在書房裡翻閱案宗，手邊是一只銅雕錦地龍紋八寶手爐。

那些案宗都是拿湛明珩留下的印信調來的，雲戎書院裡不教這些，因而她不大懂，得重新學起。

聽見叩門聲，她翻過一張書頁，頭也不抬地道：「進來。」

湛允抱了一堆文書來，多是些用以學習琢磨的範本，給她擱下後詢問是否還有別的需要？

納蘭崢這才抬起頭來，道：「我看了近些年有關貪墨案的案宗，倒有一個想法，不知是否可行？」

「您說說看。」

「貪墨案須經三司會審，其間環節複雜，三轉四迴，經手者眾多，而三司裡必然有豫王爺的暗樁，尤其公儀閣老掌管的刑部……」她說及此一頓才繼續：「因而此次押解入京的犯人未必最終皆得懲治。豫王代理朝政，要動手腳保人再輕易不過，恐怕證據一進三司便會被銷毀。咱們殫精竭慮處理完後續，便是為避免湛明珩來不及收拾的爛攤子給朝臣們留下話柄，但倘使『抓錯』了人，恐怕適得其反，還得叫他們說一句太孫處事不周。」

她說到這裡停下來想了想。「咱們如今最大的劣勢，一來天高路遠，二來我明敵暗，因此……何不先交一份假罪證去探探虛實呢？」

湛允眉心一跳，這個想法，不能不說極其大膽。

但納蘭崢卻面色不改地說：「只有藏下證據，先遞交一份假的上去，才能瞧清楚究竟哪個環節安插了對方的人手，如此一來，他們能保人，咱們也能翻案。光明正大是拿來對待君子的，對付小人……算人者，人恆算之。」

湛允想了想，應道：「屬下這就去辦。」

這邊方才解決了貴州貪墨案的事，湛明珩便與卓乙琅正式開戰了。納蘭崢為此日日提心吊膽，卻是尚未得到前線來的捷報，先聽聞了朝堂的動靜。

八百里加急送來的密報，說是朝議時，一干文臣紛紛義憤填膺地參了太孫一本，稱其違背聖意，為一己私利劫掠狄軍輜重，主動挑起與狄人的戰火，實在年輕氣盛，難堪大任。

納蘭崢著實氣得不輕。

卓乙琅的確是聲稱要與大穆談判的，因而朝廷不曾下達開戰的指示，湛明珩領去邊關的所謂大軍也並非驍勇善戰的生力軍，而是臨時徵調來的地方守備，為的是替他保駕護航，和談不成才動干戈。

只是但凡有眼睛的都該瞧得出這誘敵深入的計謀，如此情狀，倘使不能夠先發制人，便等於是叫湛明珩去送死。

他去了，如今他們卻反過來參他一本，明裡暗裡說他爭強好勝，欲立軍功，視聖意若無物，置黎民蒼生性命於不顧。

可如今的朝堂哪還有聖意呢？所謂聖意，不過是代理朝政的豫王的意思罷了。

她捏緊了手邊的杯盞，冷笑道：「這些朝臣如今倒是不在乎大穆的顏面了！當朝王爺被人砍去雙臂，當朝太孫以身犯險前往交易，他們竟還能夠好聲好氣地請求和談，湛遠鄴究竟給這些人灌了什麼迷魂湯藥！」

湛允亦是恨不能飛奔回京插湛遠鄴幾刀子的模樣，一拳砸碎了一張椅凳。「不僅如此，朝臣們鬧得不可開交之時，還是那狗賊替主子收的場，當著滿朝文武的面，稱將派援軍助太孫一臂之力，既然太孫主戰，必然有他的道理，如此假仁假義，實在用心險惡！」

納蘭崢冷靜了一會兒，擺擺手道：「現下談論這些也無意義，朝堂之事你我鞭長莫及，只能待湛明珩回來再議了。」她說及此處語氣和緩了一些。「邊關那處可有消息？此前軍報說他暗中跟隨狄人的輜重隊直搗敵營，現身時僅僅八百精騎……我看他也是瘋了。」

湛允剛欲答話，卻聽外頭廊子裡有人步履匆匆行來，到得書房門前喝一聲：「報——！」

他見狀上前接過軍報，只一眼便面色一沈。

納蘭崢坐不住了，緊張地站起身，急問：「可是湛明珩出了什麼岔子？」

他搖搖頭，神色卻沒有絲毫的鬆懈，緩緩道：「……西境破了，三萬狄軍秘密越過四川，直向貴州省境而來。」

納蘭崢身子一晃，險些要栽倒下去，扶了案桌才堪堪穩住。

這是一則極其矛盾的軍報。多達三萬的敵軍，如何能悄無聲息地入關，一路暢通無阻，秘密穿過那麼大一個四川省，直至接近貴州省境才被發現？顯然是大穆邊關守備出了問題，有奸細放了行。

四川省在父親的右軍都督府管轄之內，竟也被湛遠鄴輕易地架空了。

她白著臉沈默了半晌才問：「領軍人是誰？」

湛允神情嚴肅地搖搖頭。「尚未探知。」

「不論是誰……都是衝我來的吧。」

湛允掙扎許久，忽然掀了袍子跪下來，道：「照如此行軍速度，不出三日敵軍便可抵達貴州。納蘭小姐，您……您跟屬下走吧！」

她一動不動地盯著他，良久後反問道：「走？我的腳下是大穆的土地，我能走去哪裡？我往東走一步，三萬敵軍便愈往大穆腹地進一步，你叫我走去哪裡？」

他知說服納蘭崢不是容易的事，仍咬咬牙接著道：「不瞞您說，主子臨行前除卻印信，還留了一塊虎符在屬下手中。那虎符是陛下在京時及早交給主子的，可調動貴州全線地方守備，您與屬下且先東撤，此地自有將士們守牢。」

納蘭崢點點頭。「你的意思我明白了。但是湛允，你在保護我之前首先應當記得，我是你的主子，但也是大穆的臣民。」

她說到這裡已然恢復平靜，將那封軍報捏在手裡看了看，道：「將貴州全境的地方守備圖拿一份給我。」

湛允錯愕地抬起頭。「納蘭小姐……您這是要？」

她沒有看他，只說了兩個字。「守城。」

子時深夜，書房內一片燈火通明。納蘭崢捧了碗薑湯，大口大口地飲盡，將自己捂暖和了，便起身去推演沙盤。

相比前頭琢磨案宗，她對這些更得心應手一些。在雲戎書院待了五年，雖是侍讀，卻也並非白唸書。

從前湛明珩在書院裡混得低調，空有一顆好腦袋卻無處可炫耀，只得拉著她與弟弟，明面上說是一道推演沙盤、切磋比試，實則便是彰顯自我，畢竟誰能推得過他啊。

彼時她因常與他對著幹，不願見他得瑟，非要尋出法子破他的局不可，雖贏不了卻也長進不少，倒是未曾想過，真有一日能夠派上用場。

只是如今形勢嚴峻，眼下這面沙盤並非幼年時的嬉鬧，而是真刀實槍，動一動手指便是一座城池與成千上萬條性命。

她為此繞著沙盤來來回回地走，一遍一遍推翻重來。

湛允前來時，就見納蘭崢蹙眉站在沙盤前，一手端了杯苦茶，小口小口地呷，似乎是想提提精神頭，讓自己別犯睏。但她分明不喜苦味，也不喜飲茶。

他這些日子以來時常覺得奇怪，為何納蘭小姐竟像變了個人似的？主子在，她瞧見隻老鼠也要驚叫；主子不在，天要塌了她也氣定神閒，不慌不忙。

現下細想，或者這便是這名女子的奇異之處吧。他忽然有些懂得主子為何對京城大把大把的玉葉金柯瞧也不瞧一眼了。

這樣的女子，細水長流裡方可見驚豔。日升月落是循規蹈矩，夏去冬來是陳詞濫調，但她每一日都有新的模樣。

他這邊正出神，忽然聽見納蘭崢的聲音。「允護衛。」似乎是看見他來了。

他點點頭，應聲上前，先道：「軍報的傳遞路線是暢通的，但主子那處始終未有消息。」

「沒有消息便是好消息吧。八百騎兵深入敵軍大營，必是你死我活的速決，如今既不見勝負，便是生了什麼咱們不曉得的變數。」她說到這裡笑了笑。「他不會打無把握之仗，我相信他。」

完了再補充：「貴州的情形不要傳信報過去，免得擾亂軍心。身在敵境，最忌諱的便是被動與牽制，此處我尚且應付得來，別給他添亂子。」

湛允點點頭。「屬下已照您交代的，將備戰事宜統籌安排下去，目前貴州都司下轄的十八衛及十一所皆已得令，各地衛所指揮使俱都嚴陣以待。另外，屬下已命人調集貴州衛及貴州前衛的兵力，一萬一千八百將士聽候您的指示。」他說到這裡猶豫了下。「納蘭小姐，對方既是衝著您來，您為何不將附近各府衛所的兵力抽調一部分安插入貴陽呢？」敵軍可有三萬人啊。

「覆巢之下，焉有完卵？貴陽府是最後一道防線，倘使前頭的防禦不堪一擊，只會叫敵軍越發士氣大振。於公，理當如此；於私，你也曉得如今的朝堂是什麼模樣，四川與貴州的地方軍備力量被湛明珩帶走一部分，如今此地失守，難保湛遠鄴不會禍水東引。但凡他說一句，是川貴的軍備皆趕去支援太孫了的緣故，朝堂上豈不鬧翻天去？哪怕對方的確衝我而來，但我若調兵護衛自己，又置百姓家國何在？」

她的神色柔軟一些，彎起的眼裡竟似有熠熠的光芒在閃爍，緩慢而肯定地道：「我的未婚夫不是旁人，他是大穆的太孫，國難當頭，我在此地的一言一行便等同是他。湛遠鄴要的便是我驚慌害怕，好扯了他的後腿……」她微微一笑。「三萬敵軍又何妨，我即便真身死於此，也不會叫他為我背上千古罪名。」

湛允聞言微微一怔，已知勸不動她，又不好真用藥將她迷昏了帶走，於是不再說了。

這時又聽她道：「貴州都指揮使李鮮忠曾是我祖父的部下，他的為人尚可一信，一會兒叫他來一趟，我交代他一些事。」

「您想命李指揮使率兵迎敵？」

她點點頭。「莫說朝廷本就不會派將領前來支援，便是來了也根本趕不及。」

他神色震驚。「可李指揮使走了，貴陽怎麼辦？您又不能……」您又不能上陣殺敵。

納蘭崢眼皮子一抬，笑道：「不是還有你嗎？允護衛。」

湛允一顆小心臟被這話給驚惹得怦怦直跳，遊魂似的去都指揮使司衙門請來李鮮忠。

這位面容滄桑、看來飽經風霜的老將聽完納蘭崢的囑咐，當即單膝跪下，拱手道：「末將定當不負所託！」

她抬手虛虛一扶。「李指揮使曾跟隨祖父馳騁沙場，比父親尚且年長，納蘭崢受不起這一拜，還請您快快起身。」

李鮮忠頷了頷首站起來。

納蘭崢便指了指沙盤道：「您對此地情況瞭解的比我多，我想請您瞧瞧這沙盤。」

李鮮忠這才完全抬起頭來，只是這一抬頭，眼中霎時閃過一絲不可思議。

他起頭還覺得不信。驚變突生，敵軍入境，魏國公小女不過十三年紀，何以能夠這般沈著老練、有條不紊地布防貴州全境？

直至眼下瞧見這一面不可不說驚豔的沙盤。

納蘭崢的注意力在旁處，自然沒察覺他的詫異，指著沙盤上一處盆地道：「四川省境內地形複雜，不論騎兵、步兵皆行路頗難，敵軍橫穿川西，為求悄無聲息必然要快，因而定已消耗甚大。入貴州省境後，他們應當暫緩腳步休養生息，否則一旦深入我大穆腹地，後續補給將無法跟上。」

她說罷伸出手指虛虛劃了一條線。「敵軍從西北來。貴州省境內八山一水一分田，多山高谷深，綿延縱橫之地，層巒疊嶂之下，亦夠拖延些許時日。如此算來，假設敵軍全然不遇抵抗，先鋒部隊到達貴陽最快也須五至七日。」

她說罷點了點沙盤上幾面赤色旗幟的位置。「但事實是，我大穆並非任人宰割的魚肉，如此布防，李指揮使以為如何？」

李鮮忠再開口時，比前頭還更要恭敬幾分。「回稟納蘭小姐，末將以為，您的布防已可謂占盡地利人和，應當可行。」

「如此說來，您有把握阻敵多久？」

「倘使蕭牆之內無敵手，當有十日；倘使再占盡天時，或有十五日。」

納蘭崢聞言稍稍一滯，苦笑了下。「您是明眼人，有防備自然最好，您的部下如何，您應當比我清楚，我便不越俎代庖了。」言下之意，叫他當以大局為重，不必心慈手軟。

「末將明白。」

「還有一點，貴陽總共五座城門、五座城樓、兩個水關，照您看，倘使敵軍意圖攻城，是否可能選擇此二城門？」說罷伸手指了指。

「納蘭小姐所指不錯，應當便是此二中取其一了。」

納蘭崢聞言點點頭，將兩面赤色旗幟分別插到兩座城門口。

第四十九章

貴州省境的守備在抵擋了十三日後徹底崩潰。十一月二十五，狄人的鐵騎逼近了貴陽府。

入夜後，狄軍營地的黃金王帳內，閒閒抿酒的人淡淡瞥了眼帳外的星辰。侍從的親信順著他目光所指的方向也看了一眼，想了想低聲問：「世子，大半個月過去了，何以那頭一點消息也沒有？」

卓乙琅嗤笑一聲。「恐怕是穆京那位小瞧了他的姪兒，我也小瞧了我的好兄長。」

「您的意思是……？」

他皺皺眉沒答，卻很快又笑起來。「怎樣都無妨，百里外便是貴陽城門……」說罷伸出兩根指頭一擰。「捏住了她，就捏住了他的命門。」

「既是如此，世子預備何時攻城？」

他輕輕吹出一口氣。「不急，再等等。」

王帳的燈火夜深時還亮著，卓乙琅手肘枕著玉枕，斜倚在美人榻上小憩，直至夜半時分，一陣風吹入帳簾，吹皺了他手邊杯盞裡的酒液。

他霎時睜開眼，眼底一片清明之色，嘴角一扯，正襟坐起向外道：「東風來了，點兵出發。」

納蘭崢也是被這陣近乎作妖的大風給驚醒的。

刻意移開了一道縫的窗子霎時被吹得大響，她聞聲驀然坐起，偏頭看一眼天際星辰，吩咐白佩趕緊替她拾掇一身男裝，隨即命人去知會湛允。

男裝是早便備好的，白佩替她穿戴完畢，瞧著她的臉道：「小姐，您的臉生得太好看了，男裝也遮不住的，您既怕給人落了話柄，叫他們說您以女子之身擾亂軍心，那奴婢還是替您將臉抹黑一些，眉也畫粗一些的好。」

她點點頭，示意她怎麼醜怎麼來。

湛允早已鎧甲加身整裝待發，進來就瞧見納蘭崢玉帶束髮，一身俊朗扮相，詫異道：「您這是要去哪裡？」

納蘭崢戴了披氅上前，迅速道：「風向有變，敵軍不會放過這般天時地利之機，立刻換防至西城門，不必擔心我，我只在後方督戰。」

她說到這裡抬起眼，直直望著他。「允護衛，我與這一城百姓的性命……就交給你了。」

湛允連夜帶軍出城阻敵，納蘭崢則到了距西城門不遠的臨時大營裡。

她雖因裙裝像不得話，刻意變裝了一番，可凡是有眼睛的皆瞧得出她並非男兒身，士兵們為此俱都眼光詫異。

但虎符當前，沒人敢出聲質疑，不過心裡想想罷了。納蘭崢也未與他們多搭腔，大致瞭解了軍營現下的情形便入了軍帳。

公差攜未婚妻隨行並非光彩事，因而許多士兵此前並不知情，是眼下窸窸窣窣一陣詢問才曉得來人原是魏國公府的四小姐、大穆朝的準太孫妃。回想起前頭一層層下達的近乎無懈可擊的布防令，倒有不少人因此肅然起敬。

首戰至關重要，為方便分辨天時，納蘭崢的軍帳不拉簾，軍營裡頭備戰的士兵們便隱隱約約聽得見裡頭傳出的女聲。

他們聽見她似乎在與幾名參將分析敵情，商議應戰的對策。有人提出了異議，像是說及了弓箭手。但她並未多作解釋，只笑著說：「倘使您一個時辰後仍如此以為，我便聽您的。」

結果一個時辰後，城外傳來第一封捷報，那參將就再沒說話。

與狄軍的第一場較量苦戰了一日夜，軍帳裡頭的燈火徹夜未熄，翌日天曚曚亮時，湛允掛了彩回營地。大夥兒都曉得首戰勝利了，但無人笑得出來，因明眼的都算得出，此戰凱旋的將士多不過去時的三成。

這無異於是在拿人肉板子阻敵。

湛允渾身皆是血泥，見到納蘭崢迎出來便要向她回報兵損情況，卻被她一個眼色止住，忙噤了聲，先隨她回了軍帳。
納蘭崢叫人拉攏了帳簾才低聲道：「本就敵眾我寡了，這些話不要當著將士們的面講。」
他點點頭，比了個手勢，示意傷亡超過三千。
納蘭崢沈吟一會兒道：「不必灰心，狄人單兵作戰的能力的確優於我軍，何況此戰是他們的弓箭手占據了天時，下一戰當能減少一半以上的傷亡。咱們不求一舉退敵，但凡城門不破便是勝利。」說罷吩咐一旁的白佩。「妳先替允護衛治傷，我去營中確認補給。」
白佩便替湛允卸了鎧甲，虧得他所受多皮肉傷，未傷及筋骨，不多時便處理完了。
湛允謝過她後就準備穿衣，卻忽然聽她道：「允護衛且慢，此處還有傷口未包紮。」
他順著她的目光低頭一看腰腹，笑了笑說：「白佩姑娘，這不是傷口，胎記罷了。」
她定睛一瞧才發現的確是個胎記，深紅色澤，形似蠍尾，倒是有些猙獰，就不好意思地撓撓頭，示意自己眼花了。
納蘭崢方才詢問完後勤部隊糧草的情形，便聽士兵回報，說大營西南角有人吵起來了。原來是貴州前衛下面的一位劉姓千戶散布謠言，稱太孫大半月杳無音信，恐怕早便身死敵境，現下他們如何拚命都是不管用的，因西面根本沒有援軍，就等城破吧。
納蘭崢被氣笑，叫士兵領她過去，到時只見那劉千戶唾沫橫飛，與另一位替太孫不平的郭千戶吵得激烈，甚至瞧也未瞧她一眼。

兩人身邊聚集了不少士兵，見她來便讓出一道口子。郭遲看見她，霎時斂了色，恭敬頷首在一旁。

她望了一圈，問道：「聽聞有人以不實之言惑眾，企圖擾亂軍心，是你們當中的誰？」

劉逞面色一沈，擰著臉道：「納蘭小姐何以不先問明情形，便給人扣這般罪名？」

她不作解釋。「原是劉千戶您。」說罷笑了笑。「既都做了千戶，想來不會不明白軍紀，那麼難不成您是活膩了？」

劉逞眉毛一豎，登時上前一步，似乎也並非要做什麼，只是一時氣急下意識的動作。

納蘭崢見狀一笑，提醒道：「衝撞上級是罪加一等。劉千戶，我勸您到此為止，這是軍令。」

劉逞不服，冷笑道：「欲加之罪，何患無辭！納蘭小姐伶牙俐齒，卑職無法辯解，但卑職何曾說錯過半句？倘使太孫殿下還活著，何以能夠由您這千金之軀隨意出入軍營，與一群男子同吃同住，甚至坐鎮指揮？您的才學固然廣博，但如今我大穆竟要依靠一個女子守江山，豈不可說已無人了！」

此話一出，四面霎時一靜，因眾人也多覺有理。

納蘭崢稍稍一默，隨後淡淡地說：「國難當前，不分男女，納蘭崢亦不以千金自居，與你們在場每一人一樣，皆是大穆的臣民，倒是劉千戶似乎有些瞧不清自己的身分了。您身在大穆軍營一日，便當視我之言為鐵律。太孫會帶援軍回來的，但您等不著了。」說罷朝後一揮手，一字一頓地道：「劉逞身為千戶，帶頭無視軍令，軍紀處置，就地正法。」

劉逞的眼珠已快瞪出眼眶了，一時間誰也沒有動，似乎都當她不過嚇唬嚇唬人罷了，卻聽她厲聲道：「聽不懂我的話嗎？但凡延遲一刻，同樣視作無視軍令，一律軍法處置。」

這才有幾人猶猶豫豫地上前，兩名士兵一把將劉逞按倒在地，另一名提著長刀看她一眼，似乎在作最後的確認。見她只是面無表情地點點頭，便提手砍了下去。

血濺三尺高，再洋洋灑灑地落下，甚至有不少濺到了納蘭崢的衣襟上，但她只是淡淡地垂眼瞧了瞧那顆咕嚕嚕滾到腳邊的腦袋，看見劉逞的神情至死仍是不可置信的震驚。

她緩緩抬起眼皮，口齒清晰地問：「現下——誰還有異議？」

無人再敢發聲。

接著他們看見這個不及眾將士肩高的小姑娘回過身，背脊筆挺地一步步走遠，她髮間青碧色的綢帶被長風吹起，飛舞如獵獵旌旗。

卻沒有人知曉，納蘭崢甫一合攏軍帳的簾子便是一個踉蹌栽倒，跪伏在地，面容蒼白得毫無血色。

湛允與白佩瞧見她這一身的血沫都嚇了一跳，只是尚不及詢問便聽外頭有士兵來報：「納蘭小姐，不好了！將士們在檢查兵械時發現了一批劣等的箭頭！」

納蘭崢的胃腹一陣痙攣，在白佩的攙扶下勉強撐著桌沿站起來，盡可能聲色平靜地問：「多少支？」

「約莫三萬！」

她拿起一塊錦帕，一點點擦去雪色衣襟上沾染的血漬，閉了閉眼道：「叫將士們不必驚慌，我這就來。」

三萬支箭的箭頭出了岔子，絕不是一句「不必驚慌」可以安撫的，甚至納蘭崢自己的內心也不平靜，但她不敢表露分毫，畫了一張圖紙，叫將士們依樣去修補，先且勉強頂上。

夜裡好歹得空歇下了，卻是甫一睡著便夢見白日時血濺三尺的一幕，驚醒後渾身皆是冷汗，眼角也略帶潮濕。她抱膝坐起，蜷縮在冰涼的床角，似乎到此刻才真正意識到，自己竟然殺了人……

翌日黃昏，狄人的第二波鐵騎便到了。納蘭崢逼迫自己暫且忘卻昨日之事，毫無異色地坐鎮軍中，甚至接連四日皆是如此。

日頭東升西落，軍帳裡的女聲始終清晰沈穩。

「報——！我軍傷亡過半，阻敵三十里！」

「全軍回防，退守白草坡。」

「報——！狄軍騎兵隊出現在城外二十里，恐阻敵不及！」

「放敵軍靠近西城門，弓箭手火攻準備。」

「報——！雨勢過猛，被迫停止火攻！」

「務必阻敵三刻，命騎兵先鋒自北城門繞背偷襲。」
「報——！輜重隊音訊全無，糧草告急！」
「報——！兵械損壞七成，恐無法支撐！」
「報——！我軍僅剩一千八百員生力軍！」
「報——！不知何故無法調得畢節衛支援！」
「報——！不知何故無法調得平壩衛與龍里衛支援！」
第五日清晨天矇矇亮時，大穆的將士們終於看見了這女子的沈默。
她抬起眼緩緩掃過站在她跟前的這六名士兵，他們滿面風塵，他們口中的任何一條軍報都夠置這一城百姓於死地。
她最終在他們滿含期許的眼光裡疲倦地說：「……叫百姓們撤離吧。」
此話一出，帳內外霎時一片死氣。或者連這些將士自己也未曾發覺，數日來，他們一群大男人竟對這個年僅十三的小姑娘產生了無窮的景仰與依賴。
他們心知肚明，倘使不是她奇招不斷，貴陽早在四日前就該失守。她是他們的主心骨，但現下她告訴他們，她沒有辦法了。
湛允神色凝重地上前請示：「納蘭小姐，屬下懇請您隨……」
「我不會走的。」納蘭崢打斷了他，說罷站起來。「煩勞允護衛送我上城頭，我在那裡等太孫回來。」

他這下當真急了。「納蘭小姐！」

「湛允，你不信他嗎？」納蘭崢向他淡淡一笑，倦色滿布的眼底恍似又燃起了星火。

「我信。」

城門下早便是一片潦倒狼藉，遍地皆是不及收殮的橫屍與血污，未熄的火星發出噼啪的聲響，燃著一團團破碎的衣片。

納蘭崢一步步走上城頭，看向城下遠處高踞馬上的人。他不披鎧甲，只一身象牙白的衣裳，正遙遙望著她笑，簇擁著他的是密密麻麻的狄軍。

她向他一彎嘴角，繼而頭也不回地道：「百姓們平安撤離前——全軍死守。我就站在這裡，誰要退……便退到我的身後去。」

無人有異，一千八百名將士齊聲道：「得令——！」

黃昏時分，城下遠遠有一騎自北向疾馳而來，到得卓乙琅跟前急急勒馬。

他的神色看起來有些厭煩，覷那士兵一眼道：「除卻久攻不下，可還有別的新鮮詞？七日了，連個黃毛丫頭都拿不下。」

那士兵忐忑地仰起頭來。「世子……是王上遇刺了……」

卓乙琅霍然睜大了眼。

納蘭崢尚且不知狄軍變故，她孤身站在城頭，自清早至黃昏，凍得一張小臉通紅。射上城頭的箭，離她最近的那支僅僅距小臂三寸，她卻自始至終一動未動，直至聽見一陣哄鬧聲才緩緩回身，看見大片大片的百姓齊齊哭喊著自東城門的方向湧來。

有士兵向她回報：「納蘭小姐，臨城封了城門，拒絕流民入境，說是太孫的諭令。」

她喉間一哽，失了半晌神才上前幾步，俯身望向底下鬧哄成一團的婦孺老人喊道：「諸位請靜一靜——！」

這麼多日了，百姓們多半也曉得城頭那人的身分，聞言皆安靜下來，淚眼婆娑地抬眼望她。

納蘭崢有一瞬的窒息難言，只覺前頭那些皆不算什麼，只這一刻才是最難的。因她在他們每個人的眼底都瞧見了對生存的期盼。

她幾乎要無法承受如此沈重的期盼。

她最終哽咽著道：「父老鄉親們，我不能欺騙諸位……援軍的確還未到，城門也當真要破了，你們此刻身在此地十分危險……我無法保證諸位能夠平安無虞，唯獨可肯定的是……」

她說到這裡，恰有一支箭射上城頭，擦著她的髮帶而過。

底下百姓們霎時驚呼：「太孫妃當心——！」

這樣的冷箭她早便麻木了，只對這稱呼懵了一懵，片刻後才笑著繼續說：「是，我是大穆的太孫妃，因而我唯獨可肯定的是，拒你們於生路外的人不是太孫。外有強敵入侵，內有同室操戈，大穆的山河腐朽了，但太孫從未放棄過你們、放棄過大穆。我站在這裡，或者護佑不了你們，但，箭來了，我先受！刀來了，我先擋！我——當身死在你們之前！」

有人聞言失聲痛哭起來，或者是感激涕零，或者是恐慌失措，頓時滿城幽咽。

恰在此刻，他們聽見另一個聲響地動山搖般地靠近。

百姓們尚且不明情況，納蘭崢卻分辨出了。她心底一顫，霍然回首而去。

這一回首，她看見地平線的盡頭，一線赤色騎兵如潮水般湧來，三角陣型的最前方，那人銀色的鎧甲閃著凜凜的冷光。

她扶在城垛的手顫抖起來，霎時淚流滿面。

她知道他會回來的……

第五十章

「穆」字戰旗在長風中獵獵翻捲，馬蹄聲與喊殺聲頃刻間淹沒了攻城車與攻城錘的凶猛撞擊。狄人軍陣被攔腰沖散，已然自顧不暇，只得停下攻勢，扭頭去對付身後的騎兵隊。

城下密密麻麻湧動著大片的人馬，納蘭崢站在城頭，卻只瞧見了身先士卒的那一人。只是內心方才升起一股激越，便被嚇了一跳。

湛明珩身下的馬跑得太快了，幾乎只剩下一抹影子，他仰起臉望了眼城頭，隨即一路自三角軍陣衝出，拋下後面疲於殺敵的士兵們，朝身陷戰局的湛允交代了一句什麼，就一頭撞進敵軍的包圍圈，繼而停也不停地往前殺，竟是一副「雖千萬人吾往矣」的架勢，所經之處皆是一片人仰馬翻。

納蘭崢盯著無數柄貼著他皮肉擦過去的長槍，瞬間領悟過來。他這可不是在身先士卒鼓動軍心，他根本是瘋了！

城中百姓多少也分辨出了外頭的動靜，曉得援軍來了，紛紛歡呼雀躍起來，卻見城頭的太孫妃忽然慌了，大敵當前面不改色的人此刻急得手忙腳亂，拚命朝下喊道：「太孫來了，快開城門，快！」

眾人俱都一陣錯愕地盯著她蹬蹬蹬從城頭跑下。

緊閉了七日的城門緩緩開啟，當先有一騎飛馳而入，馬上人急急一勒韁繩，馬蹄高高揚起再重重落下，掀起大片和了血的灰泥。

納蘭崢奔得氣喘吁吁，扶著發疼的腰腹，站在道口望著他。

百姓們瞧見來人的眼底一瞬閃過許多種情緒，像是緊張、恐懼、悔恨、失而復得……複雜得叫人如何也辨不明。

他的鎧甲上血污滿布，混合著殺戮的味道，但他的目光最終卻平靜了下來，一雙眼望著道口的女子，溫柔得像要滴出水來。

他抬手摘下兜鍪，將它擱在身側，一步步朝那女子走去，步至她跟前停下，空著的那隻手抬起來，似乎要作一個什麼手勢，卻是抬到一半，瞧見大片虎狼般灼灼的目光，便僵在了那裡。

眾人瞧見太孫妃笑出了淚花，仰首望著他說：「貴陽……我守住了。」

他的喉結動了動，眼光閃爍，出口沙啞。「……是我來晚。」

非是身在其中之人，不會知道前頭那看似輕易的六個字背後有多艱難，也不會知道後頭這聽來簡單的四個字背後飽含了多少極盡折騰、掙扎、苦熬的心血。

百姓們似乎到得此刻才終於肯定了來人的身分，不知誰起了頭，眾人俱都大拜了下去，嘴裡喊著不大齊整的「太孫殿下」。

湛明珩的目光穿過納蘭崢，看向她身後的這些人，忽然生出一種難以言喻的激越。

這是他的臣民，他們對他感激涕零。

但他知道，這民心不是他得來的，而是她。

在場多是婦孺老人與孩童，一個老頭看了眼太孫僵懸在半空的那隻手，大著嗓門喊了一句：「都別喊了！一個個沒眼力的，沒見太孫殿下抱不了媳婦了？」

人群中一陣哄鬧，很快又有人起了頭，眾人開始合著拍子一下下擊掌，嘴裡喊著：「抱一個！抱一個！抱一個！」

納蘭崢這時候回過神來了，此前的百感交集俱被這哄鬧聲淹沒得不見蹤影，竟是一時不知該將手腳往哪裡放。

但她也著實不必考慮這個了，因湛明珩笑了笑，單手一拽，將她拽進了懷裡。

她「哎」了一聲，手抵著他身前的鎧甲，臉燒得如同此刻天邊霞色。「這麼多人瞧著，你瘋了！」

湛明珩將手中兜鍪遞給了小心翼翼走上前來的一位十分有眼力的民婦，繼而得以用雙臂緊緊擁住她，嘴貼著她的耳朵低聲道：「民意難能違。」

人群當中靜了一靜，隨即再起一陣哄鬧。

許多年過去，貴陽的百姓依舊能記得戰火紛飛的這一日，大穆朝風華絕代的帝后是如何開啟了一條堪稱傳奇的路，以至此後經年口耳相傳，大江南北的人們漸漸將此二人作神祇歌頌。

當然，這是後話了。

現下還只是太孫的那人拋下了萬馬千軍，當街將他的小未婚妻擄上了馬，留給百姓一句：「散了散了，太孫妃要回去治傷了。」

淳樸而單純的鄉親們揮淚送別了疾馳而去的兩人。

納蘭崢氣得不行。哪有這般無賴，竟大庭廣眾抱了她不夠，還說謊不帶眨眼的！她為維護他在老百姓心中英明神武的模樣煞費苦心，就被他一遭給毀了！

她被湛明珩自後邊攬得動彈不得，身下的馬又頗為顛簸，只得拿手肘去捅他，不想方才揮出去便被他捏住了。「我穿著鎧甲呢，仔細弄疼了妳。」

納蘭崢霎時心底一軟，剛想原諒了他，又聽他道：「脫乾淨了再來。」

「……」

湛明珩脫乾淨時，納蘭崢的確去了。府上一串丫鬟端著一摞物件去伺候他沐浴，被她攔了下來。

她回府後已先沐浴打理了一番，湛明珩因處置後續戰事耽擱了一會兒，是以天黑了方才得閒。

納蘭崢走進湛明珩房中內室，便見他靠著澡桶的壁緣，半垂著頭揉眉心，露出一小截的肩背在外邊，上頭好幾道鮮紅猙獰的刀傷。

她起先還猶豫，見此一幕心頭一緊，上前拿了手巾，在一旁泡了鹽末的浴盆裡潤濕，替他清洗傷口。

湛明珩似乎不曉得是納蘭崢來了，任由身後人擦拭著。那泡了鹽水的手巾碰到新鮮的傷口，必然是疼的，但他一聲沒吭，甚至昏昏欲睡地瞇起了眼睛。

她心內不免奇怪，她上回給他的傷手上藥，他分明疼得嗷嗷直叫啊。

她忍不住問：「不疼嗎？」

湛明珩聽見這聲音，一個激靈就在澡桶裡端坐了起來，僵硬了一會兒才扭過頭，正見納蘭崢歪著腦袋十分好奇地俯瞰著自己。她挽起大半截袖子，嫩藕般細白的小臂露在外頭，滴淌著水珠子，他的洗澡水。

他立刻便清明了，哪裡還睡得著，眉頭一皺「嘶」了一聲，苦著臉道：「疼啊，好疼，妳下手可能知些輕重？」

納蘭崢哭笑不得。她算是明白了，敢情他皮厚得跟堵牆似的，根本不曉得疼，從前皆是演出來騙她的。

她真想將那一大盆鹽水都給他一腦袋澆下去，好淋他個痛快，但瞧見他這一身縱來橫去的傷卻下不了手了，輕聲細語地說：「好好好……我輕一些。」說罷繼續替他清洗傷口，還像哄小孩似的，俯下身來替他吹了吹流血的皮肉。

這又酥又麻又癢的，湛明珩的氣血一下湧上了頭。

是要殺人了啊！哪個血氣方剛的男兒受得住嬌妻這般撩撥，他胸口一起一伏，竭力平穩氣息，還小心翼翼地調整了一番坐姿，弓起了腰背，遮擋她的一部分視線。

他上半身一絲不掛，下身也只圍了條聊勝於無的薄布巾，一不小心便要給她瞧出蠢蠢欲動的跡象。當然，虧得他不習慣這邊新府陌生丫鬟的伺候，因而有塊遮羞布，否則真是沒眼瞧了。

思及此，他不免感慨這妮子未免也太大膽了，竟敢不聲不響闖進來，倘使換了他平日沐浴的樣子，她可還能這般氣定神閒？

他浸泡在水底下的手不停重複著握緊再鬆開、鬆開再握緊的動作，拚死隱忍克制。自上回雨夜險些失控，他便想出這套凝神靜氣的法子。

儘管似乎……並無用處。

納蘭崢察覺到他的異樣，停下手，這下有些疑惑了。「當真很疼？」

他默了默，悠長而低沈地道出：「嗯……」太疼了，快炸了。

見他這般，她便不瞎鬧了，想說點什麼好轉移他的注意力，給他減輕些疼痛，恰巧一眼瞧見他左肩一道陳年的傷疤。

此番上戰場前，他確是養護得極好的，即便書院裡頭切磋比試也少有大的磕碰，除卻這道傷疤。

這是六年前春日在臥雲山被那隻老虎所傷的。

她十分小心地碰了碰他的肩，問：「這裡呢，還疼嗎？」
湛明珩倒真被轉移了注意力，偏頭看了一眼，似乎覺得她這話問得太傻了，笑道：「都多久了，早就不疼了，妳想什麼呢？」
她默了默，道：「我在想，倘若沒有當年那隻老虎，大概也不是今日這般景象了。」
她是此番遭受了劫難，後悔做了他未婚妻的意思？
湛明珩眉毛一豎，便要質問她是否真有此意，卻忽然被她從後邊環抱了雙肩，聽得她在他耳畔笑著說：「但幸好是有的。」
當真幸好。
他被這親暱的動作惹得渾身大顫了一下，偏過頭盯住她，目色霎時渾濁起來，聲音嗄啞地問：「納蘭崢，妳打了一仗翅膀硬了，現下不怕了？」竟敢這麼明知故犯地撩撥他。
她彎身瞧著他，眨了幾次眼，彎起嘴角。「不怕。」
他的目光緩緩下落至她因這一室蒸騰的霧氣鮮紅得像要滴血的唇瓣，動了動喉結道：
「那我要吻妳了。」
納蘭崢點點頭。
湛明珩克制不住了，半回過身，手一抬扣緊她的腦袋，將她往下一按，也沒個鋪墊就撬開了她的齒關。
納蘭崢含糊地咕噥了一句什麼，似是抗議他太粗魯，卻沒挪開抱著他肩的手，且還沒有閃躲地任由他在她嘴裡胡鬧。他閉著眼，因此越發深入往裡，一點點舔吮她的氣息，怎麼也吃不夠似的。

納蘭崢氣都喘不過來了，本就許久沒有休息，這下渾身都快軟倒，只得騰出一隻手扒住浴桶借力。

湛明珩睜眼便見她指骨發白地緊攥著壁沿，這一幕不知何故叫他剎那血脈賁張，下腹一緊。

為免當真情難自已，他只得停下來鬆開了她。

好歹得了喘息，納蘭崢大口吸著氣，臉都紅透了，哪裡還好意思再盯著他瞧，便將目光落到別處。誰知這一落，恰見那浴桶一池清水裡頭，一面雪白的布巾被什麼東西鼓戳得飄然欲起，形態奇異。

她愣愣地眨了好幾次眼，神情探究。湛明珩亦順著她的目光朝下一看。

下一刻，一個是恍然大悟，一個是如遭雷劈，異口同聲地，一高一低驚叫起來。

「啊──！」

「啊──！」

侍候在外間的丫鬟們，立刻聽見太孫的狂暴大喝：「納蘭崢──！妳給我出去──！」

湛明珩的內心宛若一萬匹烈馬一剎間奔騰呼嘯而過；納蘭崢則揉著眼睛，哭喪著臉退了出去。

聽她走了，他的臉色便越發地陰沈下來，但顯然氣的並非納蘭崢，而是不爭氣的自己。他低頭看一眼，隨即攥緊了拳頭。

這東西，竟不能有一日是安安分分不抬腦袋的！

他苦兮兮地自力更生，待沐浴完畢便累倒在床上。

幾乎整整一個月不得安眠，哪怕合眼也是提心吊膽。一路征伐，多露宿山林，為此睡過馬背、草地、樹枝，當真是摸爬又滾打。如今身下換了柔軟的被褥，反倒有股不真實的恍惚之感。

將將沈沈睡去時，忽聽外頭傳來窸窸窣窣的動靜。他這些時日已養成了風吹草動便睜眼的習慣，因而一下恢復了清明，問是生了何事？

外頭的丫鬟告訴他，是納蘭小姐作了惡夢，白佩姑娘出來打水，便自作主張地來帶個話。

這丫鬟是前頭沿途買來的，兵荒馬亂的也未來得及立規矩，因而倒歪打正著地合了湛明珩的心意。畢竟要換作旁人，哪敢拿這事擾他？

他立刻披衣起身去了納蘭崢房裡。到時便見她坐在床角，額間皆是細密的汗珠，嘴唇也微微泛白。

湛允還在外頭奔忙，未來得及回報先前軍營的事，因而他並不曉得她究竟經歷了什麼，只是光瞧這七日的戰績也知有多艱難了。

京城哪家的千金活得像她這般？她不過是個尚未及笄的小姑娘，該被他放在心尖上疼愛呵護的，如今卻被迫肩負起一城百姓的性命，為此殫精竭慮，吃盡苦頭。

她說不會有一日叫他在大穆與她之間做抉擇，當真說到做到。

他在床沿坐下，伸手去探她的腦門，叫她的名字。「洄洄。」

納蘭崢著實出了好大的神，這下才瞧見他，張嘴時下意識想說她沒事，與前頭在軍營一般假作一副平靜姿態，卻忽然記起跟前的人是湛明珩。

他回來了啊。

她向前挪了挪，靠他近一些，終於能夠道出這些日子無論如何也不敢對誰講的一句話。

「湛明珩……我害怕。」她不是不害怕，只是不能夠害怕，現下卻可以了。

他將她摟緊，一下下拍撫著她的背脊，垂眼瞧著她道：「都夢見什麼了？與我說說。」

她點點頭，緩緩道：「劉逞不守軍紀，散布謠言……實則也未必罪大惡極，但我不曉得他是否是被安插在貴州前衛裡的奸細，為防萬一便叫人將他當眾斬首了……」

湛明珩喉間一哽，拍撫她的動作都停了停。他沒想到還出過這等事。

她說及此，聲色越發哽咽。「我是不是做錯了？這些天，我日日夢見他的至親來向我討命……都是血，都是血……」

他默了一默，死死攬緊了她。「洄洄，妳沒有做錯。軍令如山，這句『就地正法』並非為將者的涼薄，更非為將者的罪孽。心慈手軟網開一面的下場，便是更多的將士、百姓無辜喪命。」他頓了頓，面不改色地繼續道：「何況湛允早已向我回報過了，這個劉逞的確是奸細，貴陽的百姓都在感激妳，妳何必為個惡人給自己添堵？」

納蘭崢紅著眼抬起頭來，盯著他問：「……此話當真？」

他伸手捏了下她的鼻子。「自然當真，不過湛允那小子不懂女孩家心思，才忘了與妳說的。」一臉「還是我好吧」的神情。

她點點頭。

湛明珩從侍候在旁的白佩手裡接過錦帕，替懷中人將額上的冷汗擦去，而後遞還回去，給她使了個「下去」的眼色，再與納蘭崢道：「好了，今晚我陪妳睡。」說罷低頭親了下她的鼻尖，似乎也不是徵求她意見的意思。

納蘭崢默了默，也沒斷然拒絕，只半抬起頭。「我現下有些睡不著，你若是不大累，還是與我說說話吧。」

「累啊，怎麼不累？」他說著便挪了身位，將她抱到床的裡側，攬著她躺了下來，長手一拉被褥，把兩人蓋了個嚴實。「有什麼話明日再說。」

納蘭崢一個人躺著的確心內不安，加之前頭也有過一次，便沒拘著推拒他，只是不大好意思地拿被褥蒙住大半張臉，只露出一對眼瞧著他，確認道：「這樣……你不難受嗎？」

他被氣笑，乾咳一聲道：「我睏得很，這會兒沒力氣當禽獸，妳安心吧。」

「我是說……」她清清嗓子，指指他的衣裳。「你這般和衣睡不難受嗎？」

「……」

湛明珩噎了。

這是怎地，他不過走了月餘，這妮子如今卻這般的通情達理且沒羞沒臊了。軍營竟是如此磨礪人的地方？竟將他家的小白菜給養肥了。

這等時候，他若還無所作為，豈不枉為了男人！

他爬起來，三下五除二地扒了衣裳，複又躺下去，十分驕傲地扯了扯身上薄薄一層褻衣。「滿意了？」

這是將她當成什麼人了？

納蘭崢撇撇嘴。「我這不是怕你難得有個安穩覺睡，還被我給攪和了？說得像我多想看你似的……」說罷揉揉眼睛，一副很疼的樣子，背過了身去。

卻聽得身後一聲大喝：「回來！」

這床榻也就那麼點大，回哪個來啊？納蘭崢偏過頭去，瞧見湛明珩一臉陰沈，就怕他像上回那般發作，只得主動一些，蜷縮成一團挪進他懷裡。

第五十一章

如是折騰一番，倒也的確乏了，兩人很有默契地俱都沒再說話，一齊合上了眼，卻是方才朦朦朧朧要睡去，便聽窗外風聲大作，搖得院中老樹的枝椏咯吱咯吱響。

兩人同時醒過神來，驀然睜眼便見彼此眼底皆是一樣的清明與機警。

戰事陡然結束，只是深陷戰局多時的人又如何能輕易抽身而退，恍似什麼也沒發生呢？

湛明珩看了看她，再看了看墨黑的窗外，嘆口氣道：「竟像亡命天涯似的。」

納蘭崢何嘗不想嘆氣，卻曉得他此番必然自責連累了她，便不說那些喪氣話，笑了笑道：「那也是兩個人的天涯。」

湛明珩聞言一滯，摸索著尋到了她的手，緊緊扣住她的手指。「洄洄，此戰或許只是個起頭，我尚有很長的路得走……跟了我，妳當真不怕？須知我甚至無法預料翌日睜眼會發生什麼。」

她彎起眼睛，一句句糾正他。「首先，是『我們』尚有很長的路得走；再者，刀山火海也好、阿鼻地獄也罷，正是因為『跟了你』，我才不怕。還有，我能預料，翌日睜眼你必然覺得手臂麻木瘆脹。」她說罷湊上去，親了一口他的下巴，笑得狡黠。「被我壓的。」

湛明珩被她逗笑，揉揉她的腦袋，將她往懷裡按去。「妳倒是敢。」

兩人這回才當真睡了過去。

納蘭崢毫不忸怩地任他抱著，似乎也不覺這般同床共枕有失禮數。畢竟不曾經歷過生死一瞬，又豈知如此相擁的意義？眼下的每一日皆是上天的恩賜，如何能畏縮不前，不懂得珍惜。

但湛明珩翌日是被癢醒的。納蘭崢抱著他的手臂，氣息都噴在他的皮肉，引來陣陣鑽心的癢。他睜眼便見自己的小嬌妻縮在床角，背對他這向睡得安穩，而他似乎因睡夢裡下意識要攬她，也跟著一路從床沿追到了床角。

偌大一張床榻，兩人竟擠成了一團，只占了三分床鋪。

他瞧著她精緻小巧、如珠如玉的耳垂，以及有一些凌亂的鬢髮、白裡透紅的臉蛋，忍不住便是一顫。

納蘭崢也跟著醒了，睜眼瞧見自己抱著條手臂，尚未反應過來，便被手的主人大力一拽給拽了過去。她低呼一聲，後背一下子抵著他結實的胸膛，發覺他的臉雖瘦了一圈，身板卻感覺不大出變化。

湛明珩摟緊了她，在她耳邊咬牙切齒道：「納蘭崢，妳是小狗不成，要這麼抱著我睡？」一分明語氣裡透著一股得意。

說罷又不大滿意地道：「還有，妳是多喜歡犄角旮旯，總要往那兒鑽，可是逼得我睡到裡側去？」上回雨夜借宿，那床榻小，無處可挪，他是如今才發現她這習慣。

眼下已是青天白日，納蘭崢思及昨夜竟趁著月黑風高壯膽，說了那些沒羞沒臊的話，還主動親了他，便不好意思起來。只是她那嘴一向硬，便道：「我抱你與抱床柱是一樣的，你可別多想了！」

湛明珩兩隻手頓時收緊了。「納蘭崢，妳有膽再說一遍。」說罷便去撓她癢。

納蘭崢哪裡受得住這般折騰，倒想還手，卻礙於這般姿勢壓根撓不著他，只得一面笑一面蜷縮成一團向他告饒。「我不說了成不成。湛明珩，你快停手，別鬧了！」

他停下手，陰惻惻道：「妳喊我什麼？」

「湛明珩啊。」她不是向來這般叫的嗎？他是出了一回征，改名換姓了不成？

「是了，此事我早便有意與妳提了，是誰允許妳總連名帶姓喊我的？」

納蘭崢回過身來看他。「那我該喊你什麼？」

「妳自己好好想想。」一副想不出來便要繼續撓她的樣子。

她好好想了想。「太孫？」

湛明珩的臉黑了。

她再想。「殿下？」

他吸口氣，忍耐。

「太孫殿下？」

湛明珩湊上去，一口叼了她的唇，一面咬一面含糊道：「狗嘴吐不出象牙……堵了算了！」

湛明珩鬧了納蘭崢半晌才肯甘休，還是被忙了一整夜方回府的湛允給叫起的。他身上一股鐵血氣息，內室的房門一開便嗅得分明，納蘭崢從偷來的半刻閒情裡回過神，斂了色起身穿衣。

她聽外邊的湛允回報，說狄人已退兵了。湛明珩則吩咐他盡快整頓軍隊，集結至貴陽，以免此地被人鑽了漏子。

這番決策不無道理。經過昨日一場苦戰，貴陽此地僅僅只餘數百將士，若非黃昏時湛明珩的援軍來了，必得落個全軍覆沒的慘局。

如今的貴陽幾乎可說一攻即破，毫無抵抗之力，兩人也因此無法在這關頭拋下百姓回京。

湛明珩交代完了便回內室，一眼瞧見納蘭崢已經穿戴妥當。一身簡素的月白窄袖直裰，倒是遮掩了纖妙的腰身，卻因頭頂束了男式髮髻，青碧色的髮帶飄落在耳後，襯得那頸項格外修長秀美。

這模樣瞧得他頓時有些恍惚。

實則昨日他便想說了，她扮男裝也好看，那唇紅齒白的模樣不知何故十分刺激他的神經。只是真要唬人還欠些火候，她的五官生得太明麗，相貌若不經整改，便太容易露餡了。

納蘭崢正吩咐白佩替她畫粗眉，卻被湛明珩伸手攔下。「妳這模樣是想叫我當真斷袖了不成？得了得了，臉就不必改了。」

既然他這麼說，她便不折騰了。穿這一身實是因如今形勢緊迫，怕有個萬一，行動好方便些，倒不真要矇騙誰。畢竟白佩那點妝手法不夠精細，軍營上下皆認出了她的女兒身。

她叫白佩下去，坐在妝鏡前問湛明珩正事。「卓乙琅怎會輕易退兵，你此前可是做了什麼？」

他點點頭。「家裡老王遇刺了，趕著回去繼承大統呢。」

納蘭崢眉心一跳。聽他這輕鬆的口吻，那狄人的老巢難不成是他皇太孫的承乾宮，竟能打個來回全身而退，眼也不眨一下？

她起身盯著他看了一圈，像在確認他當真無虞。

湛明珩一笑，彈了下她的腦門。「自然不是我親手刺的，否則我昨日如何趕至貴陽？」

她是關心則亂了，鬆了口氣再問：「那是怎麼一回事？」

「卓乙琅並非王庭世子，他有個孿生兄長。」

納蘭崢一時驚駭萬分，聽他頓了頓後繼續道：「那位才是真正的繼承人。雙生子在王室素來忌諱，卓乙琅是弟弟，因而甫一出世便被秘密送出了宮，留得一命都算老王仁慈。王庭上下無人知曉那一夜出世的是對雙生子，但或許是血脈相連，做哥哥的卻漸漸有所察覺，此後多年一直費心尋找胞弟。找到後，他將胞弟偷偷從山野接回，養在宮外，教他唸書，教他做人。」他說到這裡笑了笑。「但後來，這個胞弟想代替他成為王庭的世子。」

「兩人的相貌、身量俱都一模一樣，卻有十分關鍵的一處不同。卓乙琅自幼體弱，習不得武，而他的兄長卻是王庭赫赫有名、征伐沙場的大將。如此一來，但逢戰事必要露餡，卓乙琅無法在短時間內輕易替代他，因此將兄長囚禁起來，甚至是……」他說到這裡捏了捏拳頭。「拿他的未婚妻作要脅，逼迫他替自己出兵打仗，一面暗中培植勢力，直至能夠站穩腳跟的今日。」

納蘭崢看了一眼他捏緊的拳，曉得他何以動怒。

她默了默道：「因而你此次出征，碰上的並非卓乙琅，而是他的兄長。卓乙琅拿一個與他一模一樣的人來迷惑你，自己則帶著心腹勢力來了貴陽。這是一石二鳥之計，除卻拖延你的腳步，或還可借你之手除掉他的兄長及其手底下的忠誠將領。他這些年已將勢力培植穩妥，不再需要他的兄長，由你來做這事，能保證他的手腳乾淨，到時全軍覆沒，理當無人知曉其中真相。王庭只道他卓世子使了金蟬脫殼、兵分二路之計，至於為此造成的兵損，亦不過爾爾。」

湛明珩點點頭。「卓乙琅的兄長的確不如他心機深沈，甚至表面看來有些愚鈍，但熟通兵略、取敵三千首級不過眨眨眼的人，豈會當真是四肢發達、頭腦簡單的莽夫？他小看了他的兄長。」

納蘭崢聽到此處也明白了。「你與他合作了。」

「他主動與我做了筆交易，向我提供了狄王宮的守備圖與機關圖，並承諾偷放我的軍隊入王城，唯一的條件是希望我救出他被困深宮的未婚妻。」

納蘭崢微微一怔。

「關外久無音訊，卓乙琅必然猜到我與他兄長合作了，卻大抵不曾料想是這般方式。是他親手將自己的兄長逼上這條路，那張一模一樣的臉叫他得以偷天換日，卻也是他的致命傷，倘使他眼下還不趕回去收拾爛攤子，恐怕便得落個叛國弒父之名了。」

他說到這裡攬過了她。「邊關至王城那一路行動機密，我不能對外透露，叫妳擔心了。」

納蘭崢卻在想別樁事，問道：「那你替他救出未婚妻了嗎？」

「貴陽形勢日益緊張，我怕妳撐不住便及早折回了，將剩下的交給了親衛。」

見他轉移視線，她便執拗地繼續問：「你的親衛呢，替他救出未婚妻了嗎？」

湛明珩沈默了一會兒，在她眉心落下一吻，而後道：「洄洄，她不是妳，妳也不會是她。」

納蘭崢便知道那女子的結局了。

二人在府裡待了整日，商議貴州此地戰後事宜，夜深了方才預備歇下，卻是尚未解衣忽聽牆外起了一陣騷亂。

一名親衛急急奔到了房門口，向裡道：「殿下……咱們被敵軍包圍了！」

湛明珩移開房門，目光一縮，緊盯住來人。「敵軍？」

親衛明白了他的意思，解釋道：「是叛軍！假扮成狄人的畢節衛、平壩衛與龍里衛，籠統一萬五千餘人，竟無聲無息將整座城圍了個水洩不通！稱您不仁，致王庭老王身死，此番是為討伐您而來，倘使您不現身，便要屠乾淨這一城的百姓！」他說及此抬起頭來。「殿下，允護衛出城整頓軍隊，尚未得歸，恐怕是半途遭遇了叛軍，如今城中守備皆空，隨時可能城破！」

他話音剛落，牆外便傳來一陣震天動地的喊殺聲，納蘭崢也跟出來了，一聽便知。「西城門破了！」

湛明珩點點頭，嗤笑一聲。「終於按捺不住了。」

殺他或許有許多方式，但那人要賜予他最隆重轟烈的一種。但凡他此刻有一絲一毫求生的意思，即是做了逃兵，便是置這一城百姓性命於不顧，縱使僥倖不死，也再無資格做這太孫。

如此情狀，真可謂進退兩難。

那親衛猶豫一下，咬咬牙勸說道：「殿下，豫王爺意圖陷您於不義，可叛軍有萬餘，您留在此地絕無生機！這一城百姓歸心於您，亦曉得此戰前因後果，他恐怕本就欲盡數滅口，不可能因您現身便心慈手軟。您不必做無謂犧牲，趁現下還來得及，帶納蘭小姐走吧，屬下們替您殺出去！」

湛明珩深吸一口氣，閉上了眼。

「殿下！陛下病重，您若殞身於此，大穆便要落入他人之手，以豫王爺的殘暴手段，到時遭殃的便不只是這一城的百姓，而是整個天下！請殿下以大局為重，三思而行啊！」

城中已殺開了，僅存的數百將士在拚死護衛百姓。恰在此刻，忽然響起一陣哄鬧，像是誰拿了鍋碗瓢盆出來，敲鑼打鼓似的，一面喊：「老李家的，咱一道殺了這幫狗娘生的賊子！」

納蘭崢與湛明珩心內齊齊一震。

繼而有更多百姓蜂擁而出，其中似乎混雜了各式鈍器、銳器的敲打聲。人聲鼎沸裡，有個老頭在喊：「太孫殿下，您千萬別聽了這幫狗賊的話！咱們死便死了，若不是您，咱們早就死了！來啊，殺他娘的——！」

還有婦人在鼓動旁的百姓。「太孫妃是咱們的巾幗英雄！咱們拚死也要護她周全！」

湛明珩聽著雜亂的響動，最終艱難地道：「我一個人帶洄洄走，你們留下來護衛百姓，能撐多久便是多久，湛允若能突圍趕至，貴陽尚有一線生機。」

納蘭崢聞言偏過頭看他，不曉得自己是否看錯了，她分明瞧見湛明珩的眼裡似乎有淚光。或者這一刻，深居東宮的皇太孫才第一次真正懂得了何為民，何為擁戴。

那親衛還想再勸說，被她抬手打斷。「備匹馬來，放心吧，我與殿下出得去。」

他頷首應是，忙就去了。

一刻鐘後，兩人共乘在疾馳的馬上。臘月的天，風吹在臉上如同刀子在割，涼骨透心的寒。湛明珩從後邊圈著納蘭崢，將她緊緊裹在披氅裡。
納蘭崢微微仰起頭，瞧見他下頜的線條綳得極緊，月色照得他神情冰冷。
此地是一處偏巷，叛軍尚未攻過來，看這方向，她似乎曉得他預備去哪裡。大概也只有那裡了。
她在顛簸中勉力道：「咱們走水關嗎？」
湛明珩點點頭。「別怕。」
怎會毫不緊張呢，她對水是有陰影的，尤其夜裡的水。但她仍是點點頭，咬緊了牙關。
叛軍圍攏的速度極快，半刻鐘後便有搜查隊靠近，此時再往前奔馬便得暴露。湛明珩勒了轡繩，拿了柄匕首狠狠扎了馬屁股一刀，馬吃痛疾馳而出，立刻吸引了附近一隊士兵的注意。
他牽過納蘭崢，向她打了個手勢，示意從另一邊走，卻不想兩人方才彎著腰拐進一條漆黑的小巷，便被不知從哪躥出的人大力一拽。
湛明珩險些反手就是一刀扎過去，虧得對方也是反應快的，忙叫了一聲：「太孫殿下？」似乎也是黑燈瞎火的，不大確定他們的身分，因而出口疑問。
兩人一愣，才看清是個老伯。
那老伯嚇得不輕，藉著月色確認了兩人，順了順心口才低聲道：「太孫殿下，咱們都替您布置好了，我家裡頭有個酒窖，底下挖了個地道，可通到城西那方娘子的燕春樓附近。燕春樓裡頭又有機關，進去再出來，便是城外了！」

兩人齊齊將信將疑地瞧了他一眼。

那老伯只得撓撓頭解釋道：「我張家世世代代販假酒的，不能沒點地下的活。至於那燕春樓，起頭是被上門抓包的夫人們砸怕了，便在各個廂房設置藏人的機關，後來機關越做越厲害，便有幹地下買賣的老爺尋方娘子偷運商貨出城，現下那地方，不僅是個聯絡點，還是出了名的放心嫖！」他說罷憨厚一笑。「太孫殿下，您來日可別將咱們抓起來，咱們都是良民啊！」

第五十二章

好一個「名副其實」的良民！

湛明珩氣得險些要拿手指去戳他鼻梁骨，卻思及這些個「良民」此番為救他於水火危難，竟不惜自揭家底，只得一碼歸一碼回頭再算，未有發作。

那老伯剛欲再開口，忽然被他按了肩膀止住。見他動了動耳朵，細細聽了一會兒，打了個手勢示意南面來了人。

老伯點點頭，慌忙將兩人往自己家中引。

馬蹄聲很快就朝這向趨近，燃旺的火把將四面照得大亮，一時間角角落落人影幢幢。

老伯手忙腳亂一陣，尋思著該將他倆藏去哪，半晌張大了嘴，作一副恍然大悟狀，拉了湛明珩就往後院跑。待挪開牆根一堆雜物後，赫然現出一個小半人高的狗洞。

納蘭崢瞪眼愣在那裡，繼而仰頭望向湛明珩的臉色。

這著實太屈辱了，即便他不是皇太孫，只是個普通男子也絕無可能忍受。她瞧見他垂眼盯著那狗洞，目光呆滯，吞嚥艱難。

外頭的人已下了馬，一家一戶地搜查，再不走便來不及了。老伯一推兩人，以唇語無聲道一句：「留得青山在，不怕沒柴燒！」

湛明珩的喉結動了動，咬牙牽了納蘭崢彎下身去。

老伯方才將雜物匆匆安置回原處，便有一隊士兵闖進後院。打頭的一身黑衣勁裝短打，蒙住大半張面孔，走進這簡陋的四方小院後便一眼盯住了牆根，而後緩步上前，笑了一聲道：「這位老伯，三更半夜的，您在後院裡頭做什麼？」

來不及脫身離去，姑且彎腰躲在矮牆外的納蘭崢與湛明珩對視一眼。

這聲音……是衛洵。

老伯低哼一聲。「我自家的院落，起夜上個茅房也與你這賊人有干係？」

衛洵霎時沒了笑意，一面吩咐手下搜人，一面抽了柄匕首，拿刀尖抵著他的喉嚨，冷聲道：「說。」

「我呸！」

一口唾沫吐出，衛洵向後讓了讓，眉頭一蹙，手中匕首已有按下去的勢頭。「人在哪？」

「有刀子了不起？有本事你就剜下來！」他冷笑一聲。「狗娘養的東西，來啊！」說罷還朝前湊了湊。

納蘭崢的手心漸漸沁出汗，湛明珩鬆開她的手腕，使了個眼色示意她躲好，隨即緩緩站起，似乎準備現身了。

院中一隊士兵總共七人，他有把握十個數內按倒他們，只是恐怕得為此驚動城中其餘叛軍。且這些人身上顯然帶了煙火彈，臨死一刻很容易拋擲出去，何況此地還有衛洵。可如此情狀，倘使他袖手旁觀，實在枉為了人，他做不到。

方才起身至一半，便聽一牆之隔外的衛洵一聲低喝：「別動！」

湛明珩眼睛一瞇，停下動作，納蘭崢也是一臉茫然。同窗數載，她多少了解衛洵的底子，他應當察覺到矮牆外有人，只是聽這口氣，怎像另有打算似的？

忙於搜查的士兵齊齊靜止，回頭看頭兒。衛洵瞥他們一眼。「我叫這老東西別動，你們停個什麼？繼續搜！」

眾人便舉著火把一通亂砸，很快發覺到犄角旮旯處的異樣，搬開雜物後向衛洵回報。

他回頭瞧一眼那狗洞，死死盯住眼前的人。「當真死也不說？」

老伯顯然已沒了耐性，翻個白眼道：「要殺要剮的來個痛快成不成？小夥子，你這手腳慢的，我都替你將來媳婦急得抹把汗！」

衛洵的目光冷了幾分，手腕的力道卻鬆了，收了匕首轉頭看向方才卸下鎧甲、正要穿過狗洞的幾人，叫停了他們。「長點腦子，他皇太孫是你們，能鑽這東西？」

彎著腰躍躍欲試的幾人霎時僵在原地，又聽他道：「下一戶！」

「是！」

一行人匆匆撤了，落在最後的衛洵走出幾步複又回過身來，瞧了那狗洞一眼，隨後淡淡道：「老伯不必替我將來媳婦操心，倒是您，得好生記著方才的硬氣，莫回頭換把刀子便軟沒了。」說罷頭也不回地走了。

待人走後，湛明珩與納蘭崢才下了酒窖，沿著燕春樓的地道出西城門。那地道的出口在一處密林裡，距城門不大遠，但黑燈瞎火的倒也不至於輕易被發現。

湛明珩當先掀開草蓋，方才探出半截身子便險些被一隻正在刨地的馬蹄子當頭一撓，虧得一閃躲開了。爬起來見是匹通體栗色的純種半血馬，不知何人備在此地的。

他被氣笑，低聲唸了句。「什麼樣的主子，什麼樣的馬。」

好歹說完還記得回頭去抱納蘭崢，將她拎起來後替她拈去髮間的草葉與泥巴，隨即拉她上馬，擁過她低聲道：「妳可聞著了一股酸味？」

納蘭崢皺皺鼻子，嗅了嗅，搖頭道：「哪來的酸味？」倒是有股馬騷味，沒有酸味啊。

湛明珩冷哼一聲。「醋罈子翻了妳也不曉得。」說罷一扯韁繩，駕了馬疾馳而出。

鄰城的城門俱都封了，兩人為此只得走山野。納蘭崢著實太累了，如此顛簸竟也睡了過去，再醒來時天已曚曚亮，聽見湛明珩在耳旁低聲道：「醒了？」

她點點頭，尚且有些迷糊，揉揉眼才看清此地仍是一處山林。臘月時節，道旁皆是灰黃的枯草，天際的雲堆疊得極低，陰沈得像要下起雪來。

湛明珩拿臉蹭了蹭她凍紅的鼻尖，問道：「記得如何騎馬嗎？」

納蘭崢聞言一驚，似是明白了他的意思，下意識扭頭去看，卻被他一手撥回了頭，隨即聽他道：「別看了，追了大半夜了，是埋伏在城外的殺手。」

兩人相識多年，自然有默契，因而不必多費口舌解釋，她只點點頭道：「我記得。」書院先生教的東西她都記得，只是從未試過罷了。

「好。」湛明珩垂首親了下她頭頂髮旋，像哄小孩似的。「找個地方躲，等我尋妳。」她默了一默，紅著眼威脅道：「你若不來，我回頭便去投奔衛洵。」

他臉一黑。「妳敢！我死也得死在溫柔鄉裡，沒有不來的道理。」說罷將韁繩和一柄匕首交至她手中，一個翻身跳下馬背。

納蘭崢險些身子一歪栽倒，趕緊抱住馬脖子才勉強扶穩。她竭力控制平衡，攥牢韁繩，沒有回頭去看。

這時候留在湛明珩身邊只有替他添亂的分，她耍不得性子，也不敢留戀多瞧一眼，免得心底畏縮。

馬奔得太疾了，虧得山道是直的，也少有坑坑窪窪。納蘭崢小心翼翼扯著韁繩，渾身緊綳，兩刻鐘過後便覺腰肢痠軟、胃腹翻騰，大腿內側也被磨得火辣辣地疼，反倒時辰久了才好過一些。

她憑藉一股麻木的勁頭支撐著，直至日頭高了，實在渴得發暈，才死死一勒韁繩，勒停了馬，去山裡尋水源。

尋水源、找野果，對在雲戎書院唸了五年書的她而言實在不難，卻是馬易下不易上，易勒不易驅。紙上得來終歸淺薄，待她歇息完後，才發覺這馬等同是廢了，她哪裡也去不了。

但若將牠留在此地，無疑是個威脅。她便照葫蘆畫瓢地學湛明珩，扎了馬一刀，叫牠自己挑個方向跑，隨即扭頭步入深山。

這般轉悠了大半日，天色昏黃時分才找到一處適合的山洞作棲身之所。

山裡有不少天然的山洞，卻只這一處臨近水源而背逆風向，且四壁堅實，無坍塌之險。她揀了些樹枝與細草以供晚些時候取火，便渾身癱軟地窩進了裡頭。

夜色漸濃，北風呼號，漫山遍野的枯草被捲起，打著旋兒團繞飛舞，積壓了整日的雪終於落下來，起先是細密的一粒一粒，繼而便成了縷。

納蘭崢擇的這處山洞背風，可這般情形也暖和不到哪去，她想爬起來生火，可身邊沒有火摺子，鑽木取火又頗費力氣，這時她聽見一陣整肅的腳步聲。

這般的整肅若非軍隊，便是訓練有素的殺手了。她渾身一僵，攥緊手裡的匕首，緩緩起身，下一刻便被火光刺了眼。

一隊士兵舉著火把闖了進來，總共七名，身穿狄人的軍裝。帶頭那個一進到洞中便見納蘭崢將匕首對準了自己雪白的脖頸。

能派來追殺她與湛明珩的，必然是湛遠鄴的心腹，這時候什麼計謀、口舌皆不管用，這些人既然找到了這裡，理應是失去了湛明珩的蹤跡，才想抓了她作誘餌的。

她冷冷盯著他們。「別離我這麼近，退後三步。」一見幾人沒有動作，再道：「諸位應當也不想帶走一個對豫王爺起不了作用的死人吧。」

領頭的那個與她僵持了一會兒，只得退後三步道：「納蘭小姐何必如此，我等備了好酒好菜來請您，並無意傷害您。」

這些做手下的也知此女子的重要性，因而不敢盲目動手，先意圖拿軟的來勸她，但納蘭崢已下了決心。「諸位或許相信成王敗寇，願做從龍重臣赴湯蹈火，但見今日之貴陽，便知明日之山河，湛遠鄴永不會贏，而我，很願意在下面等他一敗塗地。」說罷一抬手，狠狠舉起匕首便要刺下。

打頭的那個一驚之下意欲拔刀上前阻攔，卻先聽得一聲高喝：「納蘭崢！」

納蘭崢的刀子生生停在了喉嚨口，隨即眼前一花，便見血濺三尺，竟是湛明珩一劍斬三人，衝進了洞裡。

打頭的那個反應過來，忙去拽納蘭崢，卻是方才伸手便被身後的湛明珩一腳踹翻在地。

納蘭崢這下不求死了，手中匕首猛地一轉，趁他癱軟著爬不起來，狠狠一刀捅了上去。

刀子沒入那士兵的下腹，再被她用勁拔出，正中要害。

待殺乾淨了人，她自己也有些恍惚，攥著匕首呆在原地，一個勁地喘息。

洞裡霎時一片死氣，湛明珩提劍上前就是一頓破口大罵：「納蘭崢，給妳匕首是叫妳自盡的？妳想氣死我！」說罷一腳踢開一具死屍。「這不殺得挺好？」

她目光呆滯地垂眼一看，欲說話，卻見他中氣十足地罵完後，身子一晃朝前栽倒下來。

「湛明珩！」納蘭崢嚇了一跳，忙伸手去抱他，卻哪穩得住那副沈甸甸的身子，自然與他一道栽倒在地，反而給他當了肉墊子。

她忍不住「嘶」了一聲，只覺五臟六腑皆像震碎了一般，卻顧不得太多，趕緊抬眼察看湛明珩的傷勢。

方才那士兵掉落的火把就擱在一旁，恰巧點燃了堆疊起來的枝杈與細草，火光大亮之下，她才瞧清他左肩下方有一道猙獰的貫穿傷，一支重箭還戳在裡邊，被他從前面折斷了箭頭及一半的箭身。

他的臉白得近乎透明，竟還模模糊糊記得要從她身上挪開，費力地喘了幾口氣，打趣道：「納蘭崢……荒郊野嶺的，妳便這般心急被我壓？」說罷笑了一聲，支起身子來。

她瞧得出他的傷勢，因而聽他如此調侃也罵不出聲，攙著他坐好，叮囑提醒道：「你莫靠著石壁，後面還留了三寸箭尾。」

湛明珩嗤笑一聲，似乎不以為意的樣子，隨手繞到後背便要去拔箭。

「你莫亂動！」納蘭崢急得喝止他。「我去抓幾把雪，你先忍忍，等我回來。」說罷起身跑了出去。

大雪紛揚多時，山中路面已積起厚厚一層新雪，她兜了一捧瞧起來乾淨的，借匕首撕扯了些衣料下來，包裹好就急急忙忙奔回去。

湛明珩果真乖乖聽話等她，見她來了才預備動手，卻又被她止住。「我來。」

這一箭太險，前面箭身又斷了，不好著力，他單手繞到後背拔箭，本就是個勉強的姿勢，稍有偏差便可能擦著心臟；何況拔箭哪有不疼的，但凡一個手軟脫力，便可能危及性命。

他覷她一眼，似乎不大信她，虛弱地扯扯嘴角，嘆口氣說：「我寧願死在自己手裡，也不想死在妳手裡。」

這話何其耳熟，可不是當年兩人與虎搏鬥時有過的。他是怕她失手，害他丟了性命，自責一輩子吧。

納蘭崢卻已挽起袖子，用匕首撕了衣裳下襬厚實的棉料作成布團，塞進他嘴裡，叫他咬緊，隨即繞到他身後半跪下來，竭力平穩了氣息道：「你六年前便不信我，如今我再救你一次，看你今後還敢不敢小瞧我。」說罷深吸一口氣，顫抖地伸出手去，卻是臨握了箭便不再猶豫，毫不停頓，死命一拔。

快，準，狠，不偏不倚。

只是怕是難免擦著了骨頭，饒是湛明珩能忍，也不可避免地悶哼出聲。

納蘭崢一下子脫了力，朝後癱坐下去，渾身霎起一陣大熱，轉瞬卻又涼成一片，背後流下淋漓的冷汗。

湛明珩也跟著癱軟下來，栽進她懷裡，似是曉得自己撐不住了，還怕她嚇著，勉強咕噥了一句：「……醒來就以身相許。」說罷眼神渙散，當真全無意識了。

人又非鐵打，如此傷勢，他暈過去是再正常不過。納蘭崢曉得方才那一箭拔得不錯，便盡力鎮定下來，取過事前做成的雪布包往他鮮血狂湧的傷口上按。

光止血便耗費多時，進進出出奔了十七、八趟才勉強好了，待包紮完傷口已入了下半宿，納蘭崢替他穿好裡衣，一探他手心，不免嚇了一跳。

太涼了，不比外頭的雪團子好幾分。

她只得複又奔出，借雪地的亮色尋來些光滑的石塊，丟進火裡頭烤熱了，再拿樹枝揀出來，往上頭裹了層布，完成後便拿石頭給他捂身子。

只是石頭畢竟小了些，且著實太燙，湛明珩昏沈成這般竟也似有所覺，像是不舒服極了，手一甩便將東西給撥開了。

納蘭崢氣得不輕。都凍成這模樣了，竟還要嫌東嫌西的！

可眼見他臉色越發地白，她也不能當真什麼都不做，只能換個法子，咬咬牙將自己的外裳褪下，把他摟進懷裡，再拿他的披氅給兩人一道蓋上。

此刻兩人身上皆只有薄薄一層裡衣，照理說該夠他暖和了，但湛明珩不知怎地就覺不夠，迷迷糊糊地，哪裡更暖便往哪裡靠，腦袋幾乎都要拱進她裡衣裡頭去，兩隻手扒拉著她的下襬，在外邊蹭了蹭，隨即毫不猶豫地探進去。

「哎呀！」納蘭崢被凍得一個激靈，忍不住大喊出聲。

第五十三章

他的手掌貼著了她的腰腹，似是終於找對了地方，停了下來，臉頰也蹭開她的衣襟，黏在她的前心，豬似的一頓亂拱，蹭得她又冷又癢，一陣戰慄。

納蘭崢真想一巴掌將他拍開，卻沒狠得下心與一個昏迷之人計較，反倒伸出手將他摟得更緊一些。

他還有力氣動手動腳也好，管他什麼男女之防，就當她是只無謂雌雄的暖爐吧。

納蘭崢忙了大半宿，實在睏極，卻怕湛明珩出岔子，因而拚命熬著，時不時探一下他的腦門與手心。到後來，那手竟像自己有了意識，半夢半醒間也能動作。卻是熬了大半個時辰不小心睡了過去，醒來後就發現他的額頭燙得厲害。

倘使受傷的人換作是她，湛明珩哪會睡過去呢？她恨得想抽自己幾耳光，趕緊穿好衣裳起身。

如他這般的體格不會輕易發熱，一旦熱起來卻也不會輕易退，因而更須小心對待。她拿披氅替他蓋好，就去鑿雪團替他的額頭降溫，一遍遍照料他，卻是天亮了也不見好，甚至聽他漸漸有了夢囈。

她側耳分辨了一會兒，發覺他來來回回喊了幾遍父親與母親，再就是皇祖父了。

納蘭崢曉得，這些日子以來，儘管他表面沒提，心內卻必然焦急萬分。昭盛帝病得突然，難保不是湛遠鄴動了手腳，好乘機監國代政，他晚一日回去，皇祖父便多一日危險。

她摸摸他的腦袋，見他嘴唇都乾得起皮了，便起身打算去尋點水來。

下雪天比融雪天暖，山中溪流尚未結冰，只是離這山洞有一段距離，因此她走到洞口反倒猶豫起來。沒人看著湛明珩，她不敢走遠。

恰在這躊躇時刻，她聽聞一陣窸窸窣窣的腳步聲，且並非一個人。

她的心怦怦直跳，剛欲轉身往裡跑便被一個聲音叫住了。「阿崢。」

她聽見這聲音驀地一僵，停在原地，隨即瞧見衛洵三兩步跨上陡坡，抬手摘下頭頂風帽，站在雪地裡遙遙望著她笑。

他的薄唇微微抿起，狹長的桃花眼底好似有瀲灩水波流動，眼圈被這無邊無際的白襯出奇異的霞色。

納蘭崢下意識後退一步，帶幾分一朝被蛇咬，十年怕井繩的惶恐。

衛洵搖頭笑得無奈，正色問道：「湛明珩呢？怎地將妳一個人丟這裡了。」

她咬了咬唇。「我不知道。」

他往她身後的山洞瞧了一眼，笑著說：「妳何必將自己逼得這般狼狽？我說過，他會毀了妳。」他頓了頓，扯了下嘴角。「妳恐怕還不曉得如今外頭的情形吧。他很快便不再是大穆的太孫了。貴陽的百姓擁戴他又如何，大江南北，多的是被蒙蔽了雙眼的人，待來日走出貴陽，他便是人人得而誅之的廢太孫，整個京城，乃至整個大穆，只聽得見勝者的說辭。」

他說到這裡朝洞口的方向努了努下巴。「我曉得他在裡面，只要妳現下跟我走，我便放過他。」

納蘭崢的確與世隔絕了一日夜，絲毫不清楚外頭的風雲變幻，只是想來必是朝著對湛明珩極為不利的方向發展，衛洵的話理當並非危言聳聽。西境潰爛成這般慘況，昭盛帝卻自始至終毫無所動，連秦閣老也面聖不得，屢屢無功而返，恐怕整個太甯宮乃至皇宮皆被湛遠鄴掌握了，以謝皇后為首的後宮女眷亦遭到軟禁。

如此看來，起一封廢太孫的詔書未必不可能做到。

千思百慮不過一瞬，她蹙了下眉頭，似乎想通了什麼，道：「衛洵，你本無須與我承一言既出、駟馬難追之諾，倘使你有心殺他，縱然我跟你走了，你一樣能夠轉頭翻臉不認帳；倘使你無意殺他，我又何必同你做這樁交易呢？」

她說及此抿了一下唇。「事到如今，你也該瞧出來了吧，衛老伯爺被害，誰才是真正的受益人。」因而此前在城中才放過她與湛明珩，甚至備馬助二人一臂之力。

如他這般心高氣傲之人，怎會甘願被人玩弄於股掌之間？如今形勢十分明顯，老忠毅伯被害，最終受益的卻是湛遠鄴，從北域戰事起，這一切陰謀的主使者是誰也毋庸置疑了。

他曾將父親的死算在湛明珩頭上，因而被湛遠鄴輕易拉攏，可眼下既已瞧出真相，必不會再被真正的殺父仇人當刀子使。他已繼承家業，及早自雲戎書院結業，這些時日以來成長許多，理當不再耍小孩脾氣，私怨與深仇當前，自有抉擇。

衛洵淡淡眨了眨眼，毫無意外之色，卻似乎苦笑了一下，默了默道：「阿崢，妳對我當真只有是非曲直的算計。條件、交易、利益，除此外別無他物。」

「對於一個曾兩度害我險些墜崖而亡的人，我以為本該如此。」

他也不辯解，點點頭望了望四面景致，不知在感慨什麼，半晌道：「是啊，總與妳在山中，不是雨便是雪，真冷。」

納蘭崢還想開口再說，冷不防落入一個滾燙的懷抱，隨即聽見頭頂傳來低啞的聲音。「納蘭崢，妳在這兒與人風花雪月，是不管我死活了？」

她渾身一僵，又是驚喜又是膽顫，趕緊扭頭去看從後邊圈住自己的人。「你何時醒的？好些了嗎？」方才分明還燒得不省人事。

湛明珩瞥了對面人一眼，摟緊了她才答：「這瘋子吵成這樣，我還如何睡得穩？不好也被氣好了。」

衛洵見狀嗤笑一聲。「湛明珩，你幼不幼稚？」說的是故意抱納蘭崢給他瞧，叫他眼饞的事。

「幼稚也得有本錢的，莫不如你來試試，看她是先擰斷你的胳膊還是打殘你的腿？」

衛洵被氣笑。「合該一箭穿了你的心。」

納蘭崢一愣，回頭盯著湛明珩的傷口。這一箭是衛洵幹的？倒的確像是刻意避開要害所為，位置算得一分不差。

湛明珩冷哼一聲。「你就承認技不如人射偏了吧，當初便贏不過我。」

「你也別杵在這兒迴光返照了，須知我眼下動動手指就能叫你躺平。」

納蘭崢實在聽不下去了。不是她說，真是幼稚，兩個都幼稚！眼下又非昔日無憂無慮的同窗光景，也不瞧瞧形勢。

她掙脫了那「鹹豬手」，氣急道：「你倆有完沒完了！」

湛明珩或許真是「迴光返照」，被她一掙便不穩了，身子一晃朝一旁栽倒下去。衛洵一個閃身上前，一把攙緊了他，隨即偏頭道：「慫（注）。」

他眉頭一皺，直起身子。「離我遠些，兩個大男人怪噁心的。」

衛洵覷一眼。湛明珩此刻搭著自己肩背的手臂，示意他有本事就鬆開。

湛明珩不以為意地笑一聲，隨即借他的力往山洞裡走。「算了，就當拄了根枴杖。」

納蘭崢站在蒼茫一片的雪地裡，瞠目瞧著勾肩搭背的兩人，被冷風一吹才反應過來，跟著往回走去。

衛洵扶湛明珩坐下後便吩咐下屬把東西搬進來，從柴火到水壺，吃食到藥物，甚至是乾淨的衣裳，一應俱全，就差將這山洞布置成個屋舍，接著又叫他們去獵幾隻野兔來。

納蘭崢複又探了一遍湛明珩的腦門，燙得她都要懷疑他究竟怎麼有力氣跑出來說那許多話的，該不會真是被醋醒的吧？

這時候她也顧不得與衛洵的恩怨，扭頭就翻箱倒櫃地從他搬來的東西裡尋藥，完了再熟門熟路地去解湛明珩的腰帶，似要替他重新料理傷口，全然是旁若無人的姿態。

湛明珩背靠山壁，笑咪咪地瞧著負手在旁的衛洵，掩也掩不住的得意。

衛洵原本是不欲插手的，畢竟他也矜貴，伺候個大男人像什麼話，只是見湛明珩燒成這般竟還一臉欠收拾的模樣，就上前道：「我來。」說罷奪過納蘭崢手裡的紗布。

湛明珩的笑僵了。「衛洵，你懂不懂什麼叫……授受不親？你退後，立刻、馬上。」

他拿起藥瓶子晃了晃，扯出一個笑。「怎地？我又不是卓乙琅。」說罷在他跟前蹲下，一把扯開了他的衣襟。

湛明珩的臉更黑了。此人的嘴也是厲害，他腦袋燒得遲鈍，竟一時說不過他，且不光說不過他，眼下真要打一架也是打不過的。因此乾脆眼不見為淨地合上，吩咐道：「你那糙手，仔細著些。」

這貼身的活，納蘭崢也不好真沒臉沒皮搶著去做，左右衛洵沒惡意便由他去了，誰射的箭誰負責吧。

他的手法很俐落，且畢竟手勁大，包紮的傷口自然也比納蘭崢妥帖，直至要穿衣裳了，他似乎也有些彆扭地下不了手，就回頭道：「剩下的妳來吧。」

納蘭崢這才上前，替他穿好衣裳就餵他喝水。

山洞外已架好了火，烤起野兔，香氣一陣陣飄進來，衛洵見她將那麻煩的伺候好了，便招呼她一道去吃點熱乎的。瞧這語氣態度，好像與她是什麼關係甚好的至交摯友似的。
她覺得衛洵此人實則活得比旁人簡單輕鬆。他不擇手段，是因他不守原則，或者說，他想要的東西便是他的原則。喜歡她，便設計爭取她；憎恨湛明珩，便投靠湛遠鄴對付他；如今猜知父親被害真相，便又與湛明珩輕易和解，將刀子轉向湛遠鄴。
或許這也是當初納蘭崢總覺得衛洵沒有多喜歡自己的原因。於他而言，在利益前頭，沒有什麼是一成不變的，也沒有什麼是難以抉擇的。
他與卓乙琅有些相像，與他們這般時敵時友的人相處，掏心掏肺留不住，唯一的法子，便是與他們的利益站在同一側。湛遠鄴以為他會被仇恨蒙蔽雙眼，因而派他來除掉湛明珩，卻恐怕是判斷失誤，小看了這個十七歲的少年。
衛洵見納蘭崢不動，催促她一下。她看一眼湛明珩，神情有些猶豫。
他這傷患是吃不了那些的，但她這般走了，丟他一人在此地，似乎也不大好。
恰在此刻，空盪盪的胃不合時宜地叫出了聲。她太久沒進食了，野果也吃不飽。
這時候湛明珩還能攔著她不成，就使了個眼色示意她去，隨即道：「妳吃肉，我吃醋就是了。」說罷席地躺下，一副要睡的樣子。
納蘭崢臨走摸了摸他的腦門，像娘親哄小孩似的道：「我很快就回來了。」
衛洵見狀無奈地笑一聲，先出去了。
這山裡頭，冬日能獵著的一般也就是野兔，納蘭崢不大喜歡吃這個，可確實是餓了，眼見那兔肉烤得外酥裡嫩，還摻著香茅草的沁人氣息，竟也覺十分合心意。果真是到了但凡有吃食就不挑的境地。

衛洵見她一副要自己動手的模樣，就主動拿刀子替她割下些碎肉。

她道一句謝，毫不忸怩地吃起來。

這場面著實挺奇怪的，納蘭崢沒想過有一日會與衛洵這般和氣相處。

不過他似乎並不餓，反是替她料理的多，沈默良久後道：「我不欲害湛明珩是真，叫妳跟我走卻也是真。阿崢，算上挾持妳那一次，這是我第三回問妳了，恐怕也是最後一回。眼下妳我二人心平氣和的，妳莫不如好好想清楚了再答。妳以為方才湛明珩為何放妳出來與我獨處？這肉送回洞裡一樣能吃。他恐怕也是想叫我說服妳，好讓妳隨我離開了的。」

納蘭崢手中動作一頓。

衛洵則繼續緩緩道：「我叫妳跟我走，並非強迫妳做什麼，僅僅想讓妳回京過舒坦日子，而非像這般亡命天涯、餐風露宿罷了，即便回京後妳無法恢復身分，無法活在日頭下，也總好過如今。我有把握在湛遠鄴眼皮子底下護好妳。」

納蘭崢默了默道：「但凡湛明珩活著，湛遠鄴便不會甘休；而但凡我活著，他必得想方設法地抓我，以此掣肘湛明珩……我回京豈不等同送上門去？衛洵，你擄過我，我如何相信你能護好我？退一萬步講，你便當真將我藏得嚴嚴實實，可那暗無天日、提心吊膽的日子也叫舒坦嗎？」

她笑著嘆口氣。「你不總覺得我與你談利益、講道理嗎？那便不說這些虛的了。我不肯跟你走，說白了就是因為我喜歡湛明珩，他不是太孫了也沒關係，此後餐風露宿、吃了上頓沒下頓也沒關係。這輩子他生我生，他死我死，他在哪裡，我就在哪裡。」

納蘭崢的抉擇，衛洵未必能多懂得，她幾乎是與他全然相反的性子。

起先湛明珩逼她嫁，她百般不依、千般不願，一個勁地瞻前顧後左思右想，豈料卓乙琅入了趟京，叫她知曉他危機四伏的處境，她便自己送上門去，此後竟是一腔的無怨無悔，十頭牛也拉不回了。

如此錦上添花得來回考慮，雪中送炭卻毫不猶豫的行事，或者在衛洵看來，不叫喜歡，叫傻。

冰天雪窯的光景，她的衣襬殘缺了好幾處，鞋面也沾了血污，看起來頗為狼狽，但那張面容卻乾淨得一如此刻粉妝玉砌的天地。

戰火非但未將她磋磨得不堪，反叫她越發光鮮亮麗。眉目口齒，般般入畫，舉手投足間更添了幾分歲月沈澱積攢的氣韻。

衛洵實在不願承認，她比從前更叫他移不開眼了。

但半晌後，他卻道：「妳既如此抉擇，我亦不勉強。從前的事是我糊塗，我會娶個比妳好看的來，叫湛明珩瞧瞧的。」

納蘭崢聞言不免笑出聲。「那不成，你與他一見便掐，處處要爭，到時他若為此輸給了你，回頭嫌我可怎生是好。」

他亦朗聲一笑。「那妳來尋我便是，我也不在意多房妾室。」

「盤算得倒是挺美。」納蘭崢笑了笑，不說話了，專心致志吃兔肉。

注：意指懦弱。

第五十四章

兩人吃完便回到山洞，一眼瞧見湛明珩面向山壁側身躺在一張簡置的席鋪上，似乎睡沈了。

納蘭崢方才放輕了步子，就聽衛洵拆臺道：「別裝了，牆腳也聽完了，起來談正事。」

湛明珩氣得當即躥起，完了似乎動作太大牽扯了傷處，難忍地皺了一下眉頭，納蘭崢只好哭笑不得地去扶他。

這兩人實在太愛較勁，如今都在同一條船上，真不知還有什麼好較的？

衛洵自顧自在一旁坐下。畢竟是他金尊玉貴的皇太孫說睡就睡的地方，他也不嫌髒了，開始說起外頭的情形。「湛允替你出城整頓軍隊，歸途遭遇了叛軍，因而未能及時趕回城中，虧得突圍時尚未太晚，你逃離貴陽不久他便帶兵趕到了。我與他隨手打了一場，戲做得不錯，想來湛遠鄴不會起疑。」

談及正事，湛明珩也跟著正色起來。「城中百姓死傷如何？」

「現下已退兵了，死傷約莫二至三成。這個你先不必管了，你該擔心的是你碩皇叔。湛遠鄴將他活生生倒吊在城門口，以狄人姿態假稱，倘使你再不現身，便要砍了他的腦袋。」他說罷頓了頓。「我動身出城『追殺』你時，湛允尚且留在那裡想法子救人，但為免夜長夢多，湛遠鄴恐怕不會留與他那個時辰，況且他那支軍隊兵力所剩無幾，你手底下的親衛也差不多被清乾淨了，他孤身一人約莫成不了事。」

湛明珩聞言點點頭，並無意外之色。他這個碩皇叔實也非良善，但畢竟形勢如此，他不得不救，因而此前才領兵出關，直搗敵營，將被俘的人給帶回來。只是彼時貴陽危急，他為免屢屢陷入被動，不得不親身深入狄境，以老王之死牽制卓乙琅，無奈只能派親衛護送皇叔回京。

可湛遠賀已然被折磨得不成人樣，那等情形下幾乎毫無抵抗之力，給湛遠鄴鑽空劫走的確不無可能。他人在狄境四面楚歌，可謂焦頭爛額，實在分身乏術，便是預料到了也難以阻止。

衛洵繼續道：「碩王爺已斷了雙臂，皇位自是不必思量，恐怕本就了無生趣，前頭苟且活著都算他心性堅毅，後來歸京途中再被擄走，約莫也猜得了這位二哥的意圖，更欲一死了之。只是湛遠鄴哪肯叫他死得這般毫無價值，便日日給他餵阿芙蓉，靜其神志，令其成癮，再輔之以毒物，叫他每每動了念頭便生出幻象，求死不能。論起心狠，可無人及得了你這位豫皇叔了。」

他說到這裡頓了頓。「他既已知你逃離貴陽，便非以此逼你現身，而恰恰曉得你無法現身，才要將這場戲做給天下人看。一旦碩王爺人頭落地，你便成了大穆的逃兵，為自保拋全城百姓於腦後，置國之功臣、皇室血脈於罔顧。無人聽得見你的辯解，也無人聽得見貴陽百姓的呼聲。廢你的詔書已擬好了，就等碩王爺被害的消息傳回京城。你對此可有一二想法？倘使預備去城門救人，我可以支援湛允，只是如此一來，恐怕不可避免得暴露我如今的立場。」

湛明珩想了想，道：「你的身分暴露在此處不值當，不必冒險救人了，替我通知湛允，叫他也莫再白費力氣。」

衛洵明白了他話中意思，叫了個手下速回貴陽送信，再道：「朝中官員如今多心向湛遠鄴，等同是瞎了聾了，你即便救得了碩王爺也未必挽回幾分，我亦不贊成如此計畫。你能想開，做好被廢的打算便是最好的。」

他默了默，半晌才說：「我無所謂從頭來過，只是憂心皇祖父罷了。」

納蘭崢聞言不免內心一緊。湛遠鄴此前不傷昭盛帝性命，多是顧忌湛明珩繼承大統的身分，如今沒了這一層，或可喪盡天良不擇手段了。

她忍不住握住湛明珩的手，像是要寬慰他，卻被他反手包裹起來。

衛洵瞥一眼兩人交握的手，很快移開了目光。「我正要與你說這個。以我這些時日近湛遠鄴身側的了解，此人行事謹慎且苛求完美，若在你被廢後即刻假造聖旨，甚至謀害陛下，必將被疑得位不正，惹上篡位之嫌，落了如此話柄，他這些年來苦心蟄伏、費心作戲的意義便沒有了，甚至給了你手底下的朝臣替你翻身的可能。他若真要將皇室清洗乾淨，不必這般迂迴，因而據我猜測，他暫且不會威脅陛下性命，應當繼續以監國代政的無害姿態現身眾人面前，起碼會等時機成熟，徹底站穩腳跟為止。」
湛明珩點點頭。「你對皇祖父病情可有了解一二？」
衛洵搖搖頭。「湛遠鄴沒有信任我至那般境地，不會允許我面聖，甚至家姊也被困於後宮，消息全無。不過你離京後恰逢秋燥時節，陛下的咳疾的確犯過，我所知僅僅如此。如今宮中之事自有秦閣老等人替你看著，你既鞭長莫及，倒不如先且管好自己，陛下可比你安全多了。湛遠鄴要做便做得徹底，光是廢了你哪夠，待詔書頒布，很快便要再來斬草除根，給你安個畏罪潛逃、不幸喪命的終局，到時，你的屍骨連皇陵也進不去。」
衛洵的話說得不好聽，卻無疑是對的。
他想了想繼續道：「照我看，如今朝中局勢並非一朝一夕能夠挽回，倘使你成日東躲西藏，哪怕運道好不死，也必然無力回京與那些賊子周旋。為求安穩，只有一個法子……置之死地而後生。」
湛明珩立刻抬起眼。「行不通。」
納蘭崢被兩人風風火火的思路攪懵了，見他們停下來，才插了句嘴問衛洵。「你所指莫不是假死？」
衛洵點點頭。
湛明珩卻道：「湛遠鄴必然不見屍體不甘休，但他對我太了解了。」
納蘭崢聞言，下意識往他腰腹瞧了一眼。的確是行不通，他腰腹的胎記自出世便有，左肩陳年的傷疤亦無法匆忙作偽，隨手揀具屍體來，哪怕身形吻合，毀去了容貌，也瞞不過湛遠鄴。

衛洵默了默沒說話，瞧一眼外頭天色，道：「如此，此事便改日再議，有人盯著我行事，我不可逗留太久，免得湛遠鄴起疑。如今外頭追兵不斷，你二人也莫出山，已替你們備了足夠的衣物與飲食，且在此地過些時日吧。我會派人守山，但有變數便放消息給你。」說罷站起身來，朝納蘭崢笑道：「他若燒得不行了，派人傳信給我，我來收屍。」

納蘭崢看一眼湛明珩的臉色，清清嗓子，「嗯」了一聲，隨即聽他皮笑肉不笑地道：「有傷在身，便不送衛小伯爺了，山路崎嶇，身手不行便走慢些，當心跌跤。」

衛洵譏笑。「殿下才該好好養傷，否則這可見白骨的洞怕就從此合不上了，風一吹很冷的。」說罷合實了風帽，頭也不回地走了

待人走沒了影，納蘭崢才得以問湛明珩。「你真是想將我扔回京城，才放我與衛洵獨處的？」

見她一副不大高興的模樣，他便伸手攬過了她道：「我私心裡自然也沒想將妳送回去，只是妳尚且有旁的路可走，該有抉擇的機會，我是不願拿婚約綁了妳的，畢竟我現下什麼都沒有了。如今既知妳是嫁雞隨雞，嫁狗隨狗，打死不走的，自然不會作那般打算，叫自己不痛快，妳也不痛快。」

他都自喻雞狗了，納蘭崢仍是悶聲不語，他只得將她摟緊一些，繼續解釋：「好了好

了，倘使我真有此打算，一個手刀便將妳打暈了，還用得著這般廢話？」

哪有人這麼哄女孩家的啊！

納蘭崢氣得從他懷裡抬起腦袋。「你如今竟還敢對我下手刀了？」

湛明珩一噎，不大明白何以一句十分在理的話，到她耳裡便只剩了半截。她不是與衛洵挺講道理的嘛，怎地偏就與他斤斤計較，還斷章取義了？

他將她的腦袋按回來，乾脆粗暴地道：「對妳下手都不忍心，哪裡敢下手刀的！」

果真是葷話更俐落，這回換納蘭崢噎了。她默了默，小心避開了他的傷口，撇撇嘴道：「那說好了，你不能攆我走。」

他「嗯」一聲，拿下巴蹭蹭她的髮。「洄洄，我會帶妳一道回去，一定會帶妳一道回去的。」

她也低低「嗯」一聲，完了似是想起什麼，問道：「你與衛洵合作是自幾時起的，可是此前便有如此打算？怎地也不知會我一聲。」她都覺得自己此番被他倆當猴耍了。

誰知他卻搖頭。「他昨夜還射了我一箭，妳說呢？」他也是方才確認的。

納蘭崢聞言一滯，只心道男人間的情義還真是來也匆匆，去也匆匆。

湛明珩燒還未退，說了許多話實在睏乏，起初是不甘擺出副病怏怏的樣子，給衛洵那小子笑話，如今身邊只剩下小嬌妻，便不再強撐，順著她的腿很好意思地躺下來。

納蘭崢卻阻止了他。「我見衛洵拿了枕子來，你且等等。」

「……」或許情狀艱苦一些也不錯，譬如這時候若是變不出枕子的話。

納蘭崢從一摞雜物裡翻出一只枕子，一回頭便見他一副氣得牙癢的模樣，一愣之下倒也明白了他的心思，頗委屈地噘了嘴道：「你還嫌賴不夠我？也不知昨夜都做了什麼混帳事……」

聽她這斥責的語氣，湛明珩當下便斂了色。他昨夜昏昏沈沈的，莫不是叫獸性戰勝了人性，對她做了什麼了不得的事吧？

可這也不該啊，他傷成那副德行，竟還有多餘的力氣折騰她？

他是當真記不得了，懵了一瞬後一下子緊張起來。「……我都做了什麼？」

納蘭崢哪曉得他還要追究這個，張了張嘴，再張了張嘴，愣是沒能出口半句。

湛明珩急了。「妳倒是說啊！」說罷那眼珠子就像打了滑似的在她身上來來回回、上上下下地溜，像要尋出點什麼線索來。

這可叫她如何說啊。

納蘭崢氣惱得臉紅，抬手便將枕子丟過去。「睡你的覺去！」

身為傷患被如此對待，湛明珩也有些委屈，磨了納蘭崢一會兒，最終仍未能撬開她的嘴，且因用了鎮痛安神的藥物，實在睏得撐不住眼皮了，便只好先歇下。

納蘭崢趁他睡著，從衛洵搬來的東西裡翻出一身乾淨衣裳偷偷換了，又輕手輕腳地給自己也拾掇出一張簡陋的席鋪，坐在上頭守了他一會兒，見他燒退一些，也安心睡了。

兩人當真過起了山野日子。頭兩日是納蘭崢照顧湛明珩居多，等他傷好一些，便換他來做雜事。虧得此前京城至貴陽那一路，他也留了個心眼，與親衛學了不少門道，因而生火烤肉俱都做得不錯。只是難免也有失手烤焦的情形，便將能吃的讓給納蘭崢，自己則吞下那些烏漆抹黑的。

吃食倒不難辦，難辦的反而是沐浴。兩人都是愛乾淨的，總不能一直忍著，因而該擦洗還是得擦洗。只是莫說洗不慣這野外的山泉河流，便是洗得慣，也決計受不得這般刺骨的冷天，因而只得煮了水在山洞裡擦洗。

湛明珩不忍納蘭崢受凍，因此沐浴擦身時也不趕她，每每那時，她便眼觀鼻鼻觀心地窩在角落，保證不到處亂瞅。

只是如此一來，照她投之以桃、報之以李的行事作風，自己沐浴時也不忍心趕湛明珩了。可湛明珩哪裡受得住？眼睛能閉，耳朵不能啊。那窸窸窣窣的衣物磨擦聲及滴滴答答的水聲，光是聽著便叫他渾身沸騰，皮都癢了。

他嘗試了一回，覺得莫不如還是去外頭吹冷風來得爽快，此後便每每藉口說要出去替她把風。

到了融雪天，山裡頭著實冷得厲害，儘管衛洵搬來的被褥足夠厚實，這洞卻畢竟不大禦寒，光靠生火也不夠，入睡後常常不是柴火燒沒了，便是被一陣風颳滅了。湛明珩傷勢未癒，難免較從前畏寒，因而兩人時時抱成一團哆嗦。後來他怕納蘭崢凍出了病，便動手拿草藤與枝杈在洞口搭建了一扇「門」，倒是像模像樣。

虧得衛洵可靠，安排手下巡山守夜，否則天一黑，又得防狼又得防殺手，兩人哪敢閉眼，怕還得輪流歇息。只是即便如此，湛明珩也不敢當真睡沈，總是納蘭崢翻個身便醒，或者自己睡得冷了，就下意識去探探她的胳膊。

納蘭崢偶爾睡得迷迷糊糊的，還隱隱約約察覺得到他往她手心呵氣。當真冷了也顧忌不了許多，便一個勁往他懷裡拱。

湛明珩為此常常要起反應，尤其一大清早睜眼瞧見她黏抱著自己的時候。但所謂飽暖思淫欲，如此情形，他是沒那閒心的了。偷偷跑去外頭吹一遭冷風，觸摸感受一番山野的恩賜，便什麼邪念皆壓下去了。

如是這般地過著，兩人連除夕了都不曉得，還是元月頭一天，納蘭崢偶然掰著手指頭算日子才驚覺錯過了前夜的守歲，繼而便數落起湛明珩。親人遠在京城，兩人相依為命著實不易，他卻連這般要緊的時辰都給錯過了。

湛明珩早對逢年過節麻木，在他眼裡那些熱鬧事俱都一個模樣，宮宴來宮宴去的膩味，因而從不記清楚。但如今這錯過的除夕意味著納蘭崢十四歲了，他如何能不激越一番？閒來無事便給她鑿了枚壓歲錢，叫她拿著把玩。

大穆朝民間的壓歲錢並非一般用以買賣流通的錢幣，而是專供賞玩的。圓形方孔，上頭鑄了吉祥的字樣，配以龍鳳龜蛇等祥瑞圖紋，再用彩線一個個串起來。

湛明珩拿木頭仿製的壓歲錢也可謂前無古人後無來者了，納蘭崢接過後好奇他刻了什麼祝願給她？翻過來一瞧上頭的字樣，竟是四個歪歪斜斜的大字：長胸如富。

她唸了兩輩子的書，從不曾見識過如此粗鄙的言辭，眼睛都瞪大了，氣得半天不願搭理他。

湛明珩便哄她，說那「胸」字筆劃何其繁複，刻得他筋骨都疼了，竟還不小心劃了一道小口子。說罷將那瞧也瞧不出痕跡的食指遞到她嘴邊，一副很疼、要她吹吹的模樣。

納蘭崢瞥一眼，順勢便一口咬了下去，以為能教他疼得嗷嗷叫，卻不想他竟一臉享受姿態，回味了半晌，十分神往地要她再來一口……

兩人鬧得滾作一團時，恰被衛洵的下屬攪和了，稱在半山腰無意瞧見猛獸的足印，看似或是頭黑熊，他們幾人辨不明，請湛明珩過去瞧瞧。

黑熊冬季多窩在洞穴裡，如此天寒地凍的日子，活躍在外的除卻野狼外不會有其他猛獸，但山裡頭的事誰說得準，湛明珩不敢掉以輕心，便隨他們走了，叫納蘭崢好生待在這處莫亂跑。

她點點頭應了，卻見他走遠後，那前來報信的下屬始終沒有離去的意思，便奇怪地問：「陳護衛可是有旁的事？」

陳晌川默了默，頷首朝她遞去一封信，神情凝重，甚至帶了幾分奇怪的肅穆，像是這信很重似的。

納蘭崢垂眼去瞧，封皮與一般書信無異，未曾書寫來向，只一行字：納蘭小姐敬啓。

這字跡她不認得，看起來歪歪斜斜的，並不如何工整，似乎並非出自讀書人之手。可稱呼她為「納蘭小姐」，又使了「敬啓」這般字眼，且刻意支開了湛明珩的……她內心不知何故緊張起來，接過後未拆先問：「誰寫的信？」

陳晌川頷首答：「納蘭小姐看了信便曉得了。」

第五十五章

納蘭崢忙將信拆開，首行便見：納蘭小姐芳鑑：見字如面。您念及此信時，想來屬下已身在京城了。屬下一介粗人，書成此信著實不易，言語不當之處，尚託諒宥。

她執信的手一顫，似乎已知這信出自誰手。

貴陽事發，屬下救碩王爺而不得，後輾轉托衛小伯爺給主子帶信，稱在外料理遺留事宜，暫不得歸山，實乃屬下不得已之妄言。違逆主命，萬死難辭其咎。

戰事紛亂，屬下明知您絕無可能放棄貴陽，仍頻頻勸您遠離，實則何嘗不是屬下欲意躲避征伐。屬下惜命，因此命須得留待最終，不敢輕易拋擲。

太子殿下早年賜屬下「允」字為名，上「以」下「人」，是為用人不二。曾於黃金臺上與屬下言，世間能文會武者千萬，唯願屬下別於他人，做主子的命。主子出世時腰腹存一處深紅胎記，屬下因此輔以藥物模仿刺下，歷經多年，足可以假亂真。此後年月，主子每添一道傷疤，屬下便照其樣添之，以備萬一。

如今此「萬一」已至，屬下不得已先主子一步而行，此後天南海北，陰陽兩隔，不得再盡忠職守，深感歉疚。主子不曾知曉此事前因後果，但望您竭力相瞞，或藉以托詞。為此感激不盡，只當來生再報。

寥寥數筆，不盡情誼。忍將死別作生離，以期他日重逢。來年今朝黃金臺，天地為敌，願與共飲。

湛允字。

一行行看過，從起初的不安至確信，愈近末尾，納蘭崢的眼眶便越發地潮熱，以至最終，她落下的淚大片大片地打濕了手中的信紙，顫抖得幾近站立不穩。

她記起七年前臥雲山行宮裡，湛明珩曾誤解湛允，在昭盛帝跟前出言質疑，道他是潛伏在他身邊的細作。他為此從未多解釋一句，卻最終在今日，拿死證明了後來的這一番「用人不疑」。

她記起那男子沈默時堅毅的側臉、頷首時恭敬的神態、沙場對敵時一面所向披靡，一面謹小慎微，叫她矛盾難解。

她不曾想過，要讀懂此人，須得以這般慘烈的方式。

陳晌川礙於身分無法寬慰，只道：「納蘭小姐節哀順變，他是條漢子，衛伯爺已盡可能減輕他的痛苦了。」

她極緩極緩地點了點頭。湛允的身形的確與湛明珩十分相近，但面目卻是不同的，她無法想像毀去容貌的苦痛，也不知他究竟是以何種方式瞞過了湛遠鄴，但事已發生，衛洵能夠在旁幫襯，總好過他獨自一人來做此事。

她尚且難以平復心境，忽聽陳晌川小聲道了一句：「納蘭小姐。」聽語氣似乎有些緊張。

她當即明白過來，一面將信匆忙疊起後藏進袖子裡，一面趕緊揩淚。

陳晌川向來人遠遠頷首行了個禮便退下了。

湛明珩瞧了這邊一眼，似乎是頓了一頓才走上前來，步至她跟前便伸手彈了下她的額頭。「哭個什麼，方才那姓陳的欺負妳了？可要我去給他扒皮抽筋了？」

她搖搖頭，破涕為笑。「哪能呢，你走得太久了，我擔心你罷了。」

他似乎被氣笑。「我十二歲就能打虎了，真來頭黑熊也不過三兩拳的事，妳有什麼好擔心的？」說罷一把摟過她，感慨道：「哎，纏我纏得這般緊，一刻都離不得，妳可還是那傳言裡萬馬千軍當前氣定神閒的巾幗太孫妃？」

納蘭崢剜他一眼。「你還不願意了？那我換個人纏就是了。」

湛明珩笑一聲，換雙臂抱緊了她，眼光順著她的衣袖望向那一層薄紙，沒再說話。

納蘭崢這一夜沒大睡得著，因怕惹湛明珩起疑，也不敢翻來覆去地折騰。卻奈何他敏銳至極，察覺她不成眠，竟罵她是否惦記上了旁的男子？她只得推說是因為天冷，他便摟著她睡，一下下拍撫她的背，像哄毛頭嬰孩一般。

如此倒真睡了過去，只是睡了不多時複又醒轉，一眼瞧見身旁空蕩蕩的沒有人，她當即嚇了一跳，趕緊起身去尋。

哪知尚未出山洞，便隔著那臨時搭就的藤草木門望見了外頭的景象。

皓月當空，老樹下燃了一堆枯木，敞亮的火光裡，她瞧見那人仰頭喝空了一罈酒，繼而拎起擱在腳邊的另一壺，三兩下拍開了封罈的頂花，手一側，將酒液鄭重而緩慢地盡數灑在泥地裡。

「老大不小的，也該娶妻了，記得找個美嬌娘，來日帶給我瞧瞧，讓我喊她一聲嫂嫂。」

他的語氣含笑，眼底卻是一片冰涼。

納蘭崢的眼眶霎時一熱，下意識摸了摸藏在袖子裡未有機會燒毀的信。他分明什麼都知道了。他本就聰明，又太了解她，要瞞他什麼，實在太難了。

她緊緊扒著手邊的藤條，知曉他此刻心內苦痛難言，而她也做不得什麼。湛明珩卻未久留，做完這些便拿灰泥熄了火，轉身就往回走，她回奔不及，因此被他逮了個正著。

面面相覷裡，兩人誰也沒對自己這番舉止作出解釋。

良久後，納蘭崢先伸手抱緊了湛明珩，道：「……我們要活下去。」

湛明珩緩緩眨了一下眼，一手攬緊了她，一手輕撫著她的鬢髮。「嗯，活下去。」

北風呼號，枯葉漫天，這一年冬天當真太冷了。

她躲藏在他的懷中，卻將眼光投放得很遠很遠。這一刻，她好像不只瞧見了湛允，還瞧見了貴陽上萬將士的英魂。

那條路上荊棘滿布，他們在浴血奮戰，他們的刀鋒勢如破竹。

大穆的山河腐朽了，總得有人將它劈開來，叫那高高在上、視眾生如螻蟻的人看個清楚，這崢嶸歲月、皎皎輿圖裡，誰才是真正的操刀人。

湛明珩的「死訊」傳開後不久，大穆的天就變了。

湛遠鄴的姿態看似十分沈痛，稱儘管太孫被廢，畢竟是湛家的血脈，且此番亦是奔波勞碌，沒有功勞也有苦勞，因而曾派親衛前往貴州，欲恭迎皇長孫回京。卻不料皇長孫自知罪孽深重，還道是朝廷意圖拿他回去治罪，因而一路逃竄，最終意外葬身懸崖。此等結果，著實令他痛心萬分。

繼而又擺出一副要替湛明珩收拾爛攤子的模樣，處置起北域與西境的戰事，以及大穆朝同狄王庭的恩怨。

廢太孫刺殺狄族老王，並將此事嫁禍給王庭世子，致使狄族內部險些掀起一場浩劫，對此，新王聲稱絕不輕饒。歷經多時談判，為保大穆根基及民生安樂，無可奈何之下，湛遠鄴最終只得與狄王庭的新王簽訂協議，割讓大穆西境以圖休戰。

穆曆昭盛三十一年元月，大穆與狄羯二族歷經大半載的戰事終得了結，卻因此痛失半壁江山。西境一線，南起雲貴，北至川隴，盡歸異族所有。

納蘭崢與湛明珩得知消息後，沈默之餘，也覺實是情理之中。

卓乙琅此人，本不會做無利可圖之事，此番對湛遠鄴鼎力相助，因湛明珩與他兄長那一招，鬧了個老王身死的意外，打亂了他在王庭穩固勢力的步調，如何能不討點甜頭回來？

至於湛遠鄴，一則吃人嘴短，二則，湛明珩此前活躍西境一帶，民眾多少瞧在眼裡，他欲意隻手遮天，總不能殺光百姓，如今將這半壁江山拱手讓人，也算天高路遠，以絕後患。

倘使論及野心，他的確是有的，可如今尚未站穩腳跟，只得在卓乙琅跟前暫且退一步。

衛洵已歸京多時，為避免暴露，始終少與兩人消息往來，此番時局落定才傳信給湛明珩，稱如今風浪平息，催促他盡快出山，該幹麼就幹麼去吧。又與納蘭崢說，眼下已對外宣稱她下落不明，恐凶多吉少，待過段時日，便將她的鞋送回京城，以示她或許是躲藏在山裡時被大雪天找尋食物的狼吃了，待魏國公自北域回京，自會尋個恰當的時機與其言明真相。

如此說法倒十分貼近事實。畢竟在湛遠鄴看來，此前兩人的確失散過一段，且湛明珩在此期間受了衛洵一箭，如若說後因傷勢過重未能與納蘭崢碰頭，也並非怪事；而納蘭崢獨自逗留山中，給狼叼去再合情合理不過。

倘使針對她的下落故技重施，拿具假屍體回京，反倒容易叫湛遠鄴心生疑慮，細查之下露了餡。

兩人得到衛洵的消息後，便將山洞裡的東西焚燒個一乾二淨，將此地恢復原貌後便踏足下山，竟是因此有了幾分「山上一月、人間十年」的滄桑之感。

只是哪怕彼此心照不宣，曉得如今是失勢亡國，前途叵測，兩人卻都不將心緒不佳的話掛在嘴邊。

納蘭崢戲說此山乃人間仙境，來時身在大穆，去時便入異族。湛明珩就沒臉沒皮地接話，只道仙境不夠「仙」，尚缺些火候，竟未能將生米煮成了熟飯。氣得納蘭崢狠狠掐了把他的腰。

敢情她十四歲了，他便能成天將葷話擱嘴邊了不成！

兩人步至山腳，正鬧著呢，卻是往前一瞅，忽見異樣。

那一片亂石堆裡似乎趴了個什麼人。

湛明珩下意識將納蘭崢往身後掩去，待眯眼瞧清楚後，才叫她留在原地，繼而蹙了蹙眉搶先上前。

人已昏厥，穿了一身黑衣，渾身皆是淋漓的血跡。湛明珩伸手往他脖頸探了探，發覺氣息尚存，抬手將人翻過來後一愣。

納蘭崢遠遠見他神色有異，道是出了什麼事，趕緊上前，瞧了一眼也是一愣。

那人的臉不知遭受過什麼，一片血肉模糊，面目已毀得辨不大清晰，但她還是隱約認了出來。「卓乙琅？」

湛明珩搖搖頭，一字一頓地答：「是……卓木布瑪西爾納尼塞巴多青琅。」

納蘭崢：「……」

要記得住這名字，納蘭崢真覺難為了他，只是如此倒也明白了「卓乙琅」此名從何而來。真正的王庭世子將名化繁為簡該叫「卓琅」，他在裡頭加個「乙」字，是為居於次。

見她傻住，湛明珩便繼續解釋：「妳記個簡單的，叫『卓木青』便是。」說罷十分自豪地道：「他不曾有過漢名，上回碰面我嫌這名太長，取了裡頭的字隨手掰了個。」

還真是挺隨手的。

衛洵留了幾名手下給兩人，數目不多卻倒各有神通，裡頭有個叫李槐的，三十年紀，是精通醫術的能人，便被湛明珩請來救人。

納蘭崢對此未有異議。卓木青此前便與湛明珩合作過，如今顯然是遭了難，他們沒道理袖手旁觀。且論及私心，救醒了指不定還能曉得一些對他們有利的消息。

兩人將卓木青暫且留在外邊，隨即挑了個附近的城鎮去探探現今的形勢。

這關頭入城都會嚴查，瞧見可疑的，把守的狄人便要上前搜身，虧得湛明珩與納蘭崢除卻貴陽外，未在其他地方露過臉，因而扮作商旅蒙混進去。

江山初易，城內尚是兵荒馬亂的景象，狄人奔了馬四處清查掃蕩，馬蹄子踩了人也不管。在大穆朝排得上號的地方官皆已腦袋落地，至於底下那些，甘心投誠的便放過，反抗的照樣處死。較之文官，狄人對武將稍稍客氣一些，盡可能地勸降，只是武將裡頭多寧死不屈的剛烈之士，因而幾日下來，也差不多清乾淨了。

如今雖不可說國破，但於西境的軍民而言，他們已是朝廷的棄子，與亡國也無異了。不願做亡國奴的便懷了殉戰之心反抗，結果自然是被鎮壓。

當然，總歸是有惜命的，因而投誠的士兵也不在少數。自古槍下不斬降兵，狄人便將他們整頓起來，再打散了重新編制，一面廣發募兵令，招新兵入伍，似乎準備來場清洗。

兩人行於街市，偶然聽見一位七旬老人訓斥自己要投誠的孫兒。「倘使咱們大穆的百姓都降了，這天下還有大穆嗎？」

隨即聽聞「哧」一聲入肉響動，湛明珩回頭望去，就見那鬚髮霜白的老人倒在了血泊裡。

他攥起拳頭，逼迫自己扭過頭。

這些傲骨錚錚的平民百姓欲粉身碎骨以全家國大義，以他身分立場如何會不痛心？可如今他行走刀尖，便是有那救人的心，也是力不足。倘使衝上去鬧起來暴露了，那麼包括湛允在內的一切犧牲皆是白費。何況這般的殺戮太多了，唯待來日以戰止戰。

兩人在城中走了一遭，因四處生亂便未久留，知曉了大致情形就回到城外一處及早安排好，以供落腳休憩的土房屋舍。

屋舍的主人因戰亂舉家逃奔，幾名手下便暫且將此地拾掇出來，好生布置了一番，因而外頭看來寒磣，裡頭倒不簡陋。

湛明珩與納蘭崢一路沒說什麼話，各自懷了心思，卻甫一進門便來了個異口同聲：「我想到了。」

候在屋內的一幫手下俱都愣了愣，霎時齊齊停下動作。坐在床榻邊醫治卓木青的李槐，手裡一枚銀針險些扎歪。

湛明珩沒理會他們，一瞧納蘭崢眼底金光，便知她與自己想到了一處去，當即皺了眉道：「妳不許想，這是妳該想的？」

納蘭崢剜他一眼。「你總只許州官放火，不許百姓點燈，你能想的，我怎不能了？」

他這下動了怒，咬牙道：「那地方是妳一個女孩家該進的？」

眼見兩人吵起來，屋內幾人面面相覷，一頭霧水。

陳晌川看他們不說了，才敢小心翼翼地插嘴。「殿下說的是哪處地方，可要屬下替您安排？」

湛明珩還未來得及答呢，屋裡就先響起了一個沙啞的聲音。「軍營。」

第五十六章

眾人嚇了一跳，尤其是準備扎針的李槐。這氣若游絲、重傷將死的人忽然開口說話，真與死人回魂沒多大分別。

湛明珩一眼望過去，便見卓木青已睜開眼，那張毀去容貌的臉瞧上去頗有幾分猙獰之相。他將納蘭崢掩在身後，以免嚇著她，隨即上前道：「你如何？」

卓木青黯淡無光的眼往他身上一掃，道：「渴。」

湛明珩使了個眼色，示意後邊的人拿碗水來。

卓木青混著自己的血沫子大口飲盡，再看了他一眼，言簡意賅。「刀。」

他接了刀便抬手一副要往臉上刮的樣子，屋內盯著他的一干人俱都瞪大了眼，卻見他忽然動作一頓，再往湛明珩身後掃了一眼，冷聲道：「出去。」

納蘭崢還未明白他的意思，便見湛明珩回頭朝自己點點頭，示意她聽話。她便移步出了門，回身一刻聽見滿屋子的人齊齊倒吸一口冷氣，其中似乎還混雜了刀子刮開皮肉的聲響。

卓木青好像是不想嚇著她。

她在隔壁的屋子內閒坐了大半日，才等到湛明珩來與她解釋卓木青的情形。原來此人竟與他的境遇十分相似，也是假死了一遭，方從鬼門關回來的。

卓木青已故的母親，也就是狄王庭的先王后擁有一半的羯人血統，曾托此關係自那極北苦寒之地求得一味可叫人脫胎換骨、淬火重生的秘藥。說得玄乎，實則便是腐蝕了人的面目，再將爛肉剜了，繼而敷以此藥，叫皮相再生。其間歷經的苦痛，常人恐難以承受。

此藥本是知曉了孿生子中的弟弟被王上秘密送出宮的先王后，暗中替卓乙琅準備的，怕的是將來或有一日，王室要斬草除根，好以此保全他。先王后臨終時，因知曉做哥哥的卓木青對弟弟十分有情有義，便安心將此秘藥託付予他，叫他以備萬一，護好弟弟。

誰想卻是陰差陽錯，反叫卓木青自己派上用場。此番從王城一路逃至貴陽附近，「死」了一遭，被丟去了亂葬崗，好不容易才從裡頭爬出來。

至於後來昏厥在山腳下碰見湛明珩，的確是機緣巧合，因那亂葬崗離山腳不遠。

納蘭崢聽罷頗為感慨。「如此心性，涅槃重生，必成大事，卻不知是否與你我是一路人了。」

她話音剛落，就見案桌上方投了一面碩大的陰影，抬頭一看，是裹了一頭一臉紗布的卓木青。

這模樣實在詭異，若非此刻是白日，納蘭崢還真給他嚇出魂來。

湛明珩見她顯然是驚了一驚，立刻殺了卓木青一個眼刀子。「你不好好躺著歇養，跑出來嚇唬人做什麼？」

卓木青卻文不對題地道：「是。」

兩人想了想才明白，他所答恐怕是納蘭崢起頭那一句「是否與你我是一路人」。這個卓木青，莫說是與卓乙琅很不一樣，便與一般的漢人，不，是一般的人也都不大一樣。不知是否整張臉皆被紗布包裹，因此不見神情，顯得十分僵硬的緣故，他看起來似乎有些木訥。

但納蘭崢方才聽過他的事蹟，一點不敢小瞧他，只覺或是個大智若愚的人。

湛明珩見他執著地杵著，只得敲敲桌沿示意他坐下。「說說你的打算。」

卓木青便在他對面坐了，微微分開兩腿，雙手撐膝道：「說了。」

納蘭崢瞧他一眼，發覺這坐姿十分有軍中將領的味道。她摸摸鼻子，以為這場面挺奇異的。一東一西兩國，本該敵對的兩位昔日繼承人竟在這山野屋舍同桌而坐，一副要一道攜手幹出一番大事業的模樣。

她抬眼瞧瞧頭頂屋樑，心道這間見證了如此宏圖大業起始的土房日後大概會價值連城，留下個千古傳說吧。

與卓木青此人交談著實有些累，不知是因不大通漢文還是性子的關係，他的話實在太少了，活脫脫的惜字如金。虧得「落難兄弟」似乎有股奇妙的默契，湛明珩也聽懂了。

「軍營？」湛明珩指的是他醒來講的第一句話。

他點頭。

湛明珩也不與他這冷漠的態度計較，道：「我亦有此意。今逢亂世，你西華與我大穆此番大動干戈，可謂殺敵一千，自損八百。且倘使我未猜錯，北面羯人不會無故替你西華做事，此前絆我大穆將士腳步於北域的羯族士兵，實則應當有一部分是你西華遣去的，或者其中還涉及了其他利益交易。西華現下太缺兵馬，因而才對我大穆武將與士兵寬容以待，甚至腳跟未落穩便已開始募兵。我以為，藉此時機潛入軍營，不失為東山再起的好法子。」

「對。」卓木青點頭，大有一副「你起你的東山，我起我的西山」的模樣。

納蘭崢聞言，神情真摯地望向湛明珩。沒錯啊，她方才也是這個意思。

湛明珩一瞧她那眼神就曉得了，哪裡肯叫她一個女孩家與自己一道去那等地方，便斂了色，強硬拒絕。「莫這般瞧我，不會讓妳一道去的。」

卓木青卻當即道：「可以。」

納蘭崢眼睛一亮。倘使她沒想錯的話，這個卓木青好像是在說，他覺得她可以去。

湛明珩眉毛一挑。「我媳婦的事輪得著你插嘴？她一個女孩家如何能與我們兩個大男人去軍營？」

「男裝。」

「也不成。」湛明珩怒了。「那軍營都是男人。」

卓木青手指一指地面。「一樣。」似乎是說，他那些手下也都是男子，留在外面難免一樣與男人同處一個屋簷。

「可那軍營裡頭能安生？」

「一樣。」似乎是說，如今外頭也是亂世，她一個女孩家獨自待在此地一樣不安生。

「她連馬都不會上！」

「教。」

「我教不會！」

「我教。」

湛明珩徹底噎住了。

最終湛明珩答應了。卓木青的確說得沒錯，如今外頭兵荒馬亂，他進了軍營難免出入受阻，無法親身照看納蘭崢，倘使有個萬一當真鞭長莫及。與其將她託付旁人，成日提心吊膽，莫不如安在身邊綁了。

軍營於她雖非適合的去處，卻好歹叫她不用顛沛流離。他一日十二個時辰刻刻不離她，總該出不了什麼事吧。

卓木青的傷勢尚未痊癒，三人的身分也須得等衛洵安排作偽，湛明珩便趁此時機教納蘭崢學武。

實則他起頭說「教不會」只是推拒此事的藉口，畢竟他也曉得，納蘭崢在雲戎書院裡不曾吃過豬肉，難道還不曾見過豬……不，他跑嗎？

她的學識早在一般男子之上，缺的獨獨是真刀實槍的操演。

當然了，納蘭崢畢竟嬌弱，那十數斤的大刀以及高過一般男子一頭的長槍是當真要不來，湛明珩便多花了些工夫教她騎術與箭術。他覺得所謂「術業有專攻」，如他這般樣樣精通太難了，畢竟鳳毛麟角嘛。

何況照狄人募兵的法子，將年齡下放至十三，身長下放至四尺五寸，足可見幾乎是挑數不挑人了，想來到時軍營裡會有不少弱不禁風的小雞仔，納蘭崢指不定還當不了力氣最小的那個。

冰雪消融，韶光淑氣，眨眼便進入孟春時節。

這一個多月來納蘭崢學得不錯，除卻細皮嫩肉的小手難免被弓把磨傷，其他倒無甚要緊。湛明珩看她看得死，以至她回回不小心落馬都能不偏不倚準準栽進他懷裡。

唯獨起始有一遭，似乎是卓木青覺得湛明珩哪處教得不對，便上前來支招。納蘭崢彼時還控制不了馬，被他那蒙著一頭紗布、只露一對眼，毫無徵兆冒出來的模樣嚇了一跳，一個不留神就往下栽去。

湛明珩因卓木青上前而讓了個位，站得遠了些，眼看救她不及，就要叫她摔個臉朝地，卓木青卻忽然伸手入懷，掏出個什麼東西，雙臂一揮一展一撈。

結果，納蘭崢被一張大網兜住了。

她驚魂甫定，蜷縮在張力極佳的網裡抬眼去看，便見卓木青眼光淡漠地吊著兩隻胳膊，拎著網瞅她，隨即將她連人帶網地丟給湛明珩。「沒碰。」

她很佩服和感激他救人前還顧忌漢人十分看重的「男女授受不親」，只是始終弄不大明白，他究竟為何會隨身攜帶漁網？

衛洵替三人備來了假身分，出世以來的大小紀事俱都齊全了，連七大姑八大嬸都替他們安排了真人，偽得那叫一個精彩。納蘭崢看過後，只覺自己似乎當真成了那農戶顧大爺的親兒子。

對，衛洵叫她姓顧。

針對這一點，她也頗有些奇怪，但瞧瞧湛明珩咬牙切齒地拍碎了一張木板凳的模樣，顯然此姓氏並非巧合，而是衛洵有意拿來氣他的。

至於這其中緣故，就不得而知了，或許是衛洵與顧池生近日裡走得挺近吧。

於是納蘭崢便成了顧洄，是王行，哦，也就是湛明珩的遠房表弟；卓木青則是與王行交好的鄰里，叫王木。

對，他倆是一道從王家村裡出來的，同姓但不沾親。

此外，在衛洵編出的故事裡，顧洄還有個與他長相頗為相似的親妹妹叫顧崢，是王行未過門的媳婦。且不論這親兄妹兩人的名是否該顛倒一番，衛洵實在考慮得十分周密，恐怕是擔心納蘭崢哪日穿了女裝上街，偶然碰見了軍營裡的人，好叫她以此圓過去吧。

三人得了身分，便去了正廣招新兵的蜀地。到了瀘州江陽臨時搭建的募兵署門前一瞧，就見應募入伍的青壯年自長街這頭排至另一頭，當真十里那麼長。

如此景象也不奇怪。狄人接手這一帶後，燒殺搶掠不止，還大肆搜刮民脂民膏。百姓們因苛捐雜稅叫苦連天，甚至被逼死了不少，可如今這個募兵政策向應募入伍的士兵供給衣食，免征賦役，甚至分配田地予其家人，可謂一人入伍，全家「升天」。

不去是死，去了有甜頭可嚐，如何抉擇自然再清楚不過了。

因應募前來的青壯年數目眾多，募兵的環節便從簡，點個名，確定年紀及出身，瞥一眼身板，再搜個行囊包袱就結束了。偶爾碰上模樣可疑的便搜個身，瞧著弱不禁風的就朝那胸脯捶打一拳，見人屹立不動就過了，一點便倒的則拒收。

納蘭崢十四了，多少也長了胸，因而事前做足了準備，好生束平了才來。至於身長，她如今恰好夠得四尺五寸，且衛洵給她捏造了個剛好符合募兵條件的十三歲，這般年紀的少年尚未長開也說得過去，不會輕易惹人起疑。

再說面目，李槐精通醫術之餘也頗懂改易容貌之法，替她畫粗了眉毛、塗濃了膚色，再拿黛粉修飾一番，比從前白佩點的妝逼真得多，如今看來也是個頗為俊朗的小小少年了。

只是她畢竟身板小了些，恐怕沒把握不被點倒，且湛明珩哪裡容得那毛手毛腳的碰她，因而輪到納蘭崢時，他便假意掉了包袱，莽莽撞撞地去撿，狀似不經意地大力撞了她一下。卓木青則在後面以包袱作掩，在前頭人瞧不見的地兒悄悄伸手按穩了她的琵琶骨。

如此一來，她便是一副穩如泰山的模樣了。

管事的瞧她被這般衝撞都沒倒，可見是個下盤穩固的，自然省了工夫，不動手就讓她過了。倒是湛明珩因此落了個嫌疑，被好生搜身了一番。

與實行衛所制及軍戶制的大穆朝相差甚遠，狄人的兵制似乎顯得十分鬆散。光說營房吧，湛明珩不過悄悄塞了幾個銅板，那管事的便將三人排在一間，絲毫不過問緣由。當然，他也可以塞銀子，卻怕人家懷疑他的出身，因而姑且拿銅板先試試，誰想這就成了。

三人應募進去的這處叫「斷鳴營」，裡頭皆是與他們一般的新兵。營房建在河岸邊，占地甚廣，沿用了原先四川地方軍的駐地。

只是一進去卻發覺來晚了。每間營房總共七張床鋪，從門至窗一字排開，三人到時已是黃昏時分，四張床鋪皆被人占了。

裡頭很嘈雜，靠門這邊有兩個塊頭大、嗓門也大的在談天，說的似乎是你家田裡種什麼、我家地裡收什麼的話，那笑聲可謂震耳欲聾。

靠窗的那個小個子就比較安靜，瞧著不比納蘭崢大，膚色黝黑，身板窄小，默默坐在床鋪上望著窗外並不好看的景致。與他隔了一個床位的，是個尖嘴猴腮的長相，偶爾也與大塊頭們插幾句話。

這營房很小，床鋪間隔不過一尺半，塞了七張床鋪後幾乎沒多大空地了。窗子也只一扇，可以想見，門一關上就不大通風。

三人在門口杵了一下，立刻吸引裡頭四人的目光。靠門的那個小鬍子當先招呼他們入內，他隔壁的那個大鬍子很快也接了話。尖嘴猴腮的打量了他們一番，繼而別過了頭。看風景的小個子則朝他們笑了一下，隨即繼續看風景。

湛明珩一瞧床鋪便頭大了，他原想將納蘭崢護在中間，自己與卓木青分別在她兩側，但如今顯然辦不成了。那尖嘴猴腮的一看便不好搞，他只得向看起來稍微熱情些的大鬍子拱手道：「這位大兄弟，可方便換個床鋪？」說罷一指小個子旁邊的空鋪。

大鬍子樂呵呵笑了聲，指了指三人。「怎麼著，你仨同鄉得黏一塊？」

湛明珩指指納蘭崢解釋：「我表弟性子內斂，與生人隔得近會睡不著。」

這什麼破理由？納蘭崢刻意放粗了嗓子，尷尬地咳一聲。

大鬍子便是一副要跟納蘭崢熟絡熟絡的模樣，三兩步上前。「這有什麼得，如今咱們七人同住一個屋簷，一回生二回熟嘛！」說罷就要去勾她的肩。

納蘭崢下意識躲了一下，湛明珩猛地上前就將他給攔下，皺了皺眉，極力忍耐道：「這位大兄弟，我表弟不喜動粗。」

「不喜動粗進什麼軍營呢。」尖嘴猴腮的見狀諷刺了一句。

在一旁聽了半天的小鬍子「呵呵」一笑，直說新來的不夠意思，瞥了瞥納蘭崢的身板，的確弱不禁風了點，想到如今外頭兵荒馬亂的情狀，似乎也理解了，就勸那大鬍子。「哎呀，得了得了！都是來混口飯吃的，你就跟他們換了吧！」

原本換個床鋪也無妨，只是大鬍子方才被嫌棄了，這有求於人的架子擺得太高，連勾肩搭背都不給，現下自然有點不爽利，眉毛一豎。「要換也成！」說罷一指湛明珩。「你表弟不喜動粗，你喜吧？來，你與我比比！」

湛明珩嘆口氣，撣撣袖子，一副「無知的人啊，跟我比你就輸定了」的睥睨姿態，瞥他一眼。「說吧，比什麼？」

那大鬍子卻沒答，伸手就開始解腰帶，三下五除二地摘了個乾淨，一把褪了衣袍，將手伸進褻褲裡作了個掏的手勢。

納蘭崢一聲驚叫死死憋在喉嚨底，一下子跳到湛明珩身後去。湛明珩眼都瞪大了，虧得最後一刻恍然大悟，忙替她遮掩。

大鬍子「哈哈」一笑，伸手彈了一把那東西，「啪」一聲響，隨即理直氣壯道：「當然是比鳥了！」

小鬍子也跟著大笑起來。

這污穢東西！

湛明珩的眼都不知往哪放了。即便他是男人也尷尬地受不了，落難皇太孫頭一次見別人的鳥，一剎間只覺清白都毀了！

沈默許久的卓木青低低咳了一聲，隨即看了一眼湛明珩，朝大鬍子平靜地道：「他大。」

湛明珩、納蘭崢：「……」

第五十七章

此人話不多，卻真乃一開口便如雷霆霹靂，語不驚人死不休。

湛明珩也忘了身後還有納蘭崢在，竟下意識低頭看了一眼，隨即不可置信地瞧卓木青。他是如何……曉得的？

卓木青容貌大改，除卻留了雙鳳眼，五官倒不如原先俊俏，且雖因那羯族傳來的神異秘藥恢復得不錯，卻畢竟是新生的皮肉，因而瞧上去神情難免僵硬一些，便越發顯得冷淡而木訥。

他面無表情地伸了根食指，繼而朝屋內幾人一溜地點了過去，略過了自己，從湛明珩起始，說：「一、二、三、四、五……」最後才點到納蘭崢，頓了頓道：「六。」

眾人齊齊傻在原地，半晌才恍然大悟，他恐怕是給他們的鳥排了個號。

納蘭崢欲哭無淚。她沒有那東西，當然是「六」了，用得著這般認真計較嗎？真是不留情面啊。

再聽他解釋道：「看面相。」

大鬍子一兜褲衩，將鳥塞回去了，張大了嘴問：「這玩意兒還能看面相看出來？倒是快教教我如何看的？」說罷再一指湛明珩。「不對啊，你這看得準不準？我的鳥是咱們村最大的了，你說他比我還大，他哪個村出來的？」

納蘭崢若非面上塗了粉遮蓋，此刻必已燒成隻熟透的蝦，湛明珩也著實聽不下去。他算是明白了，與這等粗人客套守禮是不管用的，還得一樣拿粗鄙來對付。

他捋起袖子，低聲問卓木青：「來幾句粗話。」可憐的皇太孫沒學過粗話。

可卓木青一個異族人哪裡會曉得漢人的粗話，思考片刻，回憶一番，只憋出一個詞：「老子。」

湛明珩十分受用地上前去了，一把拎起大鬍子的衣襟就是一頓連珠炮，連使三個「老子」。「老子的鳥全天下最大！不服就上老子的王家村問去！再瞎叫喚，莫怪老子踢爛了你的鳥！」

納蘭崢望著未婚夫暴怒的背影，記起他也曾一身冕服莊重自持，風度翩翩地站在那金鑾殿前的漢白玉石階之上，便覺內心酸楚無比。

她會盡力叫自己忘記這一幕的，否則怕這輩子是不得再正視他了。

大鬍子被拎得腳都搆不著地，喘息也困難起來，以至一張臉憋得通紅。那麼大一個壯漢竟沒了起先的聲氣。

再見湛明珩得閒的另一隻手一指空床鋪，說：「一句話，換是不換？」

當然換了，人家身板雖比他稍窄幾分，可兩根指頭便能拎得起他，一看就是練家子，他犯不著挨頓揍啊。這軍營裡頭，總是拳頭說了算的，何況聽說人家的鳥也比他大。

床鋪的事便這麼了結了。三人各自安頓下來，與其餘四人彼此通了名。

大鬍子和小鬍子是同個村來的，前頭那個叫吳彪，後頭那個叫吳壯；尖嘴猴腮的叫錢響，又黑又小的叫耿丁。

吳彪聽完湛明珩的名字，哈哈大笑。「王行，你的鳥行不行我不曉得，可照我看，你罵人的功夫可著實是不行，瞧這詞窮的！來來，大兄弟我教你啊，咱們罵人得這麼罵——你個龜兒子！瓜娃子！匪頭子！悶墩的！瘟喪的！」

眼見湛明珩的眼底已然冒出了火，一副很快便要來揍他的模樣，他才不往下說，憨厚一笑。「總之想學找我，保管教得你不行也行！」

湛明珩咬咬牙沒說話。衛洵那小子，給他拆的這個名必然是有意捉弄於他。或許很長一段時日，他都得聽這聒噪的壯漢問他究竟行不行了。

錢響是昨日方才進來的，耿丁則是今日。倒是吳彪與吳壯來了有幾天了，與他們幾個新來的一來二去熟絡了幾句後，便講起營房裡頭的事。說這斷鳴營就是混口飯吃的地方，沒得仗要打，一點不累人，外頭那麼大的訓練場也是拿來賞玩的擺設，平日壓根沒拉人去裡頭比劃。倒是他倆覺得好玩，進去溜達過幾趟，險些砸了柄大錘，也沒人攔他們。

獨獨不大好的一點是，食物得靠搶。那一大鍋羊肉湯端出來，上頭喊一聲開伙，一幫人就拿了碗一擁而上，擠在外邊的便只有幾口清湯能喝，至多喝完了，碗底能瞧見點羊肉末。

湛明珩聽到這裡瞥了卓木青一眼，道：「財大氣粗。」他大穆的新兵營可是喝不起羊肉湯的。

卓木青搖搖頭示意非也，一本正經回道：「羊多。」

吳彪和吳壯不懂他倆的話中話，便繼續聊，說那些個狄人頭子也沒瞧上去那般凶蠻，但凡新兵不越過營地大門前的那條河，幾乎便是「三不管」——睡大覺的不管，打架鬥毆的不管，搶食搶茅房的也不管。吃喝拉撒方便得很，還不花銀錢，能來這斷鳴營簡直太好命了。

湛明珩和卓木青聽見這話，對視一眼，各自扯扯嘴角。納蘭崢一瞧他倆這般神色，也就清楚了。

什麼「斷鳴」營啊，分明是「短命」營吧，她當初一聽這軍營的叫法便覺不吉利。天上絕無白掉的餡餅，舒服從來都是死人才能享的福。

她倒想叫吳彪和吳壯醒醒神，卻是這知人知面不知心的地方，才與之相識不多時，也不好掏心窩子講話，況且，她如今粗著嗓門說話著實累得很，能不多言便不多言了。

到了用飯時辰，那場面果真如兩人講的那般。

湛明珩哪裡放得開手腳與人你推我搡，自然只撈著了兩碗清湯；卓木青也沒好到哪去，比他多了一絲肉末。

營房裡，吳彪在炫耀碗裡的肉，眼見他們都沒肉吃，就湊上前來，跟卓木青道：「木兄弟，想吃肉嗎？我讓給你，只要你與我說說，那鳥大鳥小究竟怎麼分辨的？」

納蘭崢正就著湯水咽饅頭呢，聞言猛地一嗆，咳了起來。

湛明珩的臉黑了，端起兩碗湯，牽了她就往外走，也沒管身後一干人目光多詫異，直將她拉到營地大門前的河邊才停下來，示意她坐。

姓吳的倒是說得沒錯，果真是出了營地也沒人管，只要不越過這河便好。

納蘭崢有些猶豫，往後退了兩步。湛明珩是被氣昏頭了，這才記起她怕水，但此刻也沒別的安生地了，總不能回去再叫她聽那些污言穢語，一看身後恰有叢生的灌木遮擋，無人可見此地情狀，便一把摟過她，叫她坐在自己的膝上，隨即道：「這下不怕了？」

她嚇了一跳，忙要掙脫他下來。「你膽子倒是不小，也不怕給人瞧見了！」

大約是覺得她這做賊似的模樣好笑，湛明珩湊上去咬了口她的唇瓣，笑一聲道：「我還敢這樣呢。」

納蘭崢慌裡慌張地仰了頭拚命往後望，被他一腦袋按回去。「妳當我耳力是假的不成？莫探頭探腦的就沒人瞧得見，快吃。」

聽他是有把握的，她才安心一些，坐在他懷裡啃起了手中的饅頭。

湛明珩見她難以下嚥，就將湯碗遞給她，示意她喝。可這羊肉湯也不知怎麼燉的，著實太腥了，她配著吃完饅頭便喝不下剩餘的大半碗。

湛明珩也覺此氣味難忍，的確苦了她，只是外頭的吃食無法帶進裡頭，光吃饅頭身子怕得垮了。再瞧她愁眉苦臉的噘嘴模樣，便心生一計，要想方設法將這湯變好喝，低頭抿了一口，隨即一按她腦袋就拿嘴去餵她。

納蘭崢的眼都瞪大了，偏偏腦袋被他按得動彈不得，那汁液也是咕嚕嚕地順進了嘴裡。她為免湯水流出嘴角以致狼狽窘態，只得費力往喉嚨底吞嚥，卻不想因此番動作，無意抵壓吮吸了一下湛明珩溜進她嘴裡的舌。

湛明珩「轟」地一下就燒著了。天曉得從前他親這妮子時，她最配合於他的姿態便是木頭似的一動不動，以至他當下才知，原來這滋味該是這般磨人銷魂的……那還喝什麼羊肉湯啊！

他「啪」一下摔了碗，將她錮在膝間，手臂朝裡一收緊，險些都要折了她的腰，似乎是想她再來一口的意思。

納蘭崢被他壓迫得低聲嗚咽，卻不敢鬧出太大的動靜以免引來了人。湛明珩見她百般克制，便纏她纏得更凶猛了，大有她若不將他伺候妥貼了，就得叫全軍營的人都來瞧瞧這一幕的樣子。

她又氣又惱，偏掙不過他，似乎也大概懂得了他想要什麼，只得回憶方才所做試了試，學著配合他。

結果自然是被那得寸進尺的折騰慘了，沒氣了就喘一口再來，一遍又一遍。

就湛明珩那猴急模樣，活像八輩子沒近女色一般。以至這番偷摸過後，天都徹底黑了，兩人一回營房便被吳彪問這嘴怎地腫成這般，可是跑去哪吃香喝辣了？

納蘭崢尷尬得無地自容，虧得除卻冷冷看過來的卓木青，一般人也不會一下遐想到哪去，只當他們當真吃了什麼麻辣燙嘴的東西。吳彪還一個勁地說兩人不夠意思，有好東西吃都不喊上大夥兒，氣得湛明珩險些一拳招呼過去廢了他的嘴。

那「東西」是大夥兒能吃的？

營地入夜後尤其不清靜。沒人管幾時就寢，上百間營房俱都參差不齊，營房與營房間隔得近，便常有相互滋擾的。營房裡頭的七人也未必一致，有人睡得晚些，便有人受不了刺目的燭火，為此時時鬧矛盾，甚至大打出手，弄得鼻青臉腫的比比皆是。

納蘭崢起先還很擔憂吳彪會嘮嗑個沒完，不承想吳壯竟叫停了他，十分樂呵地詢問幾人預備幾時睡下，說是照著短板來，幾時有人睡下便幾時熄燭，一副管事老大哥的模樣。

耿丁沒意見，錢響則當先示意要睡，他們這間營房便熄燭了，一下子靜了下來，只剩下幾人窸窸窣窣脫衣的聲響。

納蘭崢鬆了口氣，覺得自己運道忒好，碰上一幫通情達理的，便是那較為瞧不慣「關係戶」的錢響，最多也只是偶爾翻個白眼，說點刻薄話罷了。畢竟三人的確是塞了銅板才被分至一道，且穿的衣裳也比旁人稍稍體面一些，尤其湛明珩要相貌有相貌，要身手有身手，如何能不遭來些嫉妒？因此錢響會如此，也實在情有可原。

誰知她這口氣剛一鬆，就嗅著一股十分古怪的臭味，像是醃製許久的鹹魚散發著濃烈而嗆人的氣息。她這邊解腰帶的動作立刻停下，隱隱約約感覺隔壁床的湛明珩好像也僵住了。

他深吸了口氣，難以忍受地掀開被褥，一下找準氣味的來向，拎起那床鋪上的人便往外丟。「姓吳的，你給老子洗腳去——！」
燭火便複又被點起來，納蘭崢和耿丁一道跑去窗邊，扒著窗欄拚命嗅外邊的清澄氣息，吳壯則撓撓頭跟一旁的卓木青解釋：「阿彪的腳烈，呵呵。」
卓木青皺了下鼻子，「嗯」了一聲。
錢響的神色這下倒是緩和了些。來了個身手好的也非壞事，他昨兒個可是被迫鑽了一晚的被窩熬過去的。
如是歷經一番折騰，吳彪被逼著洗淨了腳，又將靴子丟去外邊，幾人才終於得以安眠。
此刻已是深夜，屋子裡一片漆黑。納蘭崢睡下後方要合眼，便覺一隻大手悄無聲息地探進了她的被褥。
她嚇了一跳，雖曉得是湛明珩，卻怕他要做什麼了不得的事，因而趕緊蜷縮成一團不給他碰。
湛明珩顯然不大高興了，攥過她的手腕便往上綁了個什麼東西。她不敢掙扎，怕驚擾了旁人，只得任由他來。過後才明白，他是拿了根絲線將兩人手腕綁在一道，如此一來，但凡她那邊稍有牽扯動靜，他便能夠立刻醒來。
湛明珩做完正事，還乘機偷摸了把她的腰才縮回手。
納蘭崢死死憋了聲氣，哭喪著臉有苦難言，只得默默合上眼。卻是方才醞釀了些許睡意，就被一陣驚天動地的雷鳴聲給驚沒了。

不，不是雷鳴聲，是吳彪打起了呼。

她察覺到湛明珩的手在顫抖，似乎準備衝過去揍人了。卻恰在此刻，那雷鳴般的動靜裡又混了個細微的聲響，是吳壯也打起了呼。

兩人一高一低，一強一弱，似一曲高山流水，知音難覓。

整間營房——轟隆隆！唏噓噓……轟隆隆！唏噓噓……

這日子沒法過了！

湛明珩給炸得跳起來，卻是方才欲意掀開被褥便覺一片漆黑裡飛來個什麼「暗器」。他手一伸接過，摩挲一番，發現是四團厚實的棉花。

不必看也曉得，是卓木青丟來的。

他只得忍了，將其中兩團遞給了納蘭崢。

這法子的確不錯，至少納蘭崢覺得好過許多，只是對湛明珩這等耳力的而言，莫說塞一團棉花，便是十團也毫無用處。可眼見她已快入眠，他總不好爬起來去打架吧，只得嘆口氣，默默忍了。

納蘭崢已被此前山中的苦日子「滋養」得不認床了，睡至下半宿才醒來一回，一聽打呼的兩個仍舊孜孜不倦，不免一陣哭笑不得。

她有點想方便，卻哪敢獨自一個人去，只好小心翼翼扯了下絲線。

湛明珩壓根沒睡著，一下睜開了眼，察覺到她的手探進他的被褥，在他手背寫了兩個字：茅房。

兩人便輕手輕腳，一道披衣起身。湛明珩滿臉睏倦，一路都在嘆息，連與她說話打趣的心思也沒了。

納蘭崢見他飽受摧殘，內心不免同情，小聲道：「你若當真入不得眠，我陪你一道去睡草叢吧。」她也清楚，倘使不是為了照看她，他大可出了營房，睡樹枝也好啊。

湛明珩這下醒了神，覷她一眼。「那怎麼成！」

說罷見茅房到了，當先移開門進去查驗一番，確信無害便努了努下巴。「妳安心去，我就守在外邊，不怕。」

納蘭崢就躡手躡腳地走了進去。這軍營的茅房自然污穢，但如今沒別的法子，只得勉強用了。

湛明珩耐心地守在外頭，過了一會兒，忽聽她叫了他一聲「表哥」，似乎是喊他進去的意思。

大約是怕被人聽見，因而如此稱呼他吧。他聞言一愣，直至確信她真是此意才移門進去。

茅房總共那麼大點地，黑漆漆一片，四面皆是污濁氣味。可想到有朝一日竟能與小嬌妻鑽一個茅房，他還是十分激越的，低聲問道：「怎麼了？」

納蘭崢自然早已整理好了衣裳，摸黑扯扯他的衣袖，示意他低下頭。「你嗅嗅這牆板。」

湛明珩起先必然是拒絕的。茅房能有什麼氣味，這是要他聞屎不成？可納蘭崢一本正經地堅持，他只得俯下身去嗅，卻是一下變了臉色。

見湛明珩似乎僵了一瞬，納蘭崢便曉得她的判斷大致錯不了，低聲問：「是猛火油吧？」

他點點頭，怕她瞧不清這番動作，又「嗯」了一聲，只是眼色變得有些奇異。

那混在屎味裡的火油味，她究竟是如何嗅見的？好端端的聞牆板做什麼，是有特殊的癖好不成？

他默了默，忍不住問：「妳是如何發現的？」

納蘭崢哭笑不得，也不知他想到哪處去了，擰了把他的腰，生氣道：「這牆板設在低處，我……我……」

湛明珩聞言一拍腦袋，恍然大悟。他們男人站著方便，可她得蹲著，那不難免湊得離牆板近些。

他真是與粗人打多了交道，竟然這般誤會她。

猛火油不同於平日小打小鬧用以縱火的薪柴膏油，拿此物引燃的火勢較一般大上許多，且愈澆火愈熾，難以輕易撲滅，多是戰時守城用的。先前鎮守貴陽，納蘭崢便曾以此物火攻，擊退狄人數回，因此現下才對它的氣味尤為敏銳。

軍營裡頭有這等東西本不奇怪，可斷鳴營是個新兵營，一群「童子雞」連大刀也未必拿起過，自然不可能上得戰場，又怎會用得著猛火油呢？

兩人正準備細究一番，忽聽一陣腳步聲漸漸朝這向趨近，湛明珩趕緊拉著納蘭崢先退出來，卻奈何這茅房前頭是條筆直的大路，又恰逢頭頂雲破霧散，那輪明月十分合時宜地照亮了四周。

來人腳步一頓，一眼瞧見他們，難以置信地揉了揉眼睛，大喊一句：「我嘚個娘親，你倆一個褲衩？上茅房也分不開？」

正是起夜來方便的吳彪。

——未完，待續，請看文創風585《龍鳳無雙》3（完結篇）

2017年11月出版

明珠福女

文創風 580～582

破除刑剋六親的詛咒，她終能勇敢去愛。
帶著家人過上好日子，就是最大的福氣！

情投意合　心心相繫／昭華

孤獨病逝卻因此穿越到古代，姜玉珠太感謝神的安排，
她終於不再是遇誰剋誰的天煞孤星，變成人見人愛的小福女～～
還有高僧的福籤加持，連皇帝都對她另眼看待，賞下縣君封號。
這等好運豈能浪費啊，她決定替疼她的爹娘賺飽荷包，振興落魄伯府，
拿出前生縱橫商場的實力，開鋪子只是小菜一碟，大家準備數銀兩吧！
本以為就此好吃好喝悠哉度日，孰料難關已在後頭等著她——
大瑞皇家果然水深，有人打算重挫太子，竟利用姜府當砲灰；
而她的福命與美貌更引來其他皇子覬覦，揚言納她為側妃，對奪嫡志在必得，
幸虧定國公府的世子沈羨處處迴護相挺，她才有勇氣陪家人度過難關。
雖然傳言說沈羨喜怒無常、冷情冷面，同他往來簡直嫌命長了，
但她瞧著，這世子爺不過臉臭了點、話少了點，其實是個好兄長呢，
如今得家人嬌寵，又多個可靠大哥哥護著，路再艱險，她也能昂首向前走！

筆鋒犀利　精彩可期／落日圓

2017年11月出版

旺宅閒妻

葉家有女初長成，葉如濛已屆婚齡竟有三家求娶，
當朝第一才子、將軍之子，連容王爺都親自上門提親！
來者個個不凡，可葉四姑娘自有所愛，早已情定那個「他」……
冷面腹黑爺大展攻妻心計，能否抱得美人歸？即將真相大白！

文創風 576 1

歷經父母雙亡的變故，前世於她如惡夢一場！
重生後葉如濛已然覺悟，欲保爹娘周全就得早些提防暗算，
尤其是本家府裡姊妹，越是和善可親越是蛇蠍毒婦；
至於那袖手旁觀、權傾朝野的幫凶——容世子祝融，
原就冷漠嚴酷難以親近，她怕他怕極了，打定主意避而遠之！
不料這未來的王爺行事詭奇難料，兩人到哪兒都能遇上，
以往對誰都不屑一顧，如今卻跟她主動攀談又贈予玉珮，
前生軌跡本不應有變，偏偏和他有關就是截然不同，
真真傷腦筋，他究竟玩的是哪招，她怎地看都看不懂？

文創風 577 2

任誰也沒想到，祝融這麼個冷漠寡言的男子竟是天下第一癡情種！
想他俊美冠絕京城、貴為皇親，又是朝中棟樑，
然而葉如濛回絕提親可沒在客氣，認定他冷面腹黑非良人之選。
堂堂王爺被嫌棄得莫名其妙，但姑娘無情沒關係，他可不當負心漢，
誰教她多年前救了他？救命之恩永難忘，護花使者他當定了！
明的不行就來暗的，姑娘不想見他的俊顏，他便蒙面登場；
投其所好張羅美食送上，月夜傳情別具浪漫；
只盼能討得那粗神經天下無敵的美人歡心，
再苦再累，爺兒心甘情願呵……

文創風 578 3

葉如濛原以為自己已夠謹慎，只要少回本家大宅這是非地，此生當可平靜過日，
怎知世事如棋變化多端，偏她棋力最差又率直無心機，渾然不覺殺機四伏，
這回再遭姊妹暗算被綁至荒山，歷經九死一生，方知最毒婦人心！
若非蒙面黑衣人拚命相救，她極可能小命去矣……
這番折騰真真嚇壞了她，都怪祝融的求娶激起眾女子妒意，
連帶讓她成為眾人眼中釘，她想到他就氣得牙癢癢，偏又奈何他不得！
對比祝融的強勢霸道，蒙面黑衣人便溫柔深情許多，
總在她遇險時伸出援手，在她有困惑煩惱之時出現討她歡心，
可他神秘的身分始終成謎，直覺告訴她此人不簡單……

文創風 579 4 完

沒有人明白，為何生性冷情的祝融會對葉府四姑娘如此執著？
唯有他知道，兩世的糾葛已將二人綁在一起……
旁觀者清，他瞧出葉氏本家野心極大，背後動向隱藏不可外洩的秘辛，
拚了命的排擠失勢的嫡系，意欲毀去葉如濛一家，讓她這正宗嫡女無活路走！
前世自己的疏忽令她含恨而終，此番重生歸來，誓要彌補心中遺憾——
明裡早將她一家納入保護範圍；暗裡更親自守護，有難願為她當。
任憑京城多少女子傾心，心心念念只有她，好不容易守得雲開見月明，
偏偏未來岳父從中作梗，竟將女兒許配他人？! 真真令他頭大！
這段姻緣若破局，恐怕此生含恨而終的就是他了……

2017年10月出版

巧心童養媳

文創風 574～575

穿越到了個一窮二白的人家，時也、命也、運也。

重生之後，誰也不能阻擋她邁向致富之路！

須臾談笑間　大事已定／葉可心

她原是名意氣飛揚的暢銷服裝設計師，
不料出個車禍就穿越到古代，還莫名其妙成了別人的童養媳，
難道這同名同姓的，連老天爺都錯亂了嗎？
更慘的是，準夫婿雖有一副讓人流口水的好身材，
卻只有五歲孩兒的智商，只會對她「媳婦、媳婦」的叫，
也罷，天命讓她來此，也只能挽起袖子走一步算一步了。
話說這戶人家也太窮了吧！窮到差點年關都過不了，
她只好下了劑猛藥——在稻田裡養魚，差點沒把鄉親們驚死，
好不容易漸入佳境，一道天雷劈下，準夫婿昏迷不醒，
村中流言四起，讓她背負了惹怒先祖的的莫須有罪名。
幸好一個月後準夫婿醒了，等等，那渾厚的聲音、高冷的態度，
和看著她時玩味的眼神，他整個人都不對勁了啊！
莫非同樣的事情也發生在他身上……？

11月 PUPPY 品味溫潤的愛

Doghouse X PUPPY

型男出動

這年頭男人百百款：
美男以色誘心、
酷男酷酷惹人愛，
型男讓人眼睛一亮，
可光有型、有愛還不夠，
必須要有真心才行……

NO／507

火爆型男的冰淇淋 著 陶樂思

樓下的新鄰居一副很不好惹的樣子，可把她給嚇壞了！
害她連走路都得放輕腳步，就怕打擾了「大哥」。
誰知老天爺卻跟她作對，把她的貼身衣物吹下樓……

NO／508

型男主廚到我家 著 喬敏

無法拒絕美食節目的要求，被逼著吃下最討厭的苦瓜，
豈料苦瓜意外好吃，主廚更是敬業帥氣，教她大為驚豔！
嘿，苦瓜吃完了，主廚可不可以留下啊～～

NO／509

型男老公分居中 著 柚心

簡承奕是公認的刑事局冰山型男，迅速擄獲黎絮詠的心，
他成了她的丈夫，即使因為執勤常早出晚歸也無妨，
可當她懷孕時，他竟面露憂色，為何他會如此判若兩人？

NO／510

型男送上門 著 艾蜜莉

屠仰墨不但到處吃得開，更是公認的TOP1電台主持人，
偏偏那寫「單身．不囧」的專欄作家硬是不甩他，
既然她想躲，那就別怪他不客氣自己送上門！

Hi-Life

11/21 萊爾富 型男等妳來 **單本49元**

文創風
584

龍鳳無雙 2

國家圖書館出版品預行編目資料

龍鳳無雙 / 池上早夏著. --
初版. -- 臺北市 : 狗屋, 2017.11
冊 ; 公分. --（文創風）
ISBN 978-986-328-800-8（第2冊：平裝）. --

857.7　　　　　　106016734

著作者	池上早夏
編輯	王冠之
校對	周貝桂　簡郁珊
發行所	狗屋出版社有限公司
地址	台北市104中山區龍江路71巷15號1樓
電話	02-2776-5889～0
發行字號	局版台業字845號
法律顧問	蕭雄淋律師
總經銷	知遠文化事業有限公司
電話	02-2664-8800
初版	2017年11月
國際書碼	ISBN-13　978-986-328-800-8

本著作物由北京晉江原創網絡科技有限公司授權出版

定價250元
狗屋劃撥帳號：19001626
網址：love.doghouse.com.tw　E-mail：love@doghouse.com.tw